Los Hijos de Baanaue

LOS HIJ@S DE BAANAUE

V PREMIO DE NOVELA DE CIENCIA FICCIÓN CIUDAD DEL CONOCIMIENTO

JAVIER RAYA DEMIDOFF

COLECCIÓN QUASAR

©: Javier Raya Demidoff, 2024.
©: Premium Editorial, 2024.
www.editorialpremium.es

Edición: Premium Editorial.
Diseño cubierta: Premium Editorial.
Imagen cubierta: Rafael J. Cordero.

I.S.B.N.: 978-84-128213-0-7
Depósito Legal: SE-492-2024
Impreso en Andalucía (España).

Premio de Novela de
Ciencia Ficción
CIUDAD DEL CONOCIMIENTO

Un jurado integrado por el escritor y miembro de la Real Academia Española José María Merino, el escritor Sabino Cabeza, el crítico especializado Mariano Villarreal y por María Teresa Martínez Ayllón, declaró a la presente obra *Los hijos de Baanaue*, de Javier Raya Demidoff, como merecedora del **V Premio de Novela de Ciencia Ficción "Ciudad del Conocimiento"**.

Agradecimientos:

A mi familia, que sembró en mí el amor por las historias.

A mi pareja, Pilar, que alentó y alienta mi creatividad.

A mis amigos Mariano y Carles, quienes me asesoraron en aspectos técnicos.

A mi correctora L. M. Mateo, que pulió mi historia y de la que tanto aprendí.

Y al equipo de Premium, por su trabajo y profesionalidad.

*Dedicado a quienes mantienen vivos
sus sueños frente a la adversidad.*

Primera Parte

DESEOS

Una muerte previsible

No recuerdo qué soñaba cuando todo tembló a mi alrededor y una alarma se disparó en mi camarote. Pero debía de estar muy dormida, porque me costó situarme.

—¡Angie, ven al puente enseguida! —sonó la voz de Philip en el comunicador de mi traje, mientras este trabajaba en normalizar mi respiración y mi pulso.

Desbloqueé la puerta y me apresuré por el pasillo. La estructura de la Tereshkova vibraba. Pasaba algo muy chungo.

La cabina era una locura de luces que parpadeaban en rojo, mientras las manos de Philip bailaban sobre los conmutadores de la consola a una velocidad difícil de seguir.

—¿Qué ocurre? —pregunté, más para anunciar mi presencia que porque esperase una respuesta concreta.

—¡Un fallo general! ¡Algo se ha jodido pero bien!

Salté sobre mi asiento.

—¿No decías que esta nave era lo más? ¿Y a prueba de contingencias?

—¡Eso, tú sobre todo ayuda con comentarios útiles!

Revisé los indicadores de integridad del casco, los soportes vitales y los generadores de energía. Silenciamos las alarmas a medida que comprobábamos que los sistemas funcionaban correctamente, o casi. Todo apuntaba a una explosión que, en cualquier caso, no había dañado la integridad de la célula.

Que la nave aguantase era una buena noticia. Pero cuando averiguamos qué se había averiado, los trajes monitorizaron nuestra tensión con sus propias luces de aviso.

—Oh, no…

—Mierda…

Nos habíamos quedado sin los generadores de torsión y los sintetizadores de hidrógeno. Algo que, encontrándonos en un punto de intersaltos, en medio de ninguna parte, equivalía a estar en un precioso, lujoso y modernísimo ataúd.

Nos miramos con esa angustia contenida de cuando sabes que vas a morir: oprimente y desesperanzada, pero también sosegada. Una certeza que hace absurdo cualquier comentario. Pero Philip era Philip, el incontinente, el chismoso.

—Habrá que poner al corriente a nuestro *ilustre pasajero*…

—Con tu permiso…

—Pasa, Angie. Siéntate, por favor.

Ocupé el asiento más alejado de Vass, en el extremo opuesto de la mesa del comedor. Pese a la distancia, noté el efecto de sus feromonas con tanta intensidad que, por enésima vez, sospeché que mi inhibidor intravenoso tenía algún problema. Y, por tanto, *yo* tenía un problema.

—Estamos en un apuro, ¿sí? —me preguntó Vass, con su voz cálida, suave y educada, con aquellas erres que los de su especie apenas aciertan a pronunciar.

Asentí y me aclaré la voz, tratando de ignorar ese dichoso olor a tierra húmeda tan vinculado a mi infancia, tan inoportuno.

—Nos hemos quedado sin los generadores de torsión. No podemos realizar ningún salto.

—Entiendo. ¿Es solucionable?

Creo que conseguí negar con la cabeza. Él posó sus manos enguantadas sobre la mesa. Sin tensión, sin nervios.

—¿Cuáles son nuestras opciones?

—No muchas. Hemos activado la baliza de socorro, pero solo servirá si otra nave se encuentra en esta área.

—Algo altamente improbable, al ser un punto intersaltos poco empleado, escogido para garantizar la confidencialidad de este viaje y de mi persona.

—Así es.

Seguro que Vass notaba la excitación que me invadía. Y no solo por esa facultad empática distintiva de su especie. Mi respiración acelerada, el color de mis mejillas y el brillo de mis ojos debían de hablar por ellos mismos.

«Maldito Philip, ¿por qué no podías venir tú a ver a Vass en mi lugar?».

—Nuestro plan de vuelo es confidencial —dijo—, pero el alto mando lo conoce. Presumo que recorrerán nuestra ruta en sentido inverso cuando no aparezcamos en mi planeta.

—No nos esperan hasta dentro de siete días terrestres, por lo que no llegarían antes de dos semanas a esta zona. Quizás más si tenemos en cuenta que dedicarán algo de tiempo a rastrear nuestra señal en cada punto de intersaltos de camino a nosotros.

—¿Podremos aguantar hasta entonces?

—No es seguro… Tal vez tengamos alguna probabilidad si no fallan otros sistemas en las próximas horas. O días. De momento, los motores de maniobra contrarrestan la atracción gravitatoria de los cuerpos celestes cercanos. Pero, con los módulos de recolección de hidrógeno averiados, acabaremos agotando las reservas de energía. Y las de oxígeno tampoco son muy grandes, aunque tengo que hacer los cálculos.

—Entiendo. Por tanto, solo podemos esperar, ¿verdad?

Me quedé asombrada ante su reacción, tan tranquila y contenida, sin una palabra fuera de tono, sin expresar desolación, tristeza, enfado, nada.

—Sí.

—Gracias por explicarme la situación de forma tan clara, Angie. Ahora vuelve a tu trabajo. Seguro que tienes que volcarte en él por completo.

Incliné la cabeza, me levanté y salí con mil sensaciones chocando entre sí como asteroides. Estaba bañada en sudor, el traje al límite de su capacidad de absorción, mi pulso tan rápido que notaba su tamborileo en el pecho y en la sien. Había evitado el orgasmo por poco, y los pezones acusaban el roce con la tela del traje. Mientras mi cuerpo se recuperaba de los fuertes estímulos sexuales, mi mente trataba de decidir si agradecía el aplomo inquebrantable de aquel ser de piel azul o si hubiese preferido abofetearlo para despertar una respuesta más humana en él.

«Una respuesta más humana… Joder, estoy perdiendo la perspectiva».

16

1

Un bicho raro

Distrito de Les Chalets, Toulouse (La Tierra).
Tres meses antes.

El desayuno era el mejor momento del día. Me encantaba dormir, pero me solía levantar temprano para observar cómo despertaba la ciudad. El cuerpo perezoso y la cabeza a medio gas jugaban con los retazos de un sueño agradable mientras calentaba mis manos al contacto de la taza de café. En la pantalla se sucedían las noticias de las últimas horas a un volumen apenas audible. Tras la ventana, los primeros deslizadores cruzaban entre las torres del centro. El tráfico todavía no era una locura. Los edificios tenían encendidas solo la mitad de las luces y el aire se intuía limpio. El sol asomaba y rompía la oscuridad sobre la Ciudad Rosa. Era una visión espléndida. Nunca me cansaba de ella.

Iván sabía que era un momento importante para mí y se movía en silencio, con esa precisión y pulcritud que

17

ningún humano puede aspirar a tener. Cuando lo compré, una de las muchas rutinas domésticas que adoptó, atendiendo a mis preferencias, fue la de preparar el desayuno cuando me acomodaba en la barra, no antes. A mucha gente le gusta entrar en la cocina y verlo todo preparado: el zumo, el café, la fruta, las tostadas... A mí me daba la sensación de que llegaba tarde, que la actividad había empezado sin mí, que me había perdido parte del arranque de la ciudad. Sé que es una manía. Pero así funciono yo. Me gustaba observar a Iván mientras preparaba el desayuno que luego compartíamos. Conseguía que la casa, mi casa, despertara al mismo tiempo que yo.

Se acercó a la barra y dejó, frente a mí, unas tortitas recién hechas. El aroma de la mantequilla caliente completaba esa media hora perfecta para el inicio del día, cuando aún no hay prisas, cuando el tiempo y los proyectos arrancan, cuando el futuro está al alcance.

—Voy a ser madre, Iván.

Me miró sin decir nada, a la espera de que aportase algo más de información. Claro, no había sido muy precisa.

—Quiero decir, no inmediatamente. Pero espero que pronto. Por cierto —añadí, al darme cuenta de que estaba todavía algo abotargada—, este asunto tiene carácter privado.

—Confirmo privacidad —asintió Iván, con ese tono de voz cálido y suave que yo tanto adoraba, pero que resultaba extraño a la hora de emitir respuestas programadas o informes de diagnóstico.

Siempre elegante, se sentó frente a mí con otra taza de café entre sus manos, antes de añadir:

—¿Quieres decir que planeas experimentar la maternidad biológica completa?

Asentí, creo que sonriendo.

—¿No prefieres optar por la ATM? Me parece menos complicado y definitivo.

Me estremecí al escuchar esas siglas. Acogida Temporal de Menor.

—No es eso lo que quiero. Además, sabes que solo se concede a parejas naturales.

—Podrías escoger alguna. Eres atractiva, joven, sana, inteli...

—¡No quiero una pareja! —A veces Iván resultaba estúpido—. Y no quiero un niño o una niña escogido por un ordenador para que venga a vivir conmigo un año. Hablo de ser madre, de saber qué se siente, de sentirlo crecer dentro de mi vientre y verlo nacer, de sostenerlo en mis brazos, de... de darle el pecho, de todas esas cosas que hacían las mujeres antes y que ahora parecen un mito.

Iván parecía no comprenderlo.

—Muy pocas mujeres quieren eso —me dijo—. Ni se lo plantean siquiera. Es complicarse la vida, renunciar a su libertad y a sus ocupaciones durante un año. Más de un año, de hecho. Un engorro, vaya. —Me dirigió una mirada analítica—. Angie, sé que nunca haces nada sin pensarlo bien antes. Por eso me sorprende este deseo. No lo habías expresado nunca.

En las noticias apareció Jane Byrne, una amiga de la infancia que había estudiado Periodismo y, tras cruzar el Atlántico, era uno de los rostros más conocidos en la prensa de economía y empresa. Entrevistaba a la jovencísima directora general de Gardner Genetic Systems, Clarisse Gardner, una mujer poco conocida por el gran público pese a que se hallaba al frente de la empresa mejor valorada por los mercados bursátiles. Medio planeta daba por seguro un acuerdo inminente entre la matriz, la Gardner Corporation, y Baanaue, el mundo de los nauis. Pero mi amiga Jane era muy lista y no se llamaba a engaños. No sería su entrevistada la que anunciaría un hito de tal calibre. Eso le correspondería, cuando fuese un hecho, a la presidenta de la corporación, la doctora Lilith Gardner, la madre de Clarisse.

Iván no desperdició la ocasión de servirse de aquellas imágenes para continuar nuestra conversación y señaló la pantalla con un gesto.

—¿Te has planteado recurrir a una simulación de realidad? Algunos desarrollos de la Gardner Corporation tienen críticas inmejorables por parte de los usuarios. Podrías probar la maternidad sin dar un paso tan serio.

Suspiré. La propuesta era sensata. Por mi trabajo, me pasaba media vida en simuladores y, como decía Iván, los de la Gardner estaban entre los mejores. Pero el consejo llegaba tarde.

—Ya he recibido la licencia de la Autoridad Poblacional, Iván.

—Ah, bien. Entonces la simulación no tiene sentido.

—La ventaja de tener como compañero a un sintético era que no tenía que preocuparme por si hería sus sentimientos. Así que lo que preguntó a continuación solo respondía a la necesidad de establecer un protocolo—. Ahora que me has puesto al corriente de este asunto, ¿quieres que tenga acceso a las notificaciones que recibas?

—Sí, así me ayudarás con la agenda.

—Bien. ¿Algo que deba incorporar ya?

—Mañana por la mañana tengo la primera visita. En el centro médico de la flota.

—¿A qué hora?

—A las nueve. Tengo un mensaje de la doctora Morelli con todos los datos, y con algo sobre la cena de hoy y el desayuno de mañana. Míralo tú.

—De acuerdo. —Sonrió, y sus ojos rasgados y claros, tan deliciosamente eslavos, rebosaron serenidad y ternura—. ¿Estás nerviosa?

Me encogí de hombros.

—No sé. Un poco, supongo. Pero más por cómo llevarlo en secreto que por el proceso en sí.

—¿Por qué lo quieres llevar en secreto? ¿Crees que afectará a tu carrera?

—¡Pues claro que lo hará! —protesté de nuevo—. Pero no es por eso. Soy piloto IS de categoría 6, encontrar trabajo no será un problema.

—¿Entonces?

—La doctora Morelli considera que es lo mejor. Y estoy de acuerdo con ella. No quiero que los compañeros me miren como a un bicho raro.

—Eres un bicho raro, Angie. Ninguna mujer pide ser madre, salvo tú.

Lo miré con rabia.

—Quizás cuando empiece con el tratamiento y las hormonas me pongan histérica tenga que revisar tu ajuste de sinceridad —le dije.

—Puede que sí. Por lo que sé, te convendrá procurarte un entorno tranquilo para el embarazo. Lo cual me incluye a mí, como dices. Y tus gustos musicales, también; nada de *hard rock*.

21

—Y te buscaré un módulo adicional para el programa de compras: provisión urgente de antojos enormes.

—Para que te procure cada día toneladas de fresas con nata.

Nos reímos como tontos, casi llorando. Lo cierto era que Iván no necesitaba ningún ajuste. Era el perfecto androide de compañía. Con él las charlas eran amenas, divertidas y estimulantes. Y nunca me hacía sentir inferior, pese a su maravilloso cerebro y capacidades. Con él la casa funcionaba como un reloj, y hasta en la cama sabía cómo tratarme, qué me apetecía en cada ocasión; pero también me sorprendía cuando podíamos caer en la previsibilidad y la monotonía. Llegué a fantasear con la posibilidad de que los programadores de la serie Domus 45 hubiesen desarrollado un módulo de adivinación. Porque Iván era simplemente perfecto.

Al profesor Anand Acharya, de origen indio y ya
sexagenario, lo consideraban una eminencia en lo con-
cerniente a las culturas extraterrestres, lo que explicaba
que sus clases estuvieran siempre llenas, especialmente
cuando trataba sobre los nauis, como tocaba ese día.
Según su expediente, años atrás había participado en las
primeras conversaciones con los representantes de aquel
sistema. Era fácil encontrar caricaturas en las que aparecía en actitud sexual sumisa frente a un naui e imploraba
ser tomado y fecundado por él, o bien aupado sobre un
enorme huevo azul y blanco, que trataba de cubrir con
su larga levita para incubarlo. Pero hasta los que reían
esas bromas reconocían que Acharya era una autoridad
académica sin igual, aparte de un excelente divulgador.

Me di cuenta de que, aquel día, estaban grabando
su explicación, tal vez incluso se retransmitía en directo.
El tema naui despertaba gran interés. Y cierto morbo.
Tener un asiento en el aula era para muchos alumnos
una suerte, o la recompensa tras hacer una hora de cola.
En cambio, los pilotos de la flota tenían plaza reservada,
pues todos los IS con una categoría siete o superior debían acreditar amplios conocimientos sobre las culturas

daaeb, traal y naui. En mi caso, como IS6, mi presencia allí quedaba justificada por esa misión especial que el comandante Deschamps me había notificado el día anterior. Debía viajar a Baanaue, en el sistema binario Baa, como segunda de a bordo, para acompañar a un alto dignatario naui de regreso a su hogar en cuanto finalizase su estancia de dos meses en la Tierra. Para ello, debía empaparme al máximo sobre los azules. Lo lógico es que hubiesen designado a un IS9, pero por alguna razón los mandamases me habían escogido a mí. Y, desde luego, no iba a ser yo quien renunciase a una oportunidad como aquella. Además, Deschamps me había confiado que, tras la misión, la categoría siete sería mía, junto con una distinción especial.

—¿Se lo imaginan? —preguntó Acharya con su voz melosa, una vez acabado el breve documental sobre las primeras misiones humanas a Baanaue—. Aparte de la diferencia de oxígeno en su atmósfera, ¿se imaginan lo que supone para un humano permanecer en estado de excitación sexual intensa, sin haberlo esperado ni deseado, durante horas? Y repito: ¡horas!

Una alumna de las filas superiores, por detrás de mí, simuló el gemido de un orgasmo. La clase rio sin disimulo, e incluso el profesor Acharya pareció aceptar la broma. No sería la primera vez que la escuchaba.

—Sí, señorita Gálvez, esa es una consecuencia bastante probable. Un suceso que consideramos en general muy agradable y satisfactorio, pero que la haría sentir incómoda si le sobreviniera en una reunión, en un encuentro diplomático ¡o en una cena de gala! —Hizo una pausa breve, para que nos imagináramos la situación. ¿Experimentar un orgasmo en público? Sí, sin duda resultaría muy incómodo, y una dudosa forma de representar al conjunto de los terráqueos, por añadidura—. Déjeme añadir otros efectos que tiene la prolongación de ese estado de excitación, y repito: in-ten-sa y du-ran-te ho-ras. La fatiga, para empezar, llega incluso a la extenuación. Alteración continuada de las funciones cardiorrespiratorias. Malestar físico y psicológico. Ansiedad. Y efectos mayores cuanto más se prolongue la exposición. Voy a decírselo de una forma que puedan comprender: en esa situación, ni siquiera los trajes inteligentes nos mantienen estables.

Los alumnos murmuraron entre ellos, y hubo quien rio y sacudió la cabeza, incapaz de creer en esa posibilidad. Los trajes eran capaces de casi cualquier cosa, salvo elevarte en el aire, estudiar por ti o convertirte en artista, entre otras poquísimas limitaciones.

—Por suerte —siguió Acharya—, contamos con los inhibidores de excitación para nuestras reuniones con los nauis. Los dispositivos inoculan en el riego sanguíneo un compuesto químico que atenúa nuestra respuesta a sus estímulos.

—Pero, entonces —alzó la mano un compañero—, ¿cómo es la cosa en su planeta? Porque si emiten esas feromonas tan intensas, ¡aquello debe ser Sodoma y Gomorra!

Hubo otra carcajada general.

—La *cosa* no es exactamente así —sonrió Acharya—. Piense que las feromonas del varón son una llamada poderosa, pero las hembras de la especie se caracterizan por periodos de celo cortos y muy espaciados en el tiempo, por lo que tiene que darse la circunstancia de que ellas se muestren dispuestas para el apareamiento. Eso, unido a su baja fertilidad y la consecuente bajísima natalidad, condujo a su civilización a adoptar la poligamia en su estructura sociofamiliar. O, para ser más correcto, el poliamor, entendido en su vertiente sexual. La relación se establece entre dos miembros de la especie, pero tanto varones como hembras mantienen encuentros sexuales con otros sujetos con el objetivo de maximizar el número de concepciones. Todo varón naui que coincida con una hembra naui preparada y dispuesta se aparea con ella para intentar preñarla.

—Lo que yo decía. Sodoma y Gomorra. —La clase respondió de nuevo con risas, aunque Acharya alzó la mano para acallarnos.

—Salvo por un detalle importante, señor Vorkoff: no se busca el disfrute sexual, sino la reproducción. La supervivencia.

—¿Y solo se relacionan heterosexualmente? —se extrañó otro.

—Hasta donde sabemos, sí. Al menos, de forma oficial. La homosexualidad está mal considerada, ya que, a su juicio, equivale a distraer recursos necesarios para la preservación de la especie.

—Pues vaya agobio —opinó en voz baja la compañera que se sentaba a mi lado, buscando mi complicidad con la mirada—. ¿Te lo imaginas? Sexo para procrear. —Simuló un estremecimiento.

—Ya te digo. —El chico que teníamos delante se giró sin dejar de vigilar a Acharya por el rabillo del ojo—. Y si a mí me dicen que solo puedo acostarme con chicas, creo que me suicido.

—Está claro que los nauis están millones de años por detrás de los humanos —concluyó la compañera de mi fila.

Acharya reclamó la atención de los alumnos, alterados ante aquellos planteamientos tan extraños para ellos.

—Recuerden lo que siempre les digo: no juzguen lo que escapa a sus costumbres o a su visión; somos resultado de una evolución y unas convenciones tan correctas para nosotros como para otras civilizaciones lo son las suyas. No caigan en el error de erigirse en jueces de estructuras sociales diferentes. Estúdienlas, compréndanlas, pero no las juzguen. En el caso de los nauis, piensen en que se enfrentan al reto de asegurar la supervivencia de su especie. Algo que les resultará raro a ustedes. Los humanos hemos tenido que establecer una forma de lidiar con la superpoblación. Pero tengan por seguro que si, por alguna eventualidad, la especie humana se viera diezmada y quedasen solo unos pocos individuos, afloraría el instinto de reproducción, hoy dormido. Es parte de nuestra programación natural. La tecnología nos permite anular la capacidad reproductora durante la gestación fetal, pero seguimos siendo seres vivos —pronunció con mayor énfasis estas dos palabras—, con impulsos e instintos condicionados por nuestra genética.

Hizo un gesto con la mano y en las pantallas del aula aparecieron imágenes de toda clase de animales, incluso de algún insecto.

—Puestos a no juzgar, eviten considerarse superiores al resto del mundo animal de nuestra amada Tierra. Les servirá de ejercicio para actuar de igual modo con los seres vivos de cualquier sistema solar. —Algunas pantallas mostraron especies extrañas—. Si de verdad somos superiores, mostrarnos soberbios, altivos y despreciativos hacia las demás formas de vida no es coherente; es, sencilla y llanamente, abuso. —La sonrisa de Acharya mezclaba ironía y beatitud. En ocasiones lo veía como una especie de sabio místico, de esos que aparecen en algunas películas ambientadas en el antiguo oriente. Y nosotros éramos sus aprendices, sus «pequeños saltamontes»—. Volviendo al tema que nos ocupa, si retrocedemos al primer contacto entre la Tierra y Baanaue, los nauis recibieron a los terrícolas con gran interés porque contemplaron la posibilidad de que nosotros, que habíamos atravesado el espacio hasta llegar a su sistema, hubiéramos solucionado el reto de la perpetuación de la especie, su gran preocupación. «Si no, ¿por qué están aquí?», pensaron. Al parecer, se produjo cierta tensión cuando, aún mediante gestos, los expedicionarios humanos preguntaron por los niños nauis, a los que no veían por ninguna parte.

—¿Pensaron que íbamos a secuestrar a sus crías? —preguntó alguien.

—Tal vez. O simplemente se pusieron en guardia ante cualquier mínimo riesgo que pudiera amenazar a sus preciados vástagos. Una reacción comprensible en su caso y, en general, en cualquier especie del mundo animal, ya que estamos programados para proteger a nuestras crías, como las ha llamado usted. A cualquier precio.

—Bueno, no siempre… Hay animales que se las comen… —apuntó otro compañero.

—Cierto. —A un nuevo gesto del profesor, en la pantalla central apareció la imagen de unos pequeños roedores—. Una madre hámster que ha tenido una gran camada puede devorar una o dos de sus crías, pero lo hace para asegurarse un número de hijos a los que pueda alimentar. Y algunas hembras de lagarto se tragan los huevos que incuban cuando un depredador los acecha con insistencia, porque prefiere tener fuerzas y gestar más hijos a permitir que su enemigo se vuelva más fuerte. Por tanto, son casos en los que se procura maximizar recursos y optimizar las oportunidades del legado genético que han de dejar.

—Perdone, profesor Acharya —alzó la mano otra mujer, una chica joven, próxima a mí—, sobre lo que decía antes de que buscamos perpetuar la especie porque así lo dicta la genética…

—Y el instinto —apuntó el profesor.

—Sí, esto… En nuestro caso… El de los humanos, quiero decir, creo que no es así. Nosotros no experimentamos el impulso de reproducirnos desde que se nos anula la fertilidad al nacer. Yo misma no siento ese impulso y sé, porque lo he leído, que era algo que sí sentían muchas mujeres en la antigüedad.

—Es un apunte interesante. —Acharya la señaló con un dedo—. Los humanos hemos separado el impulso sexual del reproductor, pese a que somos una forma de vida biológicamente favorecida para multiplicarnos. Somos la única especie autóctona del planeta que experimenta un periodo de celo continuo, no temporal. Dentro de la familia de los mamíferos, y hasta la instauración de la esterilidad universal, los humanos destacábamos por no tener una época reproductiva estacional determinada; las hembras, quiero decir, las mujeres, mantenían la actividad sexual y la fertilidad a lo largo de todo el año. La población humana tomó el planeta y la tasa de reproducción dejó de ser preocupante por su tendencia a la baja y pasó a serlo por su tendencia al alza.

»En paralelo, como ya sabrán por las asignaturas de Historia, se desarrollaron los laboratorios de gestación, las leyes evolucionaron y... ¡*voilà*! Desde hace muchas generaciones, no intentamos reproducirnos, no nos lo planteamos ni ocupa nuestros pensamientos. De gestar niños ya se ocupan nuestros sistemas y nuestros laboratorios. La fertilidad ha sido anulada, pero la actividad sexual existe. Al menos eso creo y espero. —La clase respondió con risas—. Pero párense a reflexionar sobre este tema, muy complejo, porque en él confluyen aspectos ideológicos, políticos, sociales, filosóficos, económicos, médicos e incluso religiosos, que se consideraron en su día para tomar una decisión que cambiaría la forma de vivir en todo, o casi todo, el planeta.

»Piensen. De forma racional y consciente, sabemos que hemos llegado al límite sostenible de la población. Por otro lado, nuestros cuerpos han sido modificados, antes de nacer, para ser estériles, salvo que se decida alterar esa condición con posterioridad en algunos sujetos. Nuestra educación, nuestra sociedad, nuestras costumbres y nuestras leyes nos enseñan que esta es la forma correcta de vivir. Pero... ¡sorpresa! —susurró—, resulta que ese instinto prevalece. De algún modo, en algunos casos, prevalece. Por eso le decía que su apunte es interesante. Porque algunas mujeres, pese a todo, manifiestan su deseo de ser madres.

—¿Ah sí?

Acharya asintió.

—Me desvío del tema de la clase de hoy, pero veo que esta cuestión es desconocida por muchos de ustedes, y creo que vale la pena dedicarle los minutos finales. Continuaré la semana que viene con los nauis. Veamos...

—Se rascó la barbilla, mientras buscaba, supuse, cómo abordar de forma seria un asunto que, para la mayoría, era propio de civilizaciones tribales de siglos atrás—. El sistema de concesión de licencias de procreación es muy complejo. Las mujeres que solicitan ser madres han de cumplir una serie de requisitos y superar una evaluación que determinará la idoneidad de la candidata. Otorgar el derecho a la maternidad no es algo baladí, claro.

»La concesión de esa licencia va ligada a la tasa de reproducción o repoblación planetaria, tutelada por la Autoridad Poblacional, el organismo que determina la actividad de los viveros de embriones, donde, como saben, se gestan los ovocitos obtenidos de los sujetos escogidos para ello. Y ese mismo organismo, la AP, estudia y aprueba o deniega las solicitudes de las mujeres que manifiestan su voluntad de ser madres. Esto es, concebir, gestar y alumbrar de forma directa a su hijo o hija, algo que de ningún modo es condenable, porque responde a un instinto natural y bello en su esencia, aunque hoy en día no nos lo parezca. Un instinto, en todo caso, que debemos contemplar dentro del cálculo de la tasa de reproducción, como es lógico.

—Pero son casos muy contados, ¿no? —preguntó la misma alumna.

Mi compañera me golpeó con el codo y susurró, casi riendo:

—¿Te imaginas? Desear quedarse preñada y que te crezca un crío dentro del cuerpo. Como en *Alien*, pero durante meses y meses. Las hay bien masoquistas…

No le contesté. Además, me interesaba escuchar la respuesta de Acharya, mientras recordaba mi conversación con Iván. ¿En qué medida era yo un bicho raro?

—No le puedo dar datos exactos actualizados, porque las cifras oficiales se comunican pasados unos años, pero créame que las solicitudes de activación de la fertilidad son de una por cada millón de mujeres. Así que no me atrevería yo a considerar que son casos muy contados…

Sonó el zumbido que daba fin a la clase.

—Es todo por hoy. Nos vemos la semana que viene para retomar el hilo de la cultura naui. Descansen, pero también estudien.

Me levanté sin mirar demasiado a mi compañera charlatana, pues cabía la posibilidad de que tuviera ganas de comentar lo explicado por Acharya y yo quería llegar a la base a tiempo de practicar con el simulador y saber cómo le había ido a Lionel, mi compañero de ala, a quien habrían agrupado con Coco y Muntz, como en alguna otra ocasión.

Mientras, en mi cabeza, no dejaba de repetirme:

«Una entre un millón. Sí que soy un bicho raro».

2

Un paso decisivo

Centro médico.
Base de la Flota Estelar en Toulouse.

Me encantaba Gina Morelli, la doctora encargada de mi sección. En muchos sentidos. Tal vez debería decir *en todos los sentidos*. No era una mujer guapísima, pero tenía una combinación de elegancia, simpatía e inteligencia que no dejaba indiferente. Encantadora y locuaz, pero a la vez discreta, en su trabajo conseguía establecer una relación cálida y de confianza con los pacientes, sin salir nunca de lo estrictamente profesional. Fuera del consultorio, en las contadas ocasiones en que coincidías con ella (en el comedor, por ejemplo), evitaba dar pie a situaciones confusas, pero su sonrisa, sus grandes ojos castaños y su increíble melena, una cascada cobriza de ondas rebeldes y mediterráneas, te hacían sentir, más que viva, enamorada de la vida. De la vida y de ella. En fin; creo que todos en la base estábamos un poco colados por

Gina. Acudir a su consulta para la revisión semanal era, casi siempre, el mejor momento del día.

Por eso, al abrirse la puerta y recibirme un tal doctor La Croix, mi chasco fue brutal.

—¿Angelica Carter? —Desvió los ojos del monitor hacia mí y dibujó una gran sonrisa, sin duda preciosa, pero nada que ver con la de Gina.

—Sí, eh… Pero prefiero Angie. ¿No está la doctora Morelli?

—No, hoy no. Es decir, está en la base, pero hoy la atenderé yo. Ahora le explicaré… Pero pase, siéntese, por favor.

Obedecí a su gesto, y esperé que, efectivamente, lo primero que hiciese aquel hombre fuera explicarme por qué justo ese día no estaba la doctora que me atendía desde mi primer año en la flota.

—Verá, Angie, ante todo, entiendo la sorpresa que le habrá supuesto encontrarme a mí en vez de a su doctora habitual. Aunque su historial está disponible para cualquier facultativo autorizado por el sistema para atenderla, siempre se establece una relación especial entre médico y paciente a lo largo del tiempo, soy consciente… Pero, en su caso, para trabajar en su futura maternidad, mi especialización y mi experiencia han determinado mi elección por parte de la AP. Por supuesto, puede usted consultar mi expediente y referencias y hacer las consultas que desee.

Creo que lo miré unos segundos con cara de pez recién sacado del agua, hasta que señalé con timidez la puerta y ensayé mi mejor sonrisa.

—¿Me permite… un momento?

—Por supuesto —asintió con afabilidad.

Me levanté y salí a la antesala. Cuando la puerta se cerró detrás de mí, pulsé el botón de comunicación con Iván.

Oí su voz en mi cabeza:

«Hola, Angie».

«Iván, ¿he recibido algo de la doctora o de un tal doctor La Croix en la última media hora?».

«Sí. Hace unos diez minutos. Pensé que lo habrías visto. La doctora Gina Morelli te informa de que hoy, excepcionalmente, te atenderá el doctor Marcel La Croix».

«¿Es un mensaje confirmado?».

«Lo es, sí. ¿Estás ahora con él?».

«He salido un momento. ¿Puedes revisar la ficha del doctor y ver si está todo *okey*?».

«No hay nada incorrecto, nada que señalar. Es médico especialista en recuperación de la fertilidad y obstetricia. Ha atendido treinta y seis casos de maternidad solicitada, en distintos países, todos con éxito y con la autorización expresa del comité médico de la AP».

Suspiré.

«Gracias, Iván».

«Angie, ¿va todo bien?».

«Ahora sí. Ya estoy tranquila. Te veo más tarde».

Cerré la comunicación y regresé a la consulta. El doctor mantenía su sonrisa, que ahora ya no me despertaba tanto recelo, por más que hubiese preferido que fuese la propia Gina quien me anunciase el cambio en persona. Me sentía estúpida por mi actitud frente al doctor.

—Disculpe…

—No se preocupe. Ya se lo he dicho, lo entiendo. Disculpe usted la sorpresa.

35

Le devolví la sonrisa mientras lo observaba con más detenimiento. Tendría unos cuarenta, tal vez menos. Alto, de tez morena y cabello castaño, con algunas arrugas en torno a los ojos, lo que me hacía pensar que se trataba de una persona alegre, positiva. Inspiraba tranquilidad y seguridad. Su actitud serena daba a entender que, tal y como me había dicho Iván, estaba muy acostumbrado a atender casos como el mío. Tal vez ni siquiera le hubiera molestado mi suspicacia. O mis nervios. Posiblemente, las treinta y seis mujeres que me habían precedido como madres habrían estado tan nerviosas como yo, y se les habría notado incluso más que a mí. Seguro. Mucho más.

—¿Le gusta su trabajo? —solté, casi sin pensar.

—Sí, naturalmente. Si no, no habría escogido esta profesión. Supongo que como a usted, ¿no?

—Sí, sí… Quiero decir que… ¿Considera usted que las mujeres como yo…? Bueno, ya sabe, casi ninguna se plantea… Mierda —murmuré. Odiaba titubear. Una piloto nunca titubea. Una piloto es alguien segura de sí misma. Carraspeé y levanté la barbilla, esperando mostrar más aplomo—. ¿Me ve como a un bicho raro?

Me observó un instante sin alterar su expresión.

—La veo como a una mujer valiente, Angie. No solo es piloto estelar, con todo lo que eso representa, sino que, además, ha decidido ser madre. Y no por capricho, ni por locura; ni alberga dudas, por lo que leo en sus tests. De hecho, está usted entre las mujeres que muestran una mayor preparación y una mejor actitud.

—¿Por eso mi licencia ha sido aprobada tan rápido?

—Sin duda, habrá ayudado, desde luego. ¿Me permite una pregunta? No tiene que responder si no quiere, es curiosidad personal.

—En ese caso, pregunte primero y déjeme decidir si respondo, ¿no?

Rio con ganas.

—Me parece bien. Dígame, ¿por qué cree que se ha despertado en usted el deseo de ser madre? ¿Qué cree que puede haberlo originado?

—Vaya, pues… no lo sé. Supongo que la mente es como una esponja, que guarda experiencias y sensaciones, a menudo sin que seamos conscientes, porque hace al menos un año que empecé a pensar en todo esto, pero…

—¿Pero?

Miré a La Croix, y temí que se riera de la confesión que iba a hacerle. Suspiré y lo solté.

—El año pasado hice un crédito de Historia Antropológica y Social. No es una asignatura obligatoria para mi formación de IS, pero me apetecía estudiar algo que no hablase de masas, aceleraciones, termodinámica, estructuras, elípticas… La verdad es que éramos muy pocos alumnos, creo que cualquier día decidirán que no tiene sentido y dejarán de impartirla.

—Sería una pena. Yo también la estudié.

—El caso es que nos mostraron vídeos de cómo nos reproducíamos antes, cuando no existían los medios actuales y la sociedad era muy diferente. Radicalmente diferente. A ver —puntualicé—, he leído hololibros antiguos, y también he visto alguna película anterior al tratado de Tokio. ¡Pero cuesta hacerse a la idea de que en otro tiempo un niño vivía con sus progenitores! Que asistía al colegio, donde recibía una educación similar a la de ahora, pero que vivir, lo que es *vivir*, lo hacía con sus padres. Algo así como la ATM, pero no temporal, sino permanente.

37

—No existían las escuelas tal y como las entendemos ahora —asintió La Croix—. El menor crecía en el seno de una familia, formada habitualmente por una pareja, y en algunos casos convivía también con alguno de los progenitores de uno de los miembros de dicha pareja.

—¡Sí! ¡Eso es! ¡Los abuelos!

—Y ese niño a veces tenía un hermano, o varios…

—¡Sí! ¡Hermanos! —Me entusiasmó poder compartir con aquel hombre esas rarezas de otra época—. ¡Distintos niños nacidos de la misma madre y, por tanto, no tan distintos! Cuando lo comento con amigos que no ven pelis ni leen libros antiguos me miran como si les hablara de mundos imaginarios. Pero sucedió, sucedió de verdad. Casas en las que vivían más de tres personas, varias generaciones juntas, con lazos consanguíneos fuertes. Lo más increíble es lo de los hermanos… Dos niños, o más de dos, nacidos de una misma madre y un mismo padre, ¿puede imaginarlo? ¡Esas casas tenían que ser una locura!

—Era lo habitual. Se trataba de otra forma de sociedad.

—¡Ya lo creo! Tenía que ser un caos. Cuesta hacerse a la idea. Aparte de tener a tus compañeros de colegio, tus amigos, a los que solo veías unas horas, estaban también esos otros descendientes de tus padres, más o menos de tu edad, a los que veías al llegar a casa, cada día y… ¡durante toda tu vida! Y, al parecer, como se plasma en esos libros y como dice usted, era lo normal. Es muy curioso.

—¿Y esos vídeos que me comentaba que les mostraron?

—Ah, cierto. Mmm… —Traté de resituarme; me había ido por las ramas—. Pues enseñaban cómo se producía un embarazo, a partir del sexo entre un hombre y una mujer, y cómo el embrión crecía en el interior de ella.

Bueno, qué le voy a contar a usted, lo sabrá mejor que yo, pero para mí era algo alucinante... Como los animales en las regiones verdes, ¿ha estado en alguna? —Asintió—. Pensé, «claro, al fin y al cabo, somos mamíferos, antes funcionábamos así». Y luego vi cómo crecía el embrión, cómo el vientre de aquella mujer iba haciéndose más grande y... y la mujer sonreía... Se la veía muy feliz... Para ella era algo bonito, se acariciaba el vientre abultado con las manos, y ella y su pareja parecían tan cómplices... Como al principio del enamoramiento, ¿sabe?, cuando quieres estar todo el tiempo con esa persona especial... pero no cuando estás excitada y te pones a follar una y otra vez, no; como después, cuando estás tranquila y a gusto, abrazada, sintiendo... Eso es, cuando no hay urgencias sexuales, sino solo sentimiento. Pues algo así parecían vivir con ese bebé que crecía en la barriga de ella. Se los veía tan felices que resultaba bonito. Muy bonito.

—¿Les mostraron también el parto?

—Sí, bueno, ya... Esa parte fue más engorrosa. La mujer parecía sufrir un montón, sudaba a mares, apretaba los dientes con fuerza, así. —Imité aquella expresión lo mejor que supe. Creo que al doctor le pareció una payasada porque rio, aunque no era mi intención—. Recuerdo que me pregunté cómo habría sido ese parto si hubiera tenido uno de nuestros trajes.

—Le habría ido muy bien, desde luego. O la asistencia al parto que tenemos en la AP, que es muy similar, sin ser un traje.

—¿Ve? Siempre pasa lo mismo. Cuando alcanzamos un hito tecnológico, a menudo ya no resulta necesario aplicarlo porque hemos cambiado nuestra forma de trabajar o hacer.

—Cierto.

—Bueno, el caso es que después del parto ponían el bebé en el regazo de la mujer, ella lo acunaba, lo observaba, más tarde le daba el pecho... Todo eso que ahora hemos dejado de lado porque hay formas más fáciles y eficientes de procrear, de criar y educar que no nos restan tiempo ni dedicación a los adultos. Era precioso. —No lo advertí enseguida, pero mis manos acariciaban mi vientre.

La Croix me observó con su bonita sonrisa antes de soltarme:

—Angie, ¿alguna vez ha hecho usted pan?

—¿Hacer pan?

—Sí. ¿Alguna vez, en lugar de recurrir al sintetizador de alimentos, ha adquirido los ingredientes, los elementos con los que antiguamente se elaboraba el pan, los ha mezclado, amasado, dejado reposar y horneado?

—¿Trata de establecer una analogía con la maternidad?

—Hay algo precioso y muy satisfactorio en el hecho de elaborar cosas. Construir, fabricar... Y en un sentido amplio: ingeniar, imaginar, concebir... Seguro que ha presentado distintos proyectos para Ingeniería, por ejemplo. Ahí habrá experimentado una sensación parecida, pero en ese caso hay mucha matemática y poca magia.

—¿Magia?

—Magia. Usted mezcla la harina, el agua, la sal y el fermento, le añade el tiempo de reposo, durante el cual la masa se desarrolla y crece; luego le da forma y, al final, lo hornea. El resultado no tiene nada que ver con ninguna de las fases anteriores. La transformación que se produce a lo largo del proceso solo puede considerarse así: mágica. Y, de todos los ingredientes que toman parte, el más mágico es el tiempo. Bueno, y el cariño empleado en ese proceso, claro. Cariño o amor.

—Vale. —Arrugué la nariz—. Me queda claro que le gusta hacer pan y que yo voy a ser algo así como un horno. Espero que no esté insinuando nada más allá. Me decepcionaría y, además, tendría que denunciarlo.

—No, nada de eso. —Rio una vez más. También me quedó claro que yo le resultaba hilarante—. Trataba de expresarle que hay cosas en la vida que no podemos analizar solo con la razón, y que tampoco se rigen por aspectos como la rapidez, la comodidad o la facilidad. Bueno —se incorporó—, ¿vamos a ello?

Asentí y me levanté. Anduve hacia la camilla, tal y como me indicó.

—¿Me tumbo?

—No es necesario. Siéntese y levante la manga del traje. No importa el brazo; cualquiera va bien. No le dejará ninguna marca ni afectará en absoluto a su movilidad.

Pulsó sobre un panel y una portezuela dejó a la vista un pequeño objeto metálico, cuadrado y brillante, con una etiqueta en una de sus caras. Me lo mostró.

—Este es un momento decisivo, Angie. Este contenedor es el que activará en usted los órganos reproductores mediante la inoculación de unos activos químicos personalizados según su perfil e historial. La administración, como verá, resulta imperceptible e indolora. Podrá volver a su trabajo y ocupaciones sin problemas. No obstante, empezará a experimentar sensaciones nuevas y alteraciones fisiológicas. Algunas serán compensadas por el traje, que equilibrará sus niveles químicos y su temperatura. También reducirá posibles náuseas, aunque no se asuste si siente mareos. Serán leves, eso sí, durante las horas en que vista el traje. Mi recomendación es que lo emplee también para dormir.

Asentí. Acostumbraba a dormir desnuda, pero un traje inteligente no resultaría molesto.

—El proceso toma tiempo. No es inmediato. Piense que durante veinticinco años su cuerpo ha tenido dormidos ovarios, útero, trompas de Falopio e incluso los óvulos. Ponerlos en marcha es como arrancar un motor antiguo que nunca ha funcionado; que está perfecto, como ya se ha comprobado, pero que no tiene la *costumbre* de funcionar. Empezará a menstruar, esto es, sangrará unos días cada mes. Pueden ser dos, tres, incluso siete días, depende. El traje también la ayudará con ello, y apenas se dará cuenta, salvo cuando tenga que orinar. No se asuste si un día va al lavabo y ve sangre, ¿de acuerdo?

Asentí de nuevo, mientras pensaba en lo raro que iba a ser todo.

—Pasarán unas ocho o nueve semanas hasta que su *motor*, por decirlo así, rinda bien. Recibirá un mensaje confidencial que se lo anunciará. Hasta entonces, no espere que suceda nada, aunque le recomiendo que vigile en qué momento del mes se encuentra para no asustar a su amante con una escena de película de terror.

Reí al imaginar lo que me decía. Creo que lo hizo para romper la tensión y seriedad del momento, y reconozco que funcionó.

—Supongo que ya ha recibido información oficial y se la ha estudiado. Me refiero en lo que respecta a la necesidad de conseguir un compañero fértil o una inseminación artificial para quedarse embarazada. Y también a la obligatoriedad de entregar su bebé en la escuela de la ciudad antes de su primer cumpleaños para que se críe y eduque conforme a la ley.

—Por lo que sé, ese puede ser el momento más difícil.

—Es un episodio de gran intensidad emocional. Algunas de mis pacientes lo recuerdan como el peor día de su vida. De hecho, hay quien decide afrontar esa tristeza volviendo a ser madre.

—Vaya…

—Ahí no le seré de mucha ayuda, no es mi especialidad. Pero la AP cuenta con buenos psicólogos, si es necesario.

—Espero que ver a mi pequeño de vez en cuando sea suficiente.

La Croix ensanchó su sonrisa.

—Seguro que sí. Además, si tiene usted pareja, podrá obtener una ATM de su hijo. Tendrá prioridad absoluta. Sea como sea, de nuevo le digo que veo en usted mucha fuerza y valentía. No me cabe duda de que vivirá esta preciosa aventura de una forma singular, ejemplar.

—Gracias, doctor.

—Ahora, tome esto. —Me tendió el inoculador, aquella cajita brillante—. Lea la etiqueta y confirme que los datos identificativos que constan en ella son correctos, los suyos. Su confirmación mental activará el dispositivo.

El aparatito vibró y se encendió una minúscula luz verde en uno de los lados.

—Perfecto. Ya solo queda que lo sitúe contra su brazo, en contacto con la piel, y confirme una vez más que quiere inocularse. Pero antes, yo debo salir de la habitación. No está usted obligada a administrarse el medicamento y no puede haber nadie ni nada que condicione su decisión. Esperaré en el vestíbulo. Decida usted administrarse el compuesto o no, deberá devolver el dispositivo a su bandeja, esa que está abierta.

—Señaló la portezuela—. Y a continuación, me llamará a través del comunicador o, si lo prefiere, puede salir discretamente por la puerta lateral. ¿Lo ha entendido todo?

—Sí.

—Perfecto. La dejo, entonces.

Abandonó la consulta y me quedé allí, con el brillante objeto cuadrado en mi mano. Lo sostuve unos segundos, mirando la lucecita verde.

«Un paso decisivo, Angie».

Recordé aquel vídeo de la mujer embarazada, aquella mujer tan feliz, tan sumamente feliz.

Pensé también en mi madre, la que aportó el óvulo del que yo nací, a la que había contactado en alguna ocasión, como cuando sentí curiosidad por saber si la facilidad con la que realizaba yo algunas tareas o mi pasión por la lectura y la mitología tenían algo de hereditario. O cuando la llamaba por cualquier tontería, como la excusa de ver sus ojos verdes, idénticos a los míos; o su cabello negro, liso y precioso, mucho más largo que el mío; o su piel perfecta, sin las pecas finísimas que salpican mi cara. Hacía tiempo que no hablábamos. Ella se mostraba educada, pero siempre llamaba yo, consciente de que ponía a prueba su paciencia si manteníamos más de dos contactos al año, o si la entretenía más de cinco minutos. ¿Tendría yo una mayor conexión con mi hijo o hija? ¿Una complicidad especial? ¿Habría magia?

Acerqué la cajita a mi brazo y me concentré.

«Inocular».

La lucecita verde se apagó. Y sonreí.

3

El borde y el diplomático

Nave interestelar Tereshkova. Muelle de atraque del CNT (Consejo de Naciones Terrestres) en París (La Tierra). Tres meses más tarde.

A medio camino de la nave me detuve a contemplar su línea, su forma alargada, estilizada y elegante, su célula que brillaba al sol. La Tereshkova, esa *Charmante AL-PV01*, era lo más bonito que habían visto mis ojos sobre una pista. Su diseñador, Carlo de Angelis, podrá morir seguro de dejar en este mundo, y en otros muchos, una huella imborrable de su maestría. Y la alianza entre la Aérospatial Lyonnaise y la Pokoritel' Vselennoy contará durante décadas como el mejor ejemplo de colaboración internacional en ingeniería espacial. Aquella nave, con sus seis poderosos impulsores Chris & Westgate en aro retráctil en la popa, casi ciento cuarenta metros de longitud y un sistema de salto Neumann-Takahashi clase VIII, era la bella y la bestia en su mejor combinación. Y yo, una IS6, su copiloto.

Sentí el impulso de compartir aquella preciosa estampa. En mi base se morirían de envidia.

«Enviar imagen a Deschamps, a Gina, a Lionel, a Coco, a…».

Noté el rechazo. Al parecer, la confidencialidad de la misión impedía el envío de cualquier foto. Tenía sentido, pero me sentí frustrada.

«Nada, Angie; atesora este recuerdo en tu memoria».

Seguí adelante y divisé la cabeza del hombre que se encontraba en el puente. El piloto de la misión, sin duda. Me planté en la rampa.

—¡Permiso para subir a bordo!

—¡Adelante! ¡Venga a la cabina!

Recorrí aquel pasillo ancho, blanco y luminoso, recordando los planos que había memorizado, hasta llegar al que sería mi nuevo puesto de trabajo las siguientes semanas. El piloto, un tipo de piel oscura, guapísimo, alto, de anchos hombros y aires chulescos, con la cabeza afeitada y algo de vello en la barbilla, hizo girar su asiento y me tendió la mano con cordialidad.

—Philip Bélair, capitán de la Tereshkova; bienvenida.

—Teniente Angie Carter, IS6, señor. Transferida desde Toulouse.

—¿Carter? ¿Como uno de los presidentes que tuvo Estados Unidos?

—No, como el descubridor de la tumba de Tutankamón.

Aquella respuesta lo desconcertó, y yo odié mi automatismo a la hora de responder a esa pregunta que tanto me fastidiaba con mi frase borde favorita. Vale, en general siempre me hacen ese comentario para resultar graciosos, cultivados y, supuestamente, ingeniosos y, sin duda, Philip pretendía serlo, pero desde luego no fue la mejor forma de responder a mi superior y compañero. Se me quedó mirando en silencio. Quizás valoraba la posibilidad de que en verdad yo fuera descendiente de aquel arqueólogo, o si me reía de él. Sacudió la cabeza y me indicó que ocupara el asiento a su derecha.

—Bueno, Carter, ¿y con cuántos jefes se ha acostado para que le asignen esta misión siendo una IS6?

—Con ninguno, señor. —Decidí mostrarme menos seca, pero tampoco quería darle opción a pisotearme, así que respondí de forma que entendiese que tenía algo más que una cara bonita—. Me reservo esa baza para cuando quiera ser nombrada capitana general de la flota.

Acerté, porque Philip rio con ganas.

—Está bien, Carter. A veces el sistema adivina mucho más en un piloto de lo que somos capaces de ver los humanos. Oiga… ¿le parece bien que nos tuteemos? Vamos a pasar mucho tiempo juntos aquí dentro. Eso de «señor» es más para los despachos, ¿qué opina?

—Si a nuestro ilustre pasajero no le parece mal, por mí estupendo, señ… —Me mordí la lengua, y él rio otra vez.

—Philip.

Asentí.

—Angie.

—Estupendo, Angie. Me he leído tu expediente. Tu primer vuelo al sistema Baa, ¿verdad?

—Sí, así es.

—Para todo hay una primera vez. ¿Qué te han contado sobre la misión?

—Nuestro pasajero es el embajador Vass, representante de los Gobiernos Unidos de Baanaue, la única luna habitada de las dos que orbitan Nunaue. La otra es Niinue. Vass participa en las negociaciones entre Baanaue y la Tierra para el intercambio de tecnología y recursos entre nuestras civilizaciones. Pertenece a una familia importante y puede tener enemigos tanto en su luna como aquí, en la Tierra. Por eso se ha diseñado una ruta diferente de la comercial, con saltos distintos, solo conocidos por unos pocos miembros de nuestros respectivos mandos. De hecho, creo que ni siquiera usted…, perdón, que ni siquiera tú dispones aún de la información.

—En efecto. El plan de vuelo nos lo entregará el embajador cuando embarque.

—Que no sabemos cuándo será…

—No —negó con energía—, no tenemos ni idea. Lo que significa que permaneceremos aquí, en esta preciosidad, listos para partir en cualquier momento, pero también para aburrirnos hasta que llegue… ¿cómo lo llamaste antes?, ¿«ilustre pasajero»?

Asentí, algo ruborizada. Y Philip imitó mi gesto.

—Ilustre pasajero. Me gusta. Y estoy seguro de que a él le encantará.

—¿A él? —Me tensé como la cuerda de una guitarra—. ¡No, espera! ¿No se te ocurrirá…?

Su carcajada me hizo ver que había caído en su broma.

—Vale, supongo que ya te iré conociendo.

—Ahora que lo dices, ¿quieres que veamos tu cabina? La litera parece cómoda y resistente.

—¿Puedo mandarte a la mierda sin que lo consideres una falta a un superior?

—¡Claro! Para eso somos compañeros. Pero la oferta seguirá ahí; como te he dicho, pasaremos mucho tiempo aquí dentro.

—Ya —puse los ojos en blanco—, y con un naui, para hacerlo más divertido.

—¡*Seeee*! —aulló—. ¿Cómo lo ves? ¿Llevas tu inhibidor de excitación?

Giré algo más la silla y aupé la cadera para mostrar el módulo en mi cinturón.

—Pero no lo he activado aún. Pensaba esperar a que nos confirmen el día y hora que embarcará el…

—Ilustre pasajero. —Giró el cuello, imitando a alguien igual de *estirado*—. Bien pensado; el efecto es instantáneo, así que bastará con verlo llegar por la pista y, entonces sí, los pondremos en marcha. ¡O no, si quieres darle una buena fiesta de bienvenida!

Tan claro como el agua de una región verde: Philip Bélair estaba como una cabra y, además, era un obseso sexual. Como toma de contacto, tuve suficiente.

—Me gustaría ver mi cabina. Y comprobar que han llegado mis cosas, ¿te parece?

—Ah, sí, dejaron un macuto para ti. ¿Estás familiarizada con la *Charmante*? Ocuparás el camarote dos.

—Sí, sin problema. Sabré encontrarlo. Te veo luego.

—No hay prisa. Te aviso si hay novedades, arqueóloga.

Salí del puente acompañada de su carcajada, y me pregunté si el ascenso sería tan fácil de obtener como había imaginado hasta entonces.

Habían pasado unas diez horas. En ese tiempo me había acomodado en mi estrecho camarote, recorrido los pasillos, visitado las distintas dependencias (varias veces) y familiarizado con mi puesto en la cabina. Philip pudo comprobar que esta humilde IS6 respondía bien a cualquier ensayo y simulación, al menos en tierra. Faltaba ver cómo sería todo una vez despegáramos.

También confirmé, en la intimidad de mi camarote, que mis intentos de quedarme embarazada seguían siendo un fracaso. La sangre, en su mayor parte absorbida y eliminada por el traje, dejaba claro lo inútil que habían sido los encuentros con aquellos hombres fértiles del directorio de la AP. Confieso que me cabreé. Tras recibir la notificación de que mi *motor* ya funcionaba, como lo había expresado La Croix, mi primer pensamiento fue probar a acostarme con hombres. Me parecía más natural y divertido que la inseminación artificial. Luego vi que no era un plan perfecto. Alguno de esos tipos resultó ser algo imbécil o cargante, y en una ocasión incluso tuve que plantarle a uno en la cara un holograma de Curtis Gantz, ese actor tan buenorro, para salvar la situación. Cinco amantes en dos días. Dos días a cuenta de mis vacaciones. Y todo para nada. Tomé la decisión de, a mi vuelta de Baanaue, solicitar una inseminación artificial y dejarme de tonterías.

Echaba de menos a Iván. Pero ya no podía hablar con él. Al entrar en la Tereshkova, toda comunicación personal quedaba anulada. Por seguridad, solo podía usarse el canal oficial de la nave, y no me apetecía compartir con los mandos mis charlas personales, mis pensamientos ni, desde luego, mis planes de maternidad. Sabía que, una vez realizáramos el primer salto, ni siquiera ese canal funcionaría, por lo que me esperaban largas semanas de darle vueltas sin nadie con quien desahogarme.

El sol empezaba a desaparecer cuando vimos que un pequeño grupo de figuras se acercaba a la nave.

Proyectamos su imagen en los paneles interiores de la cabina. Cuatro personas. Corrijo: tres personas y el embajador Vass, nuestro ilustre pasajero.

—Ahí lo tenemos, por fin —musitó Philip, con voz apenas audible, como si temiera que nuestras palabras ya no fueran en absoluto privadas.

Asentí mientras estudiaba al naui. No le dedicaba a la nave ni una pizca de atención. Sus ojos, grandes y curiosos, contemplaban el horizonte al otro lado de la Tereshkova. Creo que nuestro sol le resultaba fascinante. La luz crepuscular tornaba su piel azul en verdosa y proyectaba sombras tras los pliegues de sus orificios auditivos, tan invisibles como los olfativos. También confería mayor relieve a su dermis rugosa, esa que, aunque de tono invariable, tanto me recordaba a la de los camaleones, formada por multitud de puntitos. Su forma de caminar apenas difería de la de los humanos, a excepción de un ligerísimo cabeceo, adelante y atrás, que, dicen, les quedó a los nauis como legado evolutivo cuando sus ancestros perdieron la cola con la que aprendieron a erguirse. Incluso pese a esa peculiaridad tan sutil, se movía con elegancia. Por encima del mono con el que, en sus encuentros con humanos, retienen gran parte de sus secreciones químicas, vestía la túnica blanca propia de los altos dignatarios de su civilización. Todo en él inspiraba serenidad y cordialidad.

Lo acompañaba un hombre maduro, que el ordenador identificó como Toshiro Takeshi, miembro del Consejo de Naciones Terrestres. Según tengo entendido, los nauis y los nipones suelen entenderse bien. Los otros dos hombres eran soldados de infantería, su escolta en tierra. Dos armarios enormes, bien pertrechados, con una armadura que envidiarían muchas naves del cinturón de asteroides, sostenían sendos fusiles de asalto cuya descripción técnica no me estaba autorizada saber. Dos benditos GS de clase Pretorian. Casi nada.

Philip se puso en pie.

—Hora de activar los inhibidores. Y de ensayar nuestros modales más versallescos. Vamos allá.

Golpeamos casi a la vez nuestros dispositivos, salimos del puente y descendimos la rampa hasta situarnos sobre el pavimento. Allí nos plantamos muy firmes, como si estuviéramos en un desfile con la flor y la nata del planeta. Las cuatro figuras se acercaron hasta nosotros y se detuvieron a menos de dos metros.

Philip y yo saludamos con una inclinación de cabeza perfectamente sincronizada, a la que respondieron los dos dignatarios.

Y empezó mi calvario.

Temblé y me acaloré dentro del traje. Mis manos sudaban, mi pulso se aceleró, mi pecho se hinchó y mi boca se secó. Me estaba excitando. Como nunca en mi vida. Sospeché que el inhibidor no se había activado, aunque recordaba haber recibido la confirmación. Pero no podía comprobarlo, no en plena recepción del embajador. Junto con los temblores, me envolvieron suaves olores de naturaleza, como si el naui fuera su enviado, una suerte de druida o chamán, en aquel entorno de acero, vidrio y hormigón. Sentí la fragancia fresca y profunda de la tierra húmeda, de un bosque después de la lluvia; acompañada de otra, más áspera y cálida, de aire salado, de brisa de verano a la orilla del mar. Aromas que me transportaban a mi infancia en Cornualles, que tornaban mi conciencia y mi voluntad pequeñas y frágiles, mientras mi cuerpo, por su parte, se sometía a los envites invisibles que lo inflamaban.

Miré al naui. En su mirada, clavada en mí, y en su semblante, pese a ser un rostro muy diferente del nuestro, leí sorpresa y turbación. ¿Tanto se notaba el volcán que rugía dentro de mí? Concentré mi atención en el diplomático japonés, con la esperanza de atenuar mi sufrimiento. Sí, mi sufrimiento. Recordé la lección del profesor Acharya sobre los nauis, y aquella consideración sobre que no sería nada agradable tener un orgasmo en un encuentro oficial. Por suerte, yo no tenía que decir nada; eso recaía en el responsable de la misión.

—Capitán Philip Bélair y teniente Angie Carter, a su servicio, señor. —La voz de mi compañero me sonó firme y serena, pese a la palpitación que me embotaba los oídos.

—Buenas tardes, capitán —respondió el diplomático humano, y se dirigió luego a su acompañante naui—. *Manan* Vass, considero obligado señalar que tanto los tripulantes como la nave han sido escogidos especialmente para este viaje. La almirante de la Flota Estelar, en persona, me ha confirmado su excepcional valía, su brillante preparación y su lealtad absoluta.

—Haga llegar a la almirante Mbengue mi agradecimiento sincero, *manan* Takeshi. —El naui se esforzó en pronunciar nuestras erres, un sonido inexistente entre los suyos y que en sus labios sonaba más como una zeta.

Me consta que, en ocasiones, los nauis saludan a los terráqueos estrechándoles la mano, un gesto en el que es imperativo usar guantes para no dejar restos de su esencia en la piel humana. Y Vass lucía unos tan gruesos y tupidos como refinados, pero se decantó por una fórmula más ceremoniosa y distante. Mirando a Philip, inclinó apenas la cabeza y el torso, con una sonrisa leve y absolutamente política, exenta de emociones. Era una forma de manifestar reconocimiento, respeto y cordialidad, sin más.

—Es un placer, capitán.

Luego se giró hacia mí, supuse que para repetir aquel saludo. Sin embargo, se mantuvo erguido y me observó.

—Tengo que señalar que me sorprende encontrarme con una hembra humana en la tripulación.

—Verá, señor —intervino Philip, lo que provocó en el japonés un respingo—, entre nosotros, los humanos, hace siglos que no hacemos distinción entre géneros. En cualquier empresa o actividad participan los profesionales más idóneos, sin importar su sexo.

—No me gustaría ser malinterpretado, capitán. Si hago esta observación es para evitar… tensiones incómodas a la teniente.

—¿Acaso no le preocupa causarme a mí dichas tensiones, señor? Recuerde que también los hombres estamos sujetos a su influencia.

Él lo miró con una expresión algo más seca.

—Y yo le recuerdo, capitán, que en mi cultura no concebimos el apareamiento entre individuos del mismo sexo.

—Cierto, lo olvidaba —respondió Philip con una sonrisa arrogante—. Solo quería decir que…

—El capitán Bélair —lo interrumpió Takeshi, con una mirada dura que lo conminaba a callar— solo quiere señalar que en nuestra especie se dan por igual los efectos naturales y lógicos de la interacción entre nuestros mundos, sin distinción de sexo. Pero que eso no es ningún problema, *manan* Vass, conociendo, como conocemos, la forma de procurar un entorno inocuo para todos. ¿Lo he expresado bien, capitán?

—Eh... Sí, señor. Con mejores palabras que las que habría sabido encontrar yo.

Takeshi sonrió.

—«El dominio de la palabra es un sueño infinitamente esquivo», como dijo el poeta Hamasaki.

—Y el capitán me disculpará a mí. —Vass también esbozó una sonrisa—. Si yo hablase de navegación y pilotaje, sin duda, lo ofendería. —Repitió su saludo ceremonioso y contenido, que luego realizó hacia mí—. Y no dudo de que las personas designadas por *manan* Mbengue son excepcionales dentro de la excepcionalidad.

Respondí con una inclinación similar, aunque sentí que el rubor ardía en mis mejillas y mi cuerpo temblaba como en aquella gripe que me pilló sin traje en mi adolescencia.

«Joder, ¿cuánto más van a hablar?».

—Les deseo un vuelo agradable y sin incidencias —dijo, para mi alivio, el japonés—. *Manan* Vass, estaremos en contacto y seguiremos trabajando.

—Estoy muy contento de cuanto hemos hecho, *manan* Takeshi. Y de mi estancia en su bello planeta. Espero verlo de nuevo pronto.

Se despidieron con una última inclinación. Philip y yo dimos un paso cada uno a un lado y Vass desfiló rampa arriba. Luego, Takeshi dirigió un gesto serio hacia mi compañero, antes de girarse, pasar entre los dos GS y alejarse, seguido por estos, de vuelta al edificio central del CNT.

Philip me miró y frunció el ceño.

—Angie, ¿estás bien?

—Sí… Eh…, ¿Puedo pedirte un favor? Creo que mi inhibidor no se ha activado bien. ¿Te importa acompañar al embajador a su camarote? ¿Y que te dé a ti el plan de vuelo? Yo me encargo de encender los sistemas.

El capullo de mi compañero se plegó sobre sí mismo de la risa.

—¿Te has puesto cachonda? ¡Ja, ja! Me tienes que contar todos los detalles.

—No me jo…

—Y a cambio te dejaré pilotar entre el tercer y cuarto salto.

—Vete a la mierda. —Y subí, reprimiendo las ganas de golpearlo.

—¡Eh! —lo oí decir desde abajo, más serio—. ¡Solo encender y revisar! ¡Ni se te ocurra accionar el lanzador o serás tú la que salte de la nave!

Es difícil explicar lo que se siente en un despegue. Con todos los indicadores de nivel marcando máximos y solo la luz roja parpadeante del altímetro y del escudo, el silbido de los impulsores de maniobra se convierte en un rugido, la consola vibra con suavidad, y el cuerpo se te pega con fuerza al asiento mientras el suelo se aleja. Esa es la sensación más curiosa. No eres tú quien se despega del suelo, sino la tierra la que se despega de ti. A través de la cristalera inferior, la pista, la base y los edificios decrecen, se vuelven de juguete, igual que los árboles, los ríos y la ciudad entera. Me supo mal tener el cuerpo tan fatigado y sudado, porque la imagen del Sena, el Louvre y la torre Eiffel empequeñeciendo con las últimas luces del día eran la despedida más hermosa que podía esperar y hubieran merecido toda mi atención.

Philip hizo honor a su categoría. Fue un despegue suave, perfecto, de manual. Sentí una enorme envidia. Deseé ser yo quien gobernase el rumbo. Pero, en mi estado, no habría sido buena idea. Me concentré en mis atribuciones. Hice el seguimiento de todos los indicadores y sistemas para que Philip se ocupara al cien por cien del vuelo hasta que abandonáramos la atmósfera. Pero debí decir en alto la palabra *precioso*, porque me respondió la voz de mi compañero, esta vez sin burlas:

—Sí que lo es.

—¿Mmm?

—No hay nada igual. Y, además, con esta maravilla.

Mi envidia creció un poquito más, mientras asentía.

—¿Es la primera *Charmante* que pilotas?

—De este modelo, sí —reconoció con un brillo especial en la mirada—. Conozco bien la AL07 y la AL11, y su configuración es casi idéntica. Pero esta es... un sueño. Creo que las deja a todas anticuadas.

Sonreí. Mientras, la Tereshkova, a un suave gesto de Philip, cabeceó hacia lo alto. Los seis impulsores de la nave, desplegados completamente, nos empujaron con fuerza.

—Motores bien —informé—. Velocidad: 650 y subiendo. Ángulo: 40.

Por la cristalera inferior asomaron el perfil del continente y el horizonte que, poco a poco, se curvaba.

—Velocidad: 1,3 match. Ángulo: 60... 2 match... 3 match...

—Vale, Angie —me interrumpió—. Estás con un IS9. Relájate y disfruta.

Quería lucirse. Y quizás, por otro lado, mi verborrea le impidiese disfrutar el momento. Me limité a vigilar mi consola en silencio.

La proa de la Tereshkova silbaba cada vez menos, conforme atravesábamos los últimos centenares de metros de la atmósfera, y pronto la oscuridad salpicada de estrellas ocupó toda la cristalera.

«Hasta pronto, querida Tierra».

El panel de navegación inició un parpadeo en rojo.

—¿Tienes el plan de vuelo? —pregunté—. Hora de insertarlo.

—«La segunda estrella a la derecha y todo recto hasta el amanecer» —dijo Philip, al tiempo que me tendía una tarjeta.

Lo miré, asombrada.

—¿Peter Pan? ¿Has citado *Peter Pan*?

—¿A una inglesa le ofende que un francés cite a James Barrie?

—No, pero… Me sorprende que lo conozcas.

Situé la tarjeta de seguridad contra el panel de navegación. Este dejó de parpadear y mostró el itinerario de saltos. Comprobé las primeras coordenadas a las que debíamos dirigirnos, fuera del plano orbital de la Tierra y del sistema solar.

—Ya verás, compañera —me miró con una mueca odiosa y me guiñó un ojo—, que estoy lleno de sorpresas. Grandes sorpresas.

—¡Por …! —Me mordí la lengua; demostrarle a aquel cretino que me ofendían sus estupideces era abrir la puerta de par en par a cuantas pavonadas tuviera en su cabeza—. Coordenadas confirmadas. Integridad del casco al cien por cien. Disponibilidad de potencia total.

—Pues adelante. Rumbo a Nunca Jamás, Wendy.

Los indicadores numéricos de régimen del motor y de velocidad crecieron con una rapidez enorme. Pero no sentí ninguna vibración, así de silenciosa era nuestra chica. La bella y la bestia.

—Y... ¡hop! El Philip automático toma las riendas —dijo mientras se reclinaba—. Cuatro semanas lejos de nuestra querida Tierra. —Se giró hacia mí y añadió—: Lo cual es mucho tiempo. Espero que anoche aprovecharas para echar todos los polvos que pudieras con tu chico. O chica.

Quien a poco de conocerte te pregunta por tu situación sentimental es más un cotilla que un amable interesado. Así que opté por mostrarle una media sonrisa, de esas que no sabes si expresan un «nunca lo sabrás» o un «me reiría, pero solo lo hago con aquello que de verdad me hace gracia».

Él chasqueó los labios al ver que no me arrancaría nada.

—Hay que joderse —musitó.

Pero siguió escrutándome, disfrutaba del aspecto que mostraba yo tras mi reciente *estreno* con la peculiar biología naui.

—Así que te ha molado el ilustre, ¿eh? A saber si tu inhibidor ha fallado o querías experimentar lo que se siente cerca de un «azul».

Sacudí la cabeza y respiré hondo.

«Paciencia, Angie. Paciencia».

—Te lo follarías, ¿a que sí? ¿A que sí?

Suficiente. Giré mi asiento para encararme a él.

—¿A qué viene eso, a ver?

—Venga, confiesa. Lo harías. Y yo también, ¿por qué no?

—No sabes lo que dices. Es cosa de esa maldita segregación…

—Seguro que sí. Pero ¿qué importa? Lo que importa es que te atrae. El porqué es lo de menos.

—No, no lo es. Es como estar bajo los efectos de una droga. Eso no lo hace normal, no hay por qué aceptarlo sin más.

—Bueno, si te hace sentir bien…

—No, no me hace sentir bien la idea de que lo que me sucede se debe a causas ajenas a mí.

—¿Ajenas a ti? ¡Vaya! Y cuando estás enamorada, en esa burbuja, esa euforia, ¿acaso eres tú de verdad? ¿No es eso como una droga, también?

—¡¿Pero tú me has visto allá abajo!? —estallé, ya harta—. ¿Tienes idea de lo que he pasado? ¡Joder, Philip! ¡No ha sido nada divertido! ¡Lo he pasado francamente mal, ¿vale?!

Debí parecer un basilisco en un arranque de furia extrema, porque mi compañero enmudeció. Yo no.

—¡Este puto cacharro —señalé el inhibidor— no ha funcionado! ¡No sé si le di mal, se averió, estaba sin carga o qué! ¡Pero no ha funcionado! ¡Y de repente mi cuerpo no me obedecía! ¡Ni mi cabeza! ¡No era yo! —Se me quebró la voz—. Es decir, era yo… y a la vez no lo era… Una parte de mí deseaba lanzarse sobre él y arrancarle la ropa, mientras otra, en mi cabeza, como una mente dividida en dos, trataba de aguantar y contaba los segundos para el desastre como si fueran horas… No ha sido nada agradable. Ha sido una auténtica tortura de mierda.

Se hizo un silencio pesado en el puente. Sentí, por un instante, que no quería estar allí, en aquella nave y en aquella misión. Me sentía mal. Sola y devastada.

60

Un zumbido en nuestros monitores hizo que Philip se encarase a su consola. Pulsó el botón del intercomunicador.

—Embajador Vass, nos aproximamos al punto de salto. Con su permiso.

—Gracias, capitán —oímos la voz del naui—. Adelante.

Se trataba de una mera formalidad, pero en el momento en que saltásemos, finalizaría toda comunicación con la Tierra; la distancia la haría imposible. Avisar al embajador era un modo de decirle que, si mantenía alguna conversación o estaba enviando algún mensaje, debía acabar.

—Preparados para el salto —anunció Philip.

—Escudos al máximo. Comunicaciones cerradas. Toda la potencia disponible —respondí.

El cuerpo apenas percibe un salto estelar. Al contrario que con un despegue o con cualquier aceleración, durante la torsión del espacio no se advierte la variación de la velocidad. Resulta extraño la primera vez, sobre todo si no tienes una ventana a través de la cual contemplar cómo se deforman las estrellas y otros cuerpos del exterior. Tu mente, en cambio, trata de traducir la realidad a algo racional e intenta hacerse a la idea de que te encuentras, casi casi, en mil millones de sitios en el mismo instante. Algo tan complejo como imaginar el infinito. Lo mejor es, a menudo, dejarse llevar.

—Cuenta atrás. Cinco segundos. Y, Angie…

—¿Mmm?

—Creo que necesitas echar un polvo.

Qué cabronazo. Estoy segura de que aprovechó ese instante tan incomparable como infrecuente del salto para que no pudiera responderle.

La Tereshkova salió del sistema solar.

Punto de intersaltos indeterminado.
Un día más tarde.

Los módulos de recolección de hidrógeno trabajaban a pleno rendimiento. Tardarían entre veinte y treinta horas en llenar los tanques. Mientras, en nuestra primera parada entre saltos, flotando en la nada más absoluta, poco había que hacer. Philip y yo establecimos los turnos en el puente. Yo aproveché para avanzar con una novela, repasar apuntes de alguna asignatura y echar una partida al *Crazy Colonies*, entre vistazos periódicos a los indicadores de nivel de carga.

Cuando Philip me sustituyó, ocupé el tiempo con algo más activo. La bodega de carga, prácticamente vacía en aquel viaje, resultó un lugar ideal para hacer ejercicio. Programé a mi alrededor un holograma de las calles de Toulouse por las que salía a correr. Aquella hora me sentó de maravilla y, además, el aire era más limpio en ese espacio de carga que en la ciudad.

Luego pasé por mi camarote, deposité el traje sucio en el buzón de lavado, me duché y me vestí con un uniforme limpio. Iba a tumbarme un rato cuando sonó el videocomunicador desde el puente. Autoricé la conexión.

—¿Sí, Philip?

—Mmm, vaya, recién duchadita.

Qué suplicio. ¿Aquel tipo era un adolescente camuflado tras el holograma de un adulto?

—¿Qué quieres, Phil?

—¿Phil? Bien, Phil… Me gusta… Pero no me distraigas con tus flirteos. El embajador nos propone comer juntos, si te parece bien. Quiero decir que comeremos con él sí o sí, ya que es el embajador.

—Ah, pues… —Busqué con la mirada mi cinturón—. ¿Me das un segundo? Espera.

—Claro.

Tomé el inhibidor de excitación y lo planté sobre la mesita. Al instante, el monitor más cercano mostró una descripción que indicaba que el dispositivo estaba cargado y preparado para su encendido. Me ceñí el cinturón, deslicé el inhibidor en la ranura que le correspondía y le di un golpe suave. Se encendió una luz verde. Gruñí.

«Bueno, espero que ahora no me falles».

Me giré de nuevo hacia la pantalla.

—¿Cuándo?

—En media hora. Derivaré el control de seguimiento de la misión al comedor y nos vemos allí.

—Vale. —Corté la comunicación sin más. No era cuestión de darle a mi compañero calenturiento ni un segundo de charla más allá de lo necesario.

Me tumbé sobre la litera y me pregunté si los ingenieros del CNT habrían modificado los sintetizadores de alimentos de la Tereshkova para contentar los gustos de un naui.

—¿Te portarás con decoro? —preguntó Philip, antes de abrir la puerta.

—Tranquilo, no te avergonzaré, y podrás bailar con el príncipe —le respondí con intención venenosa.

Me mostró todos los dientes y posó la mano en el sensor de apertura. Entramos en el comedor, cuyo centro estaba ocupado por una mesa larga, con capacidad para veinte o más personas. Vass se había sentado en el extremo más alejado, de cara a nosotros, y aun así me golpeó una nueva oleada de su emanación invisible.

«¡Mierda!».

Philip avanzaba hacia él, rodeando la mesa. Yo, detrás, miré con rapidez mi inhibidor. Su luz verde brillaba firme. Caminé hacia el extremo de la sala e hice una solicitud mental a mi traje.

«¿Va bien el inhibidor?».

«Inhibidor en funcionamiento. Inoculando barrera sensorial», me respondió al momento.

Philip se detuvo a un metro escaso del naui e inclinó la cabeza.

—Encantado de verle, embajador. ¿Todo bien?

—Todo estupendamente, capitán —respondió al saludo nuestro pasajero azul.

Yo volvía a sudar, a notar fuertes palpitaciones y a excitarme hasta la médula. Aún no había llegado a la altura de Philip, pero me detuve en seco.

«A la mierda la diplomacia».

—¿Le importa si me pongo allá, embajador? —pregunté mientras retrocedía hasta el principio de aquella mesa larguísima—. Tengo problemas con mi… dispositivo.

Philip no desaprovechó la oportunidad de reírse ante mi nuevo calvario. El naui fue mucho más comprensivo y considerado.

—Claro que no, teniente. Lamento la situación. Espero que esa distancia sea suficiente, pero, de no serlo, por favor, no dude en ausentarse. Aunque me complacería mucho pasar un rato con ambos, conocernos y conversar.

—Espero que baste, gracias.

Los diplomáticos todavía aplican ese protocolo rancio de no sentarse antes que una mujer, algo que nunca he entendido y que me parece estúpido y trasnochado. Procuré ocupar mi asiento sin más preámbulos y así permitir a Vass y a Philip hacer lo mismo. Mi compañero se sentó a la derecha del embajador. Yo, en la otra punta, parecía la apestada del grupo. Y los estímulos de esa aura naui seguían golpeándome, aunque confiaba en que la distancia y la ventilación de la dependencia fuesen suficientes para mitigarlos.

—Estimado capitán, de algún modo estoy obligado a preguntarle sobre el vuelo, pero me encantará dedicarle al tema tan solo un segundo, dejarlo de lado y pasar a asuntos más triviales y amenos.

—Todo va perfecto, señor. Esta nave no solo es un portento tecnológico, sino que es totalmente nueva y funciona a las mil maravillas. Si existe alguna máquina que roce la infalibilidad, es esta. Casi no hace falta nuestra presencia.

—Me alegro. ¿Y qué les parece si durante nuestra travesía dejamos de lado esta pompa aburrida y acercamos más el trato?

—¿Tutearnos? —tradujo Philip—. Por nosotros, estupendo. —Me miró un instante antes de volver la vista de nuevo al embajador.

—Pues me gustará que me llaméis Vass, simplemente. —Su sonrisa me pareció deliciosa.

—Philip —respondió mi compañero.

—Angie —dije, elevando algo la voz.

—Qué bien, Philip y Angie, Angie y Philip. —Vass entrecerró los ojos, satisfecho—. Pues vamos a comer algo.

Pulsamos la superficie de la mesa y escogimos cada uno lo que más nos sedujo. En mi caso, una *vichyssoise*; me pareció prudente optar por algo ligero y frío. Confirmé. La mesa recuperó su blanco homogéneo y, abriendo su superficie lisa y uniforme, hizo aparecer mis cubiertos y un vaso bajo y ancho con agua. Allá, en el polo opuesto, vi que Vass obtenía de la mesa una cuchara y un tenedor de madera, o algo similar a la madera.

—Tengo muchas ganas de llegar a mi hogar, la verdad —dijo Vass para arrancar con algún tema—. Añoro mi casa frente al lago. Cuando tengo un rato, me gusta subirme a mi barca y pasear por él. Yo solo. Es una forma de estar en contacto con la naturaleza, me da serenidad de espíritu y me recuerda el valor de las cosas sencillas que nos rodean. ¿Tienes alguna afición así, Philip? ¿Te gusta la naturaleza?

—Pues sí. Supongo que es normal. Siempre estoy rodeado de máquinas, ordenadores y cables, así que escapar al campo es una forma de respirar. De romper con tanta civilización.

¡Pero qué falso era! Por lo que había visto en su ficha, cuando no estaba de servicio se iba de cabeza a discotecas, bares musicales y salas de juego. ¡Estaba más pegado al acero, el vidrio y el asfalto que un contratista de la construcción!

—¿Y tú, Angie? ¿Eres más de ciudad o de campo?

Miré a Vass con ojos enfebrecidos. Los suyos, de color violáceo, brillantes y expresivos, me envolvían con una atención cálida, en la que leía un interés genuino por mí.

De esas miradas que te dicen que eres interesante, importante, y que tenerte delante es muy agradable.

—Yo… Me gusta salir a la montaña, caminar durante horas y llegar a alguna cumbre desde la que se vea todo lejos y superpequeño. Pero, en realidad, soy muy de ciudad. Allí tengo lo que necesito y deseo, todo es fácil e inmediato. —Me encogí de hombros—. Supongo que soy muy comodona.

—Cierto. —Vass asintió—. Una de las mayores diferencias que veo cuando estoy con mis colegas humanos es que todo está siempre a mano. Si quieres algo, lo pides y una máquina te lo proporciona. No está mal —miró a Philip—, porque no tienes excusas para demorar tus obligaciones y trabajas más.

Mi compañero le devolvió la sonrisa. Lo vi muy a gusto con nuestro pasajero. O tal vez se divertía con mi turbación, una vez más. ¿También le parecería divertido al embajador?

Una luz frente a cada uno de nosotros nos avisó de que la comida estaba lista. Del interior del mueble se elevaron las bandejas. No distinguí qué había en el plato del naui; seguramente alguna combinación de pescado, algas y hongos, muy apreciados en su mundo. Philip debía de sentirse muy cómodo porque prescindió de los cubiertos y recurrió a las manos para dar cuenta de un sucedáneo de carne de pollo asado, cocinado con mucho ajo, como advertí desde mi asiento. ¿Era consciente de lo invasivo y fuerte que resultaba aquel ingrediente? ¿Lo hacía para fastidiar a Vass?

Yo me concentré en mi crema. Los efectos del naui me quitaban el apetito. Tuve que obligarme a comer. Y a tratar de seguir la conversación, aunque dejé que fuese Philip quien llevase el peso de esta. Al fin y al cabo, estaba más cerca de Vass. Y era el capitán. Yo me limité a asentir de vez en cuando, a reír alguna ocurrencia de uno o del otro y a alzar las cejas cuando creía que se esperaba de mí una reacción de asombro.

Pese a tener los sentidos alterados, noté que el ambiente se había caldeado entre ellos. Hablaban de diferencias entre nuestras especies. Habían empezado con alguna tontería sobre el color de la piel, la sensibilidad a las variaciones gravitacionales o la modalidad de reproducción. Pero creo que Philip presumió de nuestra mayor longevidad, en términos que debieron de ser bruscos, porque la respuesta de Vass fue seca, nada propia en un diplomático designado por toda una civilización para estrechar lazos con otro mundo:

—Por lo que veo, los humanos habéis trivializado tanto la vida que ya no le dais valor.

—¿Por qué dices eso? —pregunté. Volvía a ser, de golpe, una participante activa del debate.

Vass dirigió sus ojos violetas hacia mí.

—Quizás es una consecuencia lógica de vuestra evolución sociodemográfica. He sabido que la superpoblación en la Tierra a mediados de vuestro siglo XXII era tan insostenible que os obligó a limitar los nacimientos.

—El Tratado de Tokio de 2156 —confirmé.

—Se acordó adoptar la esterilización de toda nueva criatura, actuando durante su desarrollo fetal. Luego os educaron en el convencimiento de que tener hijos es innecesario, puesto que ya existen los laboratorios de cultivo embrionario e incubación fetal, y que, así como el sexo es un placer, tener hijos es una tarea que exige alta dedicación. Pero no os enseñan que la paternidad desarrolla en los progenitores una fuerte conciencia sobre el valor de la vida, al ser testigos de ella y de su fragilidad desde el primer instante, al participar en su desarrollo y al responsabilizarse de su supervivencia.

—Yo sé muy bien el valor que tiene todo ser, y no me hace falta ser madre para ello.

—Fiuuu —silbó Philip.

—Seguro que sí. Perdona si por mis palabras has entendido que creo lo contrario.

—Porque lo has dicho. Has dicho que no le damos valor a la vida.

—No del mismo modo que vuestros antepasados, aquellos que engendraban a sus vástagos.

—Eso no puedes asegurarlo. Nuestros planetas ni siquiera habían establecido contacto. No sabéis nada de lo que podían sentir mis antepasados. Ni yo misma puedo.

—Los muchos testimonios escritos y orales de vuestros archivos así lo corroboran.

—¿Y vosotros sois mejores en ese aspecto?

—No me gusta la palabra *mejor*, es un camino que conduce a la confrontación y al odio.

—Pero lo sientes así.

Vass suspiró. Sus ojos violáceos me contemplaban con lo que debía ser una intención conciliadora, pero que a mí me derretía por dentro. Seguro que mi traje funcionaba a pleno rendimiento para mantenerme más o menos estable.

—Voy a dejar de lado —dijo Vass, con mucha suavidad— el hecho irrefutable de que tendemos a considerar de forma más benevolente aquello que nos es cercano y familiar. Algo que, en cualquier caso, se diluye cuando viajamos, conocemos otras culturas y comportamientos y abrimos nuestras mentes a formas diferentes de vivir y actuar, extrayendo de cada una los aspectos que nos parecen más inteligentes.

—Los diplomáticos os enrolláis demasiado —terció Philip, con su nulo tacto, tan característico—. Ve al grano y admite que consideras que tu especie es mejor que la nuestra.

Vass se puso serio. Sus modales exquisitos le impedían responder con brusquedad, pero por su cara supe que lo había ofendido.

—Capitán, insisto: no considero que ninguna especie sea mejor que otra, y menos en los términos a los que se refiere usted.

«Uh, uh, lo ha tratado de usted… Está claro que el comentario le ha dolido».

—De hecho, no descarto que los humanos, en el contexto actual, gocéis de ciertas ventajas en términos de fuerza y resistencia. Por ejemplo, en la eventualidad de un enfrentamiento bélico. Os habéis hecho más pragmáticos, más duros. La supervivencia de vuestra especie está asegurada, o casi. No tenéis niños que dependan de vosotros, así que podéis ser más osados. Solo dependéis de vosotros mismos, individualmente.

Guardé silencio para evitar molestarlo más. Habría querido sacar a colación la Adopción Temporal de Menores a la que toda pareja humana está obligada, pero decidí que no era un argumento sólido.

—Los nauis vivimos la mitad que vosotros, como Philip ya ha recordado. Y las tasas de fertilidad y de natalidad están lejos de ser óptimas. Vuestra tecnología y conocimientos nos ayudan a investigar formas de corregir la situación. Mientras tanto, vemos a nuestros pequeños como claves en nuestra perpetuación. Cada uno es un tesoro que nos afanamos en proteger y cuidar, incluso con nuestra vida. Cuando una cría rompe el cascarón, la noticia corre como el relámpago en la noche. Acude gente de todos los rincones. Vecinos, amigos y desconocidos. La madre, pese a que su entrega de los últimos meses al cuidado del huevo la deja en unas condiciones muy frágiles, rebosa felicidad. Sus ojos brillan contemplando el futuro de nuestra especie, al que tanta energía ha dedicado, y su amor es infinito. De su esfuerzo y su tesón se ha generado vida.

No pude negarme que la idea que acababa de expresar Vass, ese sentimiento, era algo realmente bello. Y removió algo dentro de mí, ese deseo creciente, inconfesable, pausado hasta nuestro regreso a la Tierra.

—Tengo entendido —apuntó Philip— que las crías nauis pertenecen a sus madres, ¿es así?

—Pertenecen a las hembras de mi especie —puntualizó Vass—. La madre se ocupa de la incubación durante la mayor parte del tiempo, pero otras hembras la ayudan. Por ejemplo, cuando se ausenta para comer, para asearse, o si está muy débil. Al nacer, el naui se cría entre las hembras, sin vinculación exclusiva a ninguna, ni siquiera a la madre. Todas son responsables del pequeño. Y es una gran responsabilidad. Por eso nuestra civilización se estructura en torno a las hembras, cuya palabra es ley. En la Tierra lo llamáis «sistema matriarcal».

—Siempre me he preguntado por qué los nauis no aceptáis la posibilidad de la clonación —dijo Philip, mientras masticaba su imitación de pollo.

—No nos parece adecuado replicar individuos.

—Os sería de gran ayuda, al menos hasta que alcanzarais una población suficiente.

—Un parche no es una solución. Y crecería la posibilidad de rasgos recesivos o deterioros genéticos en nuestra prole.

—No si realizáis un buen seguimiento. Me extraña que la Gardner Corporation no os haya ofrecido sus servicios. Su reputación en investigación médica, genética y biomédica es innegable.

—No puedo revelarte el contenido de las reuniones que mantengo con las autoridades de tu planeta, Philip. Pero, por supuesto, tanto la Gardner como otras entidades de similar perfil de actividad participan en la búsqueda de soluciones para el futuro naui.

—Por supuesto. Lilith Gardner no dejaría escapar la posibilidad de hincar el diente en un negocio tan suculento. Pero, al margen del dinero, su gente es la mejor, sin duda. Si yo fuera tú —le señaló con el falso hueso de pollo que sostenía— y tuviera que escoger entre la Gardner Corporation y cualquier otra, estudiaría su propuesta con especial atención. —Una luz parpadeó junto a la bandeja de Philip. Este, al verla, alzó las cejas, se chupó de los dedos los restos de grasa y se puso en pie—. Los tanques están casi llenos. Discúlpame, Vass, voy al puente.

—Claro. Gracias por tu tiempo y compañía.

—Gracias a ti.

Quise levantarme para acompañarlo, pero Philip hizo un ademán y sacudió la cabeza.

—Acaba de comer, Angie. No hay prisa. Te aviso para el salto.

Asentí y me quedé frente a la bandeja, con la *vichyssoise* a la mitad. Una parte de mí se repetía que debería haber salido del comedor con Philip, mientras otra se regodeaba al permanecer allí, sometida a la marea estimulante del naui.

Cuando la puerta se cerró a mi espalda, Vass me preguntó:

—Creo que no tienes mucho apetito, ¿me equivoco?

—Tengo el estómago algo revuelto.

Me pareció leer en aquellos grandes ojos que mi excusa le resultaba a él tan falsa y burda como a mí. Pero la diplomacia se basa en aceptar las excusas y las mentiras evidentes como algo natural en las conversaciones.

Sin embargo, Vass parecía interesado en aprovechar que estábamos a solas para abandonar la discreción propia de su cargo, coincidiendo con el regreso de esa sensación olfativa a tierra húmeda y sal que tal vez el olor a ajo había camuflado hasta ese instante.

—Angie... No sé cómo decirte esto, pero... Hay algo en ti que me resulta singular.

—¿Singular? —Mi voz sonó insegura. Mucho. Como cuando en el colegio te hablaba ese chico que te gustaba tanto y balbuceabas porque olvidabas cómo hablar.

—Lo noté desde el primer momento, cuando nos vimos al pie de la nave.

—Ah, sí... Sé que te molestó encontrarte con una mujer...

—No es eso. No, en absoluto. Y espero que me entiendas bien. Sabes que los nauis somos especialmente sensibles a las emociones. Vosotros lo llamáis «empatía».

Por un instante temí que me confiase que, en realidad, fueran telépatas. Algo que me habría resultado aún más incómodo.

—Puede parecer un don útil, para los vuestros. ¡Qué práctico saber si quien tienes delante está enfadado o contento! Si está tenso, y por tanto miente u oculta algo, o si está relajado y la conversación discurrirá por vías cordiales, sinceras y alineadas.

—Pues sí, parece práctico.

—Lo que ocurre es que, a la vez, somos permeables a las sensaciones y estados de ánimo.

«¿Cómo? ¿Me estás diciendo que os contagiáis de lo que experimenta quien esté ante vosotros? ¿Me estás diciendo que…?».

—En nuestras reuniones de trabajo colaboro con hombres y mujeres. Y no he tenido ningún problema con ellas. Así que no tengo ningún inconveniente en permanecer con hembras humanas.

—¿Pero…? —murmuré. Mi temperatura subió aún más, arrastrada por un anhelo creciente.

—Por alguna razón que no llego a entender, percibo una turbación en ti que no he sentido en ninguna otra mujer. Y, como te explicaba antes, soy sensible a los estados de ánimo.

—Lo que significa —mi anhelo empezaba a ser puro deseo— que también tú sientes esa… turbación.

—Sí. Y podría arrastrarme. Lo que no es adecuado en absoluto.

—¿Adecuado? —El sudor se precipitó de mi ceja al fruncir el ceño.

—Angie, estoy dedicando grandes esfuerzos a mi empeño de no dar un paso del que me arrepentiría. Y tú también. Sería peligroso, además.

—¿Por qué? —Me temblaban los brazos y apreté los dedos en el borde de la mesa para reducir el efecto—. En la Universidad he aprendido que somos físicamente compatibles, aunque solo en... lo mecánico, por decirlo así. Me refiero a que no... A que no puede darse un embarazo, no es posible.

—Dejando de lado vuestra esterilidad inducida, es cierto que no se puede producir una hibridación interespecífica entre humanos y nauis. No nos parecemos en nada. Para empezar, sois vivíparos y nosotros ovíparos. Pero yo me refiero a que resultaría peligroso por la espiral de sensaciones retroalimentadas: tú, sujeta a mi influjo; yo, percibiendo tu estado y amplificándolo. No, Angie, te aseguro que es una perspectiva altamente arriesgada por el daño psicológico que podría causar.

Nos separaban poco más de veinte metros. ¿Cómo sería levantarme y acercarme al foco de ese volcán de sensaciones? ¿Lanzarme de cabeza?

—Como te digo, ignoro por qué contigo me encuentro en esta situación. Seguro que se debe al mal funcionamiento de tu inhibidor. Te ruego que lo revises. Y, en cualquier caso —se puso de pie y se apresuró en pulsar el botón de retirada de su bandeja, que fue *tragada* por la mesa—, en nuestros próximos encuentros procuraremos mantener esta distancia, y reducir al mínimo su duración. Que pases un buen día, Angie.

Ante mi asombro, y con una velocidad que no creía posible en alguien vestido de largo, salió del comedor por la puerta que tenía a su espalda. Al instante dejé de sentir el efecto de su presencia, mi pulso se tranquilizó y mi respiración se tornó más lenta. Como el día anterior, me sentí igual que si hubiera corrido tres maratones. Apenas me podía mover. Miré los indicadores en la manga izquierda de mi traje. Me anunciaban que tenía que echarlo al buzón de lavado porque estaba poco menos que nadando en sudor, y que tenía que reponer líquidos y sales para contrarrestar una ligera deshidratación.

Me incorporé como pude y me tambaleé hasta mi camarote. Me costó media vida ducharme sin un traje que me sostuviera. He de confesar que activé las ayudas para higiene de ancianos que los ingenieros de las *Charmante* incorporan de serie pensando en los viejos millonarios, sus principales clientes.

Un nuevo traje me recompuso de forma más que aceptable. Silencié el testigo que aconsejaba comer y reposar. Luego me apresuré hacia el puente, donde Philip me esperaba para el segundo salto.

—Llegas justo a tiempo —trinó con alegría—; iba a llamarte… ¿Te has vuelto a duchar?

—Siempre me ducho antes de un salto, ya me irás conociendo.

—Vaaaale —concedió, encogiéndose de hombros—. Tenemos todo el hidrógeno que esta chica puede albergar. Preparados para un nuevo paseo por el campo.

Esa frase activó un recuerdo reciente.

—Phil, ¿por qué has dicho que te gusta la naturaleza?

—¿Perdón?

—Antes, en el comedor, al hablar de lo que te gusta hacer. Vamos… —gruñí—, nuestros perfiles son de consulta libre dentro de la Flota. He leído el tuyo. Y si fueses solo un poco más de ciudad de lo que eres ahora, serías un sintético. ¿Por qué has dicho eso?

Philip rio.

—Era una comida de compromiso, se trataba de estar a buenas con el naui. Crear un ambiente cordial. Aparte, después de mi patinazo antes del despegue, he considerado prudente callarme mis opiniones y ser un chico bueno.

—¿Tus opiniones?

—No me gustan los nauis.

—¡Venga ya! ¡Si me dijiste ayer que te tirarías a Vass!

—Para darme un gusto, sí; se dice que están muy bien dotados… Pero nos miran como si ellos estuvieran en posesión de la verdad y nosotros fuéramos unos inconscientes, unos descerebrados. Ya lo has oído cuando te ha soltado eso de que trivializamos la vida.

—Vale, tenemos nuestras diferencias. Pero eso también pasa entre personas. Y, en cualquier caso, de ahí a darle coba diciendo que eres un amante de la naturaleza…

—¿Tan importante es? ¿Acaso nos pagarán menos si descubren que decimos alguna que otra mentira sin importancia?

—No sé, podrías haber hablado de otras cosas que te gusten. De aficiones que tengas. O proyectos. Qué sé yo, por ejemplo, reunir suficiente dinero y recursos para establecerte por tu cuenta y tener tu propia nave.

—¿Es ese tu sueño, Angie?

Me ruboricé.

—Me gustaría, sí. Algún día. Soy buena piloto, ¿sabes?

—¡Seguro que sí! Mírame a mí; una vez también fui un IS6…

—¡Pues lo soy! Ya lo era en Marham. Y ahora, en Toulouse, no hay quien me supere ni en vuelo atmosférico ni en salidas IS. Y sí, algún día tendré mi propia nave y seré mi propia jefa. Volaré a mi antojo y negociaré directamente mis tarifas. Seré conocida por mi rapidez, mi seriedad y mi efectividad. Lo conseguiré. Sé que lo conseguiré. Hasta tengo un nombre para mi nave: Nellie Bly. ¿Sabes quién fue?

Sacudió la cabeza.

—Una periodista de finales del siglo XIX, la primera mujer que dio la vuelta al mundo en menos de ochenta días. Lo hizo para comprobar si era posible lo escrito por Julio Verne en su libro, publicado unos años antes. Julio Verne sí sabrás quién era, ¿verdad?

—Vaya pregunta para un francés —respondió con un gruñido.

—Pues Nellie lo logró. Y en menos tiempo; setenta y dos días y seis horas, incluido un encuentro con el mismo Verne en su casa de Amiens. Y lo consiguió pese a que muchos consideraban que una misión así era inadecuada para una mujer, porque las mujeres necesitaban más ropa que un hombre para viajar, y eso implicaba más maletas. Pues, ¿sabes qué?; ella lo hizo con un bolso de mano. Desafió a todos, como lo hará mi nave. Será la más rápida, hará lo impensable y ninguna meta será imposible.

»Sí. Un día mi Nellie Bly y yo seremos conocidas. Surcaremos atmósferas y sistemas y nos repartiremos las ganancias a partes iguales. Yo, para mi retiro. Ella, para mejoras; será cada vez más rápida, más potente y envidiada. Y cuando el traje ya no sea capaz de mantener mis huesos con unas mínimas garantías, habré ahorrado lo suficiente para comprar un pedacito de playa en Sandymouth Bay, cerca de donde crecí, y una licencia para un bar musical. Enterraré el tren de aterrizaje de Nellie en la arena, plantaré sobre la entrada de la bodega un cartel enorme que ponga The Shaking Hand, y las mejores bandas se pelearán por tocar cada noche para los locos que quepan dentro, a mi grito de «¡Que se haga el *rock*!».

Philip me dedicó una cara de asombro indescriptible. Creo que me vio como algo más que una IS6 tocada por la suerte y una tía a la que tirarse si la ocasión le era propicia.

—¡Vaya! —exclamó por fin—. Es… genial. De verdad. En fin, me has dejado sin palabras. Veo que lo tienes claro. Es bueno tener proyectos y sueños en la vida.

Lo miré con recriminación.

—Aún no me has contado qué tienes tú en mente. Va, tu turno. Suéltalo.

—Aaah, no. —Recuperó su cara de listillo habitual y se rio—. No, no… Ni hablar.

—¿Qué ocurre? —dije sin comprender y contagiándome de su risa.

—No voy a contarte nada.

—¿Por qué? ¡Venga ya! ¡Yo te he contado mi sueño!

—¿Has oído hablar de la maldición Kowalski?

—¿La maldición Kowalski?

—En las viejas pelis yanquis a menudo aparecía un tío llamado Kowalski que explicaba todo lo que haría al acabar la misión y volver a casa. Pero no volvía. Podía ser un soldado de caballería, un policía, un militar, tanto daba. Si hablaba de la granja que pensaba comprar en Iowa, o del Mustang que arreglaría para correr, lo que fuera, siempre la diñaba. Esa es la maldición. No se pueden explicar tus planes durante un servicio. Así que nada de preguntas.

—Entonces, ¿qué pasa conmigo? ¿Soy yo la Kowalski de esta misión?

Se quedó un instante en silencio, con los ojos clavados en mí. Luego, se encogió de hombros y alzó las manos.

—No sé; yo no soy guionista, solo piloto. Y el jefe de la misión. Y toca prepararnos para el salto; así que, a ello.

—Eres un tramposo —murmuré mientras empezaba la revisión de los sistemas.

4

Funciona, maldito cacharro

Nave Estelar Tereshkova.
Punto de intersaltos indeterminado.

Los días se sucedían y amenazaban con volverse monótonos. Lo habitual, en viajes así, es programar actividades, tanto individuales como en grupo, para combatir la rutina y matar el tiempo. Ver una película con tus compañeros, improvisar un partido de fútbol o básquet en la bodega de carga, o incluso bailar un *limbo rock* —sobre todo si ingenias unos disfraces de indígenas tribales con lo que pilles en enfermería o mantenimiento— acaban convirtiéndose en los recuerdos más especiales y divertidos de las misiones interestelares. Pero hacer esas cosas con Philip no me apetecía, y con Vass era inviable, tal y como funcionaba mi inhibidor. Creo que ellos sí jugaron algún «uno contra uno», y en un par de ocasiones Philip invitó a Vass al puente, en su turno de pilotaje. Pese a que solo Vass sabía lo que yo soportaba si estaba en la misma sala que él, fue muy discreto y no le comentó nada a Philip. Me habría enterado, sabiendo lo bocazas que era mi compañero.

Yo me excusaba con exámenes de universidad ficticios que tenía que preparar y me entregaba a mis propios entretenimientos. Hay una película antiquísima, de los hermanos Marx, en la que alguien le decía a Groucho «seguro que ha tenido un viaje largo y aburrido», a lo que él respondía «solo se aburren los imbéciles, como usted sabrá bien». Esta frase me acompaña siempre, como una extraña máxima de conducta que me impulsa a enriquecer mi mente de forma constante, a no relajarme. Si la naturaleza nos ha regalado este cerebro, es injusto no aprovechar su potencial en todo momento. Lo de perder el tiempo no va conmigo.

A ver, también es bueno descansar y divertirse. Y el aislamiento acústico tan estupendo de las *Charmante* me permitía encerrarme en mi camarote, programar AC/DC, Rammstein, UltraBass o Electric Death a todo volumen y brincar sobre el catre con una guitarra imaginaria en mis manos, sin molestar ni ser molestada. Iván había amenazado con prohibirme esta música si me quedaba embarazada, así que tenía que aprovechar aquel momento.

De lo que no pude escapar fue de otras comidas en grupo. Antes de acudir, picaba algo, porque mi apetito se esfumaba una vez en el comedor, cerca del naui. Y Philip cumplía siempre con el patrón de conducta establecido en su programación, comportándose como un estúpido absoluto e incuestionable. Aprendí, y Vass también, a no extender esos encuentros más allá de veinte minutos. Entre ambos desarrollamos, de forma tácita y espontánea, un lenguaje de miradas sencillo mediante el cual sabíamos decirnos si la turbación alcanzaba una intensidad insostenible o bien podíamos sobrellevarla un poco más.

Percibía en los ojos de Vass que Philip le parecía insulso y cargante y, en cambio, yo le despertaba interés. Un interés intelectual, porque en el plano físico ya me había dejado claro que yo ejercía sobre él un magnetismo reflejo de mi propio deseo —involuntario, alienador y peligroso— que debíamos mantener bajo control a cualquier coste. Pero las pocas frases que cruzamos en esas comidas, aun sujetas al enturbiamiento de mis sentidos, alumbraron intereses en común. Por ejemplo, a Vass le fascinaba la naturaleza humana y a mí lo poco que conocía de los nauis me empujaba a saber más. Un día me sorprendió recibir un mensaje suyo, en el que me adjuntaba algunos artículos sobre su civilización que consideraba acertados en el enfoque, bien escritos y documentados. Agradecí el detalle y quise responder en una línea similar, pero como no tenía ni idea de qué estudios humanos recomendarle —y, probablemente, su condición de diplomático ya le procurase ese material—, aproveché un turno entero de descanso para contarle lo que hacemos en la Tierra para divertirnos. Pretendía ser un aporte serio de nuestras conductas sociales, pero acabé adjuntándole títulos de canciones que me encantan. Más tarde me entró cierto remordimiento y preocupación.

«Angie, tus gustos no son para todos los públicos. Y como Vass se quede sordo, serás la responsable de un conflicto diplomático interestelar».

También le dediqué algunas horas a mi maldito inhibidor, dispuesta a averiguar qué le ocurría. En mi camarote, ayudándome de un manual oficial, unas gafas de aumento y unas pinzas, lo desmonté. Separé sus componentes y verifiqué el estado de cada pieza. Todo parecía estar bien, desde el contenedor del compuesto hasta la miniaguja. ¿Qué ocurría, entonces?

—Abrir consulta personal y confidencial —dije encarada a mi monitor—. ¿Existe alguna incompatibilidad entre el inhibidor de excitación y el tratamiento de recuperación de fertilidad?

—Ninguna incompatibilidad —respondió una voz en mi pantalla—. Todos los ensayos realizados demuestran que la administración simultánea no reviste efectos indeseados ni altera la efectividad de sus respectivos propósitos.

«Pues la efectividad está fallando de forma garrafal…».

Deposité el contenedor del compuesto sobre la mesita y dejé mi mano apoyada al lado.

—Verificar que la formulación es la correcta para Angie Carter, teniente IS6 de la Flota Estelar. Soy Angie Carter.

—Confirmada identidad de ADN y voz, Angie Carter.

Retiré la mano.

—Confirmación del compuesto analizado —dijo enseguida la pantalla—. Barrera sensorial inhibidora de feromonas volátiles y no volátiles o de contacto ajustada al perfil biológico de Angie Carter.

No entendía nada. Todo estaba correcto. Sin embargo, no me hacía efecto.

«No *me* hace efecto…», me repetí, con una sospecha.

—Consulta: ¿se han dado casos de humanos inmunes al efecto del inhibidor?

—Negativo. El compuesto actúa sobre los receptores sensoriales y células neurotransmisoras. Se ha demostrado efectivo en el cien por cien de los casos.

«¡Mierda!».

Inspiré hondo y di vueltas en el espacio angosto del camarote; traté de encontrar alguna explicación más, alguna teoría. Finalmente concluí que nada podía hacer, salvo actuar como ya lo hacía: manteniendo las distancias y evitando a Vass tanto como fuera posible. Pensé también que era absurdo llevar el inhibidor, ya que no estaba siendo efectivo. Pero me asaltó una duda terrible: ¿no sería peligroso? Tal vez sí generase algún efecto, aunque fuera mínimo. Si renunciaba al dispositivo, quizás sufriese problemas mayores.

Realicé una última prueba, un análisis de mi sangre que confirmase la presencia del compuesto inhibidor en ella. Eso descartaría cualquier mal funcionamiento del dispositivo.

Recibí la respuesta del sistema como un mazazo. El compuesto-barrera circulaba por mis venas con un porcentaje cercano a los niveles máximos recomendados.

Y no me hacía efecto.

En uno de los cambios de turno, me pareció ver a Philip algo ausente, meditabundo, incluso triste.

—¿Te ocurre algo, Phil?

—¿Eh? —Se detuvo a medio camino de la puerta y se volvió hacia mí—. No, todo bien. Supongo que debería descansar algo.

Asentí, sin dejar de mirarlo. Tal vez fuera cansancio, como sugería. Pero tenía que ser algo cercano a la extenuación para que no hiciera comentarios odiosos y obscenos, como de costumbre. Y a bordo de la Tereshkova no podía fatigarse tanto.

—¿Qué pasa? —protestó, incómodo por mi modo de observarlo—. ¿No tengo derecho a estar algo bajo de fuerzas de vez en cuando?

—Claro —dije—. Pero es raro. Salvo que pretendas despertar en mí algo de compasión y aprovecharte.

Hala, ahí le dejaba en bandeja de plata la posibilidad de responderme alguna tontería de las suyas. Pero no la usó. Alzó la mano en un gesto que no comprendí y respondió sin entusiasmo mientras salía:

—Te veo más tarde, Angie. Buena guardia.

Me encaré hacia mi consola, donde el nivel de carga subía con lentitud, preguntándome la razón de aquel estado de ánimo tan extraño en mi compañero. No podía deberse a ninguna noticia recibida, ya que no teníamos comunicación alguna en aquel rincón perdido entre la nada y ninguna parte. Quizás se trataba de algún recuerdo, o el aniversario de un suceso triste. Philip era un capullo irritante, pero soy incapaz de ver a alguien tocado y quedarme de brazos cruzados. Esperaría a que volviera de su descanso y, si seguía así, hablaría en serio con él.

Me entretuve con una nueva partida de *Crazy Colonies*. Era gracioso que un viaje interestelar, en misión diplomática secreta, fuese la mejor ocasión para subir niveles en aquel juego. ¿Llegaría al último antes de arribar a Baanaue? Probablemente. Antes de volver a la Tierra, seguro. Mis colonos nadaban en la abundancia y podía permitirme perder decenas de soldados en ofensivas arriesgadas porque enseguida eran reemplazados por otros. Mientras, mis prospecciones mineras crecían, mis ciudades se expandían y la mitad de mis ciudadanos tenían un alienígena como mascota, un centro de ocio cerca de casa y una salud envidiable. Reinaba la felicidad en Angieburgo.

Recomendación sincera: no os enganchéis a ese juego; evitadlo a toda costa, es superadictivo y absorbente. Podríamos haber recibido el impacto de un asteroide sin que yo lo advirtiera ni oyese alarma alguna. Por suerte, no sucedió nada así, pero Philip apareció junto a mí sin que me diese cuenta.

—¿Tienes más vicios inconfesables aparte de ese jueguecillo?

Pegué un grito por la sorpresa. Y su risa, mientras ocupaba el asiento del piloto, me aclaró que, fuera lo que fuera aquello que lo había tenido cabizbajo, había desaparecido.

—Te veo mejor —dije.

—Imposible, siempre estoy inmejorable.

—Oh, perdón, señor inmejorable.

—Ojo con negarlo, o te dejo sin el salto prometido.

Lo miré con un entusiasmo irreprimible.

—¿Lo dices en serio?

—Lo prometido es deuda; este te toca a ti.

—¡*Yeaaah!* —aullé.

—Te transfiero el control. Entiendo que te has fijado lo suficiente como para saber cómo proceder, ¿verdad?

—Mmm, creo que sí. Quiero decir… No he visto nada diferente a otros saltos, con otras naves…

—Eso es —confirmó, dando una única palmada—. Se trata de hacer exactamente lo que harías con cualquier otra nave. Ni más ni menos. ¡Bueno, corrijo! Evita entusiasmarte. Es la Tereshkova, sí, pero trátala como harías conmigo para conquistarme: si me dices una y otra vez lo guapo que soy, y solo me adoras, me parecerás cansina y servil. Así que —pulsó un botón y mi consola cambió de apariencia para mostrar los controles de pilotaje— firmeza y concentración.

Los tanques estaban llenos y los sistemas en verde me invitaban a darle caña a la bestia. Marqué la hora en el cuaderno de bitácora con una única pulsación, subí los escudos al máximo, apagué los colectores de hidrógeno y aseguré los tanques. Philip confirmó las coordenadas de destino desde su panel, y una luz amarilla parpadeante apareció en el mío. Conmuté el modo de impulsión: los seis Chris & Westgate Severity se replegaron contra el casco y el generador de torsión reclamó el momento de su reinado.

—Cuenta atrás en marcha. Cinco…, cuatro…

Agarré la palanca con suavidad, mis dedos acariciaron su forma sin aristas.

—Tres…, dos…, uno.

Y nuestra chica, convertida en *mi* chica, plegó de nuevo el universo con el brío de un purasangre.

—¿Cuánto tiempo permaneceréis en Baanaue una vez os deje? —me preguntó Vass en una comida, después de que Philip saliera.

Yo seguía sufriendo los estímulos derivados de nuestra proximidad, pero intentaba hacerme la fuerte; quería saber más de Vass, de su mundo y los suyos.

—No lo sé —respondí—. Regresaremos a la Tierra por la ruta convencional, pero la fecha no está cerrada. Si el mando no nos reserva ninguna sorpresa, quizás a Philip le apetezca que nos quedemos un par de días.

—¿Os lo permitirían?

—Sí, es normal. —Afiancé las manos contra la mesa, mi truco para combatir los temblores de los brazos—. Conviene descansar de un viaje al menos veinticuatro horas, pisar suelo real y salir de la nave. Alargarlo a dos días no debe ser complicado.

—Podríais visitar mi luna.

—Philip ya ha estado antes. No sé qué querrá hacer. Pero a mí me gustaría.

—Hablaré con algunos conocidos y te ofrecerán una visita guiada por Laanali. Hay mucho que ver: el palacio de las Altas Manan, la explanada del Eclipse y el Arco de la Alineación, las fuentes termales, el muro de las veinte casas, el lago Daaob; las cuevas en las que vivían nuestros ancestros, en la ladera del monte Mumaán…

—Vass, yo… —Tragué saliva—. Esos guías que dices… Quizás no pueda… No si son…

—No si son machos de mi especie —coincidió él—. Está claro. Podría ser con alguna de nuestras hembras, pero aun así estarías expuesta.

—Tendré que hacerme con un equipo autónomo, con escafandra y oxígeno propios.

Vass rio con ganas. No lo había visto reír así nunca, como un sol intenso que quiebra la oscuridad entre nubes de tormenta. Cada centímetro de mi piel ardió, inflamada por el deseo.

Me puse en pie, febril, dando bocanadas de aire, y mi voz sonó ronca:

—Se acabó.

Rodeé la mesa y avancé con decisión. Vass reaccionó con un temor repentino en su mirada. Despegó los labios para decir algo, pero no lo consiguió. Retrocedió, tropezó con la silla y estuvo a punto de caer. Yo me encontraba ya a medio camino. Aceleré. Casi corrí. Vass dio con la espalda en la pared, halló el sensor de apertura, abrió y salió. Choqué con la superficie blanca, fría y dura de la puerta. No iba tan rápido como para hacerme daño, pero el impacto y la interrupción del efluvio naui bastaron para hacerme caer, sacudida por una nueva combinación de temblores y sudor. Rodeé mi cuerpo con los brazos, traté de recobrar el control, asustada por aquel ataque, y me dije: «¡Calma, calma, calma, calma, calma…!».

Quizás Vass se quedó al otro lado, dividido entre su decisión prudente de escapar y el impulso de ayudarme. No lo sé, y creo que no habría podido hacer nada diferente. Mi cuerpo odió aquella separación, pero mi raciocinio lo agradeció porque ponía fin a un comportamiento ajeno a mi voluntad.

«Como estar bajo el efecto de una droga…».

No volvimos a caer en aquel error. Yo procuré no resultar ingeniosa en mis comentarios y Vass mantuvo una seriedad casi aséptica en los siguientes encuentros. Poco a poco, sirviéndonos de toda nuestra determinación, logramos mantener un equilibrio frágil. Habría sido más sencillo no vernos, dejar de comer juntos; pero ya habíamos asentado esa costumbre con Philip y no habría sabido justificar mi ausencia. Además, me gustaban las charlas con Vass. Siempre tenía algo interesante que contar, sus opiniones me parecían prudentes y sus análisis, sensatos. No era, ni por asomo, tan altivo y soberbio como decía Philip que eran los nauis. Maldecía mi inhibidor porque, de haber funcionado, mis horas libres las habría pasado con Vass, aprendiendo sobre su mundo y la forma en que ven a los humanos, escuchando de sus labios todo lo que pudiera contarme y no traicionara la confidencialidad de su cargo y cometido.

«La vida a menudo nos niega lo que deseamos», me dije un día, mientras descansaba en mi camarote.

Pero entonces sonó el aviso del videocomunicador; llamaban desde la habitación de Vass. Mi corazón se aceleró al autorizar la conexión.

—Hola, Angie —saludó el naui desde el monitor—. He pensado que esta vía sortea el problema de vernos en persona.

No pude menos que sonreír. Las clases en Toulouse no habían plantado en mí la semilla de la curiosidad que sí había arraigado con aquel naui, y me entristecía no aprovechar el tiempo libre del que disponíamos y los conocimientos de nuestro pasajero.

—Es una idea estupenda, Vass —respondí.

Las conversaciones con él me transformaron. Tomé conciencia de lo cómoda que era la vida de los humanos, despreocupados, volcados en las ocupaciones y vocaciones que más nos atraían, sabedores de que nunca nos faltarían casa, comida, salud, entretenimiento o mil caprichos que los ordenadores atendían al instante. Cuando Vass hablaba de los nauis, especialmente de sus crías, sentía

91

que había más vida en ellos que en los millones de seres humanos de la Tierra. ¿Pensaban como él sus semejantes? Quería conocer a los nauis de cerca, en persona, aunque para ello tuviera que vestir un traje espacial. Y si conseguía ser madre, mi hijo o hija aprendería de los nauis el valor de la vida tal y como la entendía Vass. Lo tuve claro. Mi hijo conocería Baanaue y sería una persona especial. No un tipo vacío y trivial como Philip.

Con esa determinación, un estado de ánimo renovado y las videollamadas, los siguientes días fueron mucho más llevaderos. Ni siquiera mi compañero lograba sacarme de mis casillas. No lo conseguía ni cuando la exposición a las feromonas de Vass me dejaban fatigada y alterada. Los vapuleos que experimentaba mi cuerpo y el ingenio hiriente de Philip se quedaban pequeños frente a la claridad con la que veía mi futuro, como olas que rompen contra una escollera jalonada de fuertes bloques de hormigón.

Por eso, cuando en mitad de nuestro viaje la Tereshkova se estremeció con la explosión de los colectores y del generador de torsión, mi escollera se resquebrajó y se vino abajo.

5

Suspensión

Nave Estelar Tereshkova, a la deriva.
Punto de intersaltos indeterminado.

La baliza de socorro emitía su bip-bip rítmico a un volumen que permitía saber que estaba operativa, sin resultar molesto. En una primera estimación, concluí que el aire nos duraría entre diez y quince días.

«No será suficiente».

Habría sido estupendo contar con un sintético a bordo. Podría haber salido para tratar de reparar los daños. Al menos los sintetizadores de hidrógeno. De esa forma, la energía no habría sido un problema y, en consecuencia, tampoco el oxígeno. Pero alguien de arriba debió considerar que no eran fiables, que algún enemigo del embajador naui podría reprogramarlos. Eso opinaba Philip. A mí me pareció una estupidez y me dije que si salíamos de aquella situación y un día tenía mi propia nave, no faltaría un sintético en la dotación. Mientras, maldecía a mi compañero y a cuantos ingenieros asegurasen que las averías pertenecían al pasado, que las estadísticas así lo confirmaban y que la Tereshkova era la nave definitiva, infalible, ese hito tecnológico en el que apenas eran necesarios los tripulantes humanos, como había aseverado mi compañero.

Me volví hacia él.

—¿Tampoco tenemos trajes autónomos para echar una ojeada desde el exterior?

—¿No crees que habríamos ido a por ellos, de ser así? —me respondió con hastío, sin desviar la vista de los diagnósticos que realizaba en su consola una y otra vez.

—Es que no lo entiendo, Phil. —Mostré también mi humor sombrío—. No ha saltado ningún aviso, todo funcionaba a la perfección. Y de repente, un desastre tan tremendo y fatal que parece hecho adrede.

—¿Adrede?

Ahora sí había desviado la mirada hacia mí, ofendido. Él era el capitán, el responsable de la misión. Y aquella era *su* nave; insinuar un posible sabotaje, por lo visto, hería su orgullo.

—¿Y quién iba a provocarlo, aquí, en medio de la nada? —Señaló al exterior a través de la cristalera—. ¿Y para qué? ¿Por qué no desintegrarnos sin más esperas?

Sacudí la cabeza y volví a mis comprobaciones. Rehíce los cálculos, pese a la angustia que notaba en el pecho. No creía haberme equivocado, pero siempre cabía la posibilidad.

—Tenemos un último recurso, Angie.

Me olvidé de mi tarea y lo miré, esperanzada.

—Hibernación.

—¿Cómo dices? —Ver un pulpo pasar frente a la cabina haciendo braza de pecho no me habría sorprendido más que lo que acababa de oír. Desde que Neumann y Takahashi hicieran posibles los saltos estelares con los primeros generadores de torsión, los sistemas de animación suspendida habían quedado relegados a los museos y las clases teóricas de Ingeniería Astronáutica.

—Puede hacerse. Y quizás sea nuestra mejor opción.

—No tenemos cámaras de hibernación en la Tereshkova, Philip.

—Pero tenemos la sala médica, con cuatro quirocápsulas que se pueden reprogramar para que nos mantengan en suspensión indefinida hasta que alguien nos encuentre. Sea cuando sea. Pero vivos.

Analicé su idea. Era peligrosa, podía fallar por mil razones, pero la alternativa era todavía peor.

—¿Sabrías hacerlo?

—El ordenador nos ayudará. Pero tenemos que ponernos ya. Nuestra energía no durará de forma indefinida.

No sé si Philip se dio cuenta de que había usado la palabra «indefinida» dos veces en el mismo minuto. Yo sí, y acentuó la sensación de vacío en mi estómago. Creo que soy la piloto espacial que peor lleva cualquier alusión al concepto de «infinito».

—Listo.

El ordenador confirmó que nuestros ajustes eran correctos. Si no fallaba nada más, Philip, Vass y yo misma nos entregaríamos a un sueño del que no sabíamos cuándo despertaríamos, ni si lo haríamos.

—Para iniciar la suspensión —murmuró Philip—, basta con tumbarse en el interior, dar la orden y confirmar la petición mentalmente. A partir de ahí, y para evitar interrupciones involuntarias, las vainas solo se abrirán desde fuera. He autorizado el modo de abordaje de rescate de la nave y Vass está al corriente del plan.

—Phil... —musité, invadida de golpe por el vértigo.

—Dime.

—¿Podemos esperar unas horas? Quiero decir, antes de... dormirnos.

Sonrió, y fue la primera sonrisa que le vi desprovista de burla o ironía.

—Claro —dijo—. Pero conviene establecer cuánto esperamos y no dilatarlo. ¿Te parecen bien seis horas? Eso nos dará tiempo a descansar, comer algo... Ligero, eso sí; poner en orden nuestras ideas... Incluso a registrar en vídeo nuestras últimas voluntades, si quieres.

Nuestras últimas voluntades. Mierda. Mi única voluntad no iba a cumplirse si yo moría. Me invadió tal rabia que salí de la sala médica hecha una furia. Dejé a Philip con una cara de incomprensión que, pese a ser el capullo que era, no se merecía.

Avancé a grandes zancadas por el pasillo, respiraba cada vez más deprisa. Necesitaba llegar a mi cubículo y encerrarme en la absurda sensación de seguridad que me inspiraban esos escasos tres metros cuadrados de privacidad. Pero al mismo tiempo me horrorizaba la idea, me producía una claustrofobia inaudita, porque de pronto ese espacio se me hacía tan angosto como la quirocápsula.

Me detuve en mitad del pasillo y traté de mantenerme serena. Pero me resultó jodidamente imposible. ¿Qué me ocurría? Nunca perdía la calma, mis amigos incluso se burlaban de ello —por admiración o envidia, no sé— llamándome tonterías como Angie Témpano o Angie la Inhumana. Seguramente fuera porque nunca había sentido la muerte tan inminente, inevitable y… real. De repente, dejaba de ser «algo que nos llegará a todos algún día» para ser «algo que me llegará en cuanto me meta en la cápsula».

«Y ni siquiera me enteraré, porque me pillará inconsciente». Las lágrimas resbalaron por mi cara.

Si hubiese podido pensar con claridad, me habría dicho que era mejor así, desaparecer sin darme cuenta, sin sufrir. Pero estaba fuera de mí, dando vueltas en aquel corredor, ajena a todos los avisos silenciosos que emitía mi traje mientras este trataba de atemperarme el pulso y la respiración mediante pequeños ajustes de mis niveles químicos.

—Angie, ¿te encuentras mal?

Antes incluso de oír su voz sentí el embate de su aura sexual, como si una nube de radiación con húmedo aroma a bosque salado me atravesara el cuerpo y disparara diez grados mi temperatura corporal. El parpadeo de los testigos del traje se aceleró, al ritmo de mi respiración.

Me giré hacia Vass, que me contemplaba desde el umbral de la puerta de su cámara con aquellos ojos tan fascinantes, aquellas dos galaxias inabarcables bañadas por una luz violeta.

Di un paso hacia él. Él retrocedió, en un intento de darnos una última opción de evitar lo que tanto deseábamos. Pero esta vez no atinó con el pulsador y desistió de rehuirme cuando la puerta se cerró a mi espalda. Me arranqué con furia el jodido inhibidor intravenoso, lo arrojé a un rincón y me deshice de la parte superior del traje con tirones torpes, ebria de anhelo.

La mirada de Vass se contagió de mi fuego. Su respiración se volvió igual de rápida y profunda. Se deshizo de los guantes y acercó las manos a mis brazos desnudos. Leí la consulta silenciosa en sus ojos y asentí entre jadeos. Cerró sus dedos sobre mi piel y me estremecí con un latigazo, al que acompañó mi fortísimo gemido.

—¡Diosssss!

Pero si aquel mero contacto había tenido la fuerza del orgasmo más intenso que pueda sentir una mujer, mi excitación no menguó. Poseídos por los demonios de todas las mitologías habidas y por haber, azuzados por la muerte que se cernía sobre nuestro futuro, nos arrancamos la ropa y abandonamos cualquier reducto de raciocinio que pudiéramos conservar. Ansiaba sentir su cuerpo contra el mío, dentro de mí. Todo su cuerpo. Tras tantos días con la piel ardiendo por la proximidad con la suya, ahora ambicionaba cada centímetro, deseaba fundirme con él, que nos uniéramos para siempre, en una única forma. Hasta aquel momento, nunca había tenido tanto sentido para mí la palabra *necesidad*.

Sus brazos me rodearon, fuertes y rugosos, como las ramas de un árbol que se nutriera de vida humana, y su boca áspera buscó mi cuello, blando y tierno, mi ofrenda a aquel emisario de la naturaleza. Al encuentro de su abdomen con el mío, con aquel tacto de corteza nacida del barro, respondieron mis piernas rodeando su cuerpo, convertidas ahora en enredaderas voraces.

Su sexo palpitante se acopló al mío con tal plenitud que me pareció fuera de toda posibilidad. Ningún amante anterior, humano o sintético, me había producido ese efecto. Me sentí *totalmente llena* de él, y un rincón de mi mente me susurró que aquella conjunción perfecta, inédita, excedía lo físico y escalaba a una categoría mística. No fui capaz de atender a nada más que a mis sentidos, frenéticos y desbocados. Gemía, reía y lloraba. Me sentía completa, eterna, poderosa, más viva y fuerte que nunca; y frágil, menuda, sensible.

Se acercaba otro orgasmo, irradiado desde mi pubis con la fuerza de un púlsar... No, era una gigante roja transformándose en una supernova. Crecía, ávida e imparable, y en su avance se alimentaba de cuanta energía hallaba en mí. Hasta que no hubo más que arrebatar y estalló. Su fuego me envolvió y abrasó mi cordura. Convulsioné, en un éxtasis inmensurable, infinito, como el espacio entre nuestros mundos, que colisionaron en esa explosión. Creo que aullé, y arrastré a Vass conmigo en la conexión empática que nos unía. Sentí cómo se vaciaba y colmaba mi interior con una sucesión de fortísimos espasmos, prolongando mi placer con el suyo.

Entonces vino la gran sorpresa. Pensé que, con toda seguridad, después de una explosión tan devastadora como la que acababa de experimentar, caería a plomo en una relajación profunda, que me dormiría como un bebé. Pero la realidad fue muy distinta. Mi excitación al contacto con la piel de Vass no remitía. Y mi ardor contagiaba a Vass, que tampoco experimentó el periodo refractario que caracteriza a los humanos —especialmente a los hombres— y siguió abrazándome, acariciándome, besándome mientras su cuerpo continuaba aquella incansable inmersión en mi ser, rítmica, devoradora, adoradora. Me entregué a su avidez, absorbida por mi supernova, fusionada con ella, sacudida por los espasmos, encadenando un orgasmo tras otro con apenas —creo— un minuto de separación, ebria... ¡no, loca de placer!, fuera de la realidad, en un estado de semiinconsciencia. Deseé permanecer allí para siempre, amada por ese Vass desatado, que estallaba con cada explosión de mi cuerpo, radiante como un cuásar, y me inundaba con su cálido esperma una vez, y otra, y otra, y otra...

Me desperté desorientada. Intenté moverme, pero mi cuerpo no respondía.

—¿Vass?

No obtuve respuesta. Seguía en su habitación —mucho mayor que la mía—, pero no había rastro de él. Me había cubierto con una manta y había salido mientras yo estaba... ¿inconsciente? ¡Cuernos! Eso es lo que había pasado. Me había desvanecido. El cuerpo había dicho basta, incapaz de aguantar por más tiempo aquel placer en bucle. Me había *fundido*. Seguramente no habría podido detenerme de otra forma, atrapada en esa espiral que se retroalimentaba y me sacudía sin cesar.

Recordé lo sucedido. Lo analicé desde mi recuperada serenidad, y sonreí.

«Joder, vaya polvazo».

Ese pensamiento tonto, que ni siquiera había verbalizado, me hizo reír a carcajadas. ¿Qué me pasaba? ¿Quién era yo? No era capaz de reconocerme ni en lo que acababa de vivir ni en mi forma de pensar y actuar.

«Calma, Angie —me dije—, no eras tú: has caído bajo su *hechizo* sexual, nada más. No eras tú».

Pero sí era yo. Porque sin duda había sido el sexo más brutal, pasional y placentero que había tenido nunca. Pero también sentía amor. O afecto, o cariño... Lo que fuera. No sabía definirlo, pero era un sentimiento emocional, no solo el efecto de esas dichosas feromonas de la locura. La *persona* de Vass ocupaba ya mi mente y mi corazón.

¿Por qué se había ido? ¿Dónde estaba?

Hice un nuevo esfuerzo para incorporarme, pero apenas conseguí levantar la espalda. Opté por rodar sobre mi costado, poco a poco, evitando dar una vuelta completa que me hiciera caer de la cama. Y vi la holonota que había dejado mi amante alienígena.

«Llámame por vídeo cuando despiertes, dulce Angie. Estaré en el comedor. Vass».

Lo de «dulce Angie» me chocó. No era propio de él. Supuse que pretendía suavizar el mensaje, para que no pareciera muy frío. Me gustó el detalle y volví a sonreír.

«Ay, Angie —me recriminé—, pareces una adolescente descerebrada tras su primer beso».

Conseguí ponerme en pie. Dioses, las piernas apenas me sostenían. Tal vez eso era lo que sentían las ancianas: precariedad, temblor, ausencia de energía. Busqué mi traje y lo hallé plegado con mimo a los pies de la cama. Volví a sonreír, y de nuevo esa otra parte de mí protestó por tanto edulcoramiento.

«¡Vamos, Angie, por favor! ¡Céntrate!».

Me costó horrores vestirme, pero una vez embutida en aquella piel inteligente noté que recuperaba fuerzas.

«Vamos allá. Pero con cuidado, abuelita… Poco a poco».

Me acerqué al monitor y pulsé el botón del comedor. Segundos después, apareció el rostro de Vass. Sonreía, de una forma suave, cálida, en una expresión que entendí que aunaba cariño, complicidad y cierto alivio por verme de nuevo despierta.

—Hola, Angie, ¿cómo te encuentras?

—Pues, bien… —sonreí, notando que mis mejillas se encendían—, agotada…, ¡exhausta!, pero bien.

—Cuando te desmayaste, me asusté. Luego pensé que era la única opción a la que podía recurrir tu organismo, y decidí alejarme. Programé la ventilación de la habitación y me vine. Ya sabes, a través de los monitores no hay peligro de que entremos de nuevo en ese…

—Bucle —completé yo.

Sonrió algo más, asintiendo.

—Bucle, sí. Ya has visto lo que sucede. Yo te despierto una gran excitación, y luego tú me arrastras a causa de mi capacidad empática. —Su rostro se ensombreció al crearse esas arrugas similares a lo que sería para los humanos fruncir el ceño—. Creo que hemos fallado en nuestro distanciamiento. Y tu inhibidor, está claro, ha vuelto a demostrarse insuficiente.

—No sé qué más hacer con él. Lo he revisado a fondo, he comprobado que está ajustado a mí… y nada; creo que es un trasto inútil.

—Pues es un problema.

—¿Un problema? —Casi reí. Pero vi que seguía serio—. Vass, ¿qué intentas decirme?

—He percibido lo que sientes por mí, Angie, más allá de lo sexual. Y me siento honrado, agradecido… y emocionado. También yo albergo un sentimiento muy especial hacia ti, lo que me resulta sorprendente, pues hace apenas una semana que nos conocemos.

—¿Pero…?

Bajó su mirada, y aquellos ojos suyos tan maravillosos parecieron perder la luz.

—Ya has visto lo que te ha sucedido. Y volvería a pasar. Sobre todo, ahora que ya ha ocurrido una vez, porque esas sensaciones tan poderosas que se tienen al contacto de otro cuerpo se aferran a la mente con un recuerdo persistente, cuya hambre nunca declina. —Alzó la vista—. Temo por ti, Angie. Volver a amarnos pondría en peligro tu vida. Y yo no soportaría verte morir. Menos aún por mi culpa.

—¿Entonces? —No disimulé mi enfado, e incluso deseé que pudiera ser empático también por vídeo—. ¿Dices que sientes algo por mí, pero que no podemos vernos? ¿Que nuestros cuerpos se atraerían sin remedio para repetir ese éxtasis, que no podríamos evitarlo? ¿Es eso? ¿Y qué propones? ¿No coincidir más en el mismo espacio? ¿Movernos por zonas diferentes en la nave?

—Eso sería lo más prudente, sí.

—¡No lo decía en serio! —grité—. ¡Es una estupidez!

—Angie, piénsalo… Podrías morir.

—¡Puede que sea inevitable, Vass! ¡No sabemos si saldremos de esta!

—Philip me ha contado lo de la hibernación. Eso nos da esperanza.

—¡Oh, sí! ¡Siempre y cuando la nave consiga mantenerse alejada de cualquier influencia gravitatoria! ¡Y que la energía sea suficiente para mantenernos vivos hasta que nos rescaten!

—Nos encontrarán, Angie.

Alcé la mano. Esperé que entendiera mi petición de que se callara. Aquel ser no entendía que, entre morir apagada en una cápsula o hacerlo en sus brazos, entre jadeos de placer, se me antojara preferible esta última opción.

—Da igual, Vass —susurré—. Da igual…

Apagué el monitor. Estuve a punto de derrumbarme, pero seguía sin fuerzas para llorar después de… Después de haber amado a Vass.

«Honrado y agradecido…».

Me invadió la rabia otra vez. Y de ella obtuve las fuerzas que necesitaba para salir de aquella habitación, enfilar el pasillo y llegar a la sala médica. Abrí la quirocápsula situada más al fondo, pero entonces pensé en Philip, que al fin y al cabo era el capitán de la misión. No podía *marcharme* sin más.

Encendí la videollamada y pulsé el botón del puente. Esperé unos segundos, y deduje que Philip no se encontraba allí. Probé con el camarote uno. No respondió enseguida, pero por fin la pantalla se activó y su rostro de piel oscura, sereno, apareció ante mí. Por su expresión, adivinó dónde me hallaba y por qué.

—Hola, Angie. Estás en la enfermería...

Adopté la actitud más marcial que pude.

—Capitán, pido permiso para retirarme.

Philip me observó unos segundos. Luego asintió, suavemente.

—Permiso concedido, teniente. Nos vemos al despertar.

Respondí con un leve gesto de cabeza y apagué el monitor. Me introduje en la cápsula y me acomodé, boca arriba, notando los latidos de mi corazón. Tomé aire y traté de soltarlo poco a poco. Pensé en mi casa de Les Chalets y las mañanas con olor a tortitas recién hechas; en Iván y sus preciosos ojos azules; en Gina Morelli y su sonrisa cómplice, en una nave sin forma concreta en cuya proa se leía Nellie Bly; en esa mujer, bella y alegre, a la que yo debía mi existencia, pero que no era realmente mi madre; en un bebé agarrado a mi pecho, con las manitas cerradas y el rostro todavía congestionado.

—Activar hibernación —dije, con los ojos húmedos.

La mampara de vidrio blindado se cerró sobre mí y se oscureció, atenuando la luz de la sala en el interior de la cápsula.

Me concentré y entorné los párpados.

«Confirmo activación de hibernación».

Segunda Parte

REALIDADES

6

Laanali

Algo zumbó en algún rincón, cerca, aunque no supe dónde. Abrí los ojos. Todo estaba oscuro, salvo por una mínima claridad azul que salía por debajo de mí y se reflejaba a mi alrededor. Al intentar moverme, deduje que me encontraba tumbada. No sentía frío, y la sábana que cubría mi cuerpo apenas pesaba. Respiraba.

«Estoy viva».

Oí unos pasos amortiguados. Alguien se acercaba, con un calzado pensado para no romper la calma de aquella estancia oscura y silenciosa.

Una voz suave, de naui, sonó junto a mí.

—Estás a salvo, Angie Carter —me dijo, posando una mano sobre mi cabello, como si quisiera transmitirme tranquilidad—. Todo está bien. No te asustes, estás en una sala acondicionada para que despiertes sin estímulos bruscos.

Aquella voz era algo más aguda y dulce que la de Vass. Deduje que se trataba de una naui hembra. Además, no sentía los efectos de las feromonas de los machos.

—¿Estoy en… Baanaue?

—Sí —confirmó la naui—. En Laanali, la capital administrativa del gobierno de naciones. En concreto, te encuentras en las Torres de Cuidados, lo que vosotros llamáis hospital. Soy Naa-nu, tu doctora.

Respiré hondo, casi riendo ante la idea de que, efectivamente, había sobrevivido. Me habían encontrado. Pero… ¿solo a mí?

—¿Y mis compañeros? ¿Philip y…?

—Están bien. El capitán Bélair y el embajador Vass han sido atendidos en una sala parecida a esta. Espera —dijo, y oí un chasquido—, daré un poco de luz. Avísame si te molesta.

La luminosidad azul que yo había percibido por debajo de mi cama o litera ascendió por las paredes y pude ver el rostro de Naa-nu. Me sonreía, mientras sus grandes ojos, cuyo color no pude discernir, parecían atentos a mis reacciones. Cuando arrugué la frente, otro chasquido detuvo la iluminación.

—Intenta mover los dedos de las manos y los pies… Así, muy bien. ¿Sientes algún dolor? ¿En alguna parte?

Negué. Comprobé que también mi cabeza obedecía mis órdenes.

—Solo me siento cansada, como si hubiera dormido… —Caí en la cuenta de que eso era lo que me aquejaba: un exceso de aletargamiento—. ¿Cuánto he dormido?

Naa-nu me ayudó a incorporarme.

—El equivalente a treinta y cuatro días de la Tierra.

—Vaya —silbé—, eso es mucho…

—El dispositivo de rescate tardó algo más de la mitad en dar con vuestra señal. Los socorristas accedieron al interior de vuestra nave y os encontraron en suspensión.

Os trasladaron a su nave y llegaron hasta aquí. Así que ¡felicidades!; habéis sobrevivido.

Sonreí, mirándome las manos, que ya empezaban a responder. Observé la estancia. Tenía forma de semiesfera, con la cama situada en el centro. A mi derecha se abría un pasillo, también de sección curva, por donde deduje que había llegado la doctora naui, y que parecía más iluminado tras un recodo, al fondo.

—Entonces, ¿está todo bien? —pregunté—. ¿Me encuentro bien?

—A simple vista, eso creo —dijo—. Pero no hemos podido realizarte ninguna prueba.

—¿Por qué?

—Al intentar conectarte al ordenador médico terrestre que tenemos en las Torres, saltó un aviso de la Autoridad Poblacional. Al parecer, tu perfil tiene carácter confidencial; no podemos extraerte sangre ni realizarte pruebas de ningún tipo sin autorización expresa del doctor Marcel La Croix.

«Claro —pensé—, si me analizaran, descubrirían que trato de ser madre, y he pedido que no se divulgue».

Miré a la naui y dibujé mi sonrisa más cálida.

—Tiene sentido —improvisé—. Participo en un estudio estadístico de la AP, algo secreto. Ni yo misma puedo dar detalles...

Naa-nu no dijo nada. ¿Captaba también ella las mentiras, gracias a esa empatía de los nauis? Probablemente. En cualquier caso, nada podía hacer o decir.

—¿Puedo levantarme? —pregunté.

—Adelante, prueba. En esa taquilla —señaló la pared a la izquierda del pasillo de salida— tienes tu traje inteligente. Te será útil mientras te recuperas del todo.

109

Aparté la sábana y puse los pies en el suelo. Lo noté agradablemente cálido, debía de estar calefactado por debajo de su superficie lisa y mate. Me alcé, sin que mi desnudez pareciera incomodar ni suscitar curiosidad alguna a la doctora. Deduje que ya me había visto así en los días previos. Con cuidado, apoyada en la cama, avancé hacia la pared. No tenía problemas de equilibro y me sostuve bien.

—Tienes unas piernas fuertes —opinó la naui.

—Me gusta correr, supongo que eso ayuda.

—Seguro que sí.

Llegué a la taquilla, de cuyo interior saqué el traje. En un estante vi también el cinturón, incluido el dispositivo inhibidor.

—Tendrás que llevar también eso. Fuera de la habitación, te cruzarás con los varones de mi especie.

—Pues estoy apañada.

—¿Apañada? Creo que no conozco esa palabra.

—Que lo llevo mal. Que no pinta bien el asunto. Este chisme no… —Me detuve, pensando en que tal vez no era adecuado desvelar los problemas que había tenido con el inhibidor en la Tereshkova; al fin y al cabo, había viajado con un diplomático, no era prudente hablar de según qué cosas—. Es decir… ¿Han revisado si funciona bien? No recuerdo haberlo desactivado antes de la hibernación, y tras tantos días…

—Lo revisó uno de vuestros técnicos, por lo que entiendo que está bien.

Me vestí, pensando cómo haría para no sucumbir al reclamo sexual de todos los machos nauis que hubiera a la vuelta del pasillo.

«En fin, estoy en un hospital; si se tuerce el tema, con que me aíslen en un pabellón, todo resuelto».

Mientras me calzaba las botas, estudié a la naui. Era exacta a las imágenes que había visto en la clase del profesor Acharya: carecía de pechos, ya que no era un mamífero, y de cintura para abajo, a diferencia de los machos de la especie, rectos y elegantes, el cuerpo de la naui se ensanchaba hasta el doble que el torso, para facilitar la puesta de huevos. Como había apuntado entre risas un compañero de clase, las nauis tenían cierto parecido con las gallinas, aunque sin plumas. Por lo que nos habían explicado, solo las hembras de corta edad eran de caderas estrechas. Cuando se desarrollaba en ellas la capacidad de reproducirse, se volvían «culonas». A los humanos, especialmente a las mujeres, podía parecernos horroroso, una jugada cruel de la naturaleza. Pero, entre los machos de la especie naui, unas posaderas anchas eran sinónimo de buenas ponedoras. Y la procreación era la gran preocupación vital del pueblo azul.

—Lista —dije, tras ajustarme el cinturón.

—Adelante, pues. Te llevaré con tu compañero; ha despertado poco antes que tú. Y con mucho apetito. Está en el comedor. ¿Tienes hambre?

—¡Ya lo creo! —respondí, siguiéndola por el pasillo.

Philip me saludó desde una pequeña mesa redonda situada en el comedor, también circular, de las Torres de Cuidados. Me despedí de la doctora, agradeciéndole sus atenciones, y me acerqué a mi compañero, contenta de verlo con vida y buen aspecto.

—¡Phil!

Se levantó y, antes de que lo viese venir, me abrazó de una forma entrañable, cálida y emocionada que me tomó por sorpresa.

—Angie, ¿cómo estás? —dijo al separarse, con sus manos fuertes fijas en mis hombros.

—Funcionó, Phil —respondí, con alegría—. Te debo la vida.

Su semblante se enturbió.

—Nada de eso... No es cierto...

Nos sentamos.

—Claro que sí. Tú tuviste la idea. A mí no se me hubiera ocurrido jamás. De no ser por ti, habríamos agotado el aire. El rescate nos habría encontrado muertos.

Philip jugueteó con el cubierto en su plato. Miré lo que comía.

—¿Pastel de chocolate?

—Sí, de una variedad de cacao adaptada al tipo de tierra de Baanaue.

—¿Está bueno?

—Prueba. —Me ofreció una cucharada, que acepté con tanta curiosidad como ansia.

—¡Está buenísimo! —exclamé.

—Algo amargo, ¿no crees?

—¡Qué va! Está genial. Voy a pedirme una porción. ¿Hay que pagar en algún sitio?

—Somos pacientes del centro, y los únicos humanos ingresados, así que tranquila; saben quiénes somos. Si hay algo que pagar, hablarán con la flota.

Me puse en pie y vi dónde empezaba la cola. Reí. En aquel lugar la comida se preparaba a la vieja usanza. Cocinaban unos para otros y empleaban ollas, cazos, fuegos y hornos. Una barra larga atesoraba distintos platos y los nauis guardaban turno para coger lo que más les apetecía, en ordenada fila, pacientes. Aquella forma de organización y la espera hubieran enervado a cualquier persona en la Tierra, pero a mí me resultó pintoresca y llena de encanto.

Me situé al final de la cola. Disfruté, además, de una novedad tranquilizadora como ninguna: ¡estaba entre nauis y no me afectaban sus emanaciones! Lo supe cuando la doctora y yo nos cruzamos con un macho mientras nos dirigíamos al comedor. Y en aquel recinto atestado estaba tranquila, inalterable, pensando en comer de aquella tarta naui hasta hartarme, muy al contrario de cuando, a bordo de la Tereshkova, la sola presencia de Vass me cerraba el estómago. ¿A qué se debía ese cambio? ¿La hibernación había operado algún reajuste en mi cuerpo y por fin todo era normal?

«O tal vez la clave no soy yo, sino Vass…», me dije, sintiéndome idiota por no haber contemplado antes aquella posibilidad.

Un camarero naui me preguntó algo en su lengua. No entendí qué me decía, pero señalé la tarta con un gesto y una sonrisa. Me tendió un plato con una buena porción y mostró en su rostro la misma cordialidad que yo le había brindado.

Me acerqué a Philip medio bailando y le mostré el plato como si fuera el tesoro más preciado del universo.

—¿Quién se va a zampar este pedazo de tarta? —canturreé, contoneándome feliz, liberada.

Pero Philip me miraba asombrado.

—¿Qué? —pregunté.

—Angie…, ¿llevas el inhibidor apagado?

Miré el dispositivo y me quedé lívida. No había ni rastro de la característica lucecita verde.

7

Hogar, dulce hogar

Nave Estelar Livingstone.
Aproximación final a la Tierra.

La voz del capitán Harris sonó por el comunicador.

—Tenemos la Tierra a la vista. Para su información, hemos abierto las comunicaciones. El mando de la Flota nos da la bienvenida y nos adelanta que ha preparado una pequeña fiesta para celebrar su llegada sanos y salvos. Les aconsejo que se pongan guapos. Tienen quince minutos antes de nuestra entrada en la atmósfera.

Dirigí una mirada de hastío a Philip, pero él parecía rehuirme, una vez más. No solo habían desaparecido su altanería y chulería características. Ahora estaba siempre huraño, pensativo, lo que acrecentaba el mal humor que me carcomía desde nuestra brevísima estancia en Baanaue.

Tras descubrir que con el inhibidor apagado no me afectaban las feromonas de los nauis, científicos locales y humanos de Laanali reaccionaron como locos. Pretendieron hacerme pruebas de todo tipo. El protocolo médico de la AP los frenó, pero no los desalentó. Recurrieron a las Altas Manan, el órgano máximo de Baanaue, y rogaron que intercedieran ante las autoridades terrestres para que se levantasen las restricciones de acceso a mi perfil. De golpe, me había convertido en una singularidad que debía ser estudiada y nada importaban mis protestas. Me aislaron en una habitación muy similar a aquella en la que había despertado de la hibernación, pero cerrada con una puerta que yo no podía abrir y tras la cual apostaron a un par de guardias. Allí pasé alrededor de tres horas, calculo. Durante mi encierro, nada supe de Philip. Esperaba que moviera algún contacto, que hablara con los delegados del mando de la Flota en Baanaue o, incluso, que apareciera al rescate armado con un fusil, tirando la puerta abajo tras haber robado una nave para escapar. Qué ilusa. Eso habría puesto fin a su futuro como IS y estaba claro que yo no valía tal sacrificio.

Exigí hablar con mi *amigo* Vass y advertí a los guardias, y al científico naui al que obedecían, del conflicto diplomático que se produciría si el embajador se enteraba de que me retenían contra mi voluntad. Preferí arriesgarme a estar de nuevo junto a él que resignarme a ser un mero objeto de estudio y experimentación.

No llegué a ver a mi amante, pero mi amenaza surtió efecto, porque al poco apareció un humano, un jefazo de la poderosísima Gardner Corporation enviado por Vass, según me anunció. Me condujo sin más preámbulos hasta el muelle en el que me esperaba la Livingstone, una nave de carga pintada con los colores corporativos de la compañía, preparada para el despegue. Vi que Philip estaba ya a bordo, sentado en el espacio reservado para los técnicos y auxiliares.

—En la Tierra estará más segura, teniente —me dijo aquel tipo, que en ningún momento desveló su nombre—. Las cosas por aquí andan revueltas, pero siguen pendientes de recibir una respuesta de nuestros dirigentes, algo que tardará días. Le confieso que la Gardner Corporation siente mucho interés por usted, como entenderá. Pero también le interesa mantener buenas relaciones con nuestro amigo común, quien ha insistido en que esto es lo correcto. Me consta que trabaja para que este asunto no figure en su ficha, si eso es posible, y ahorrarle complicaciones. Por mi parte, le pediré un pequeño favor. Al llegar a la Tierra, no comente su caso con nadie. Los inhibidores son uno de nuestros productos estrella, ¿comprende? Nos gustaría mantener las cifras de venta actuales.

Un hombre de negocios, de convicciones tan sólidas como viles, pero que me brindaba la única opción de volver a casa. Asentí sin decir nada y subí la pasarela.

Durante los primeros días de viaje, esperé de Philip alguna disculpa. O alguna palabra de ánimo, si acaso no se consideraba culpable de nada. Y una mierda. Si él hubiera mantenido la boca cerrada sobre mi inhibidor, yo habría podido disfrutar de esas maravillas de Laanali de las que Vass me había hablado. Phil el Bocazas, así deberían conocerlo. Y estaba claro que no tenía la conciencia limpia, porque si a bordo de la Tereshkova nunca callaba, ahora era una tumba. Y me evitaba, algo realmente meritorio, dado el pequeño espacio del que disponíamos en aquel transporte. ¿Tendría que haberle cantado las cuarenta? Tal vez. Pero preferí castigarlo con mi silencio y mis miradas de odio.

La recepción en tierra fue una auténtica lata y me dejó un sabor agridulce. Perder una nave afecta al expediente de un piloto, más todavía cuando se trata de una tan cara como la Tereshkova. La rescatarían, por supuesto; una *Charmante AL-PV01* bien lo vale. Pero eso requería reparaciones *in situ*, con ingenieros y técnicos desplazados durante semanas o meses. Así que, en definitiva, y pese a tratarse de una avería ajena a nosotros, habíamos sido los responsables de la misión, lo que incluía velar por la nave. En contrapartida, salvar la vida del embajador había evitado complicaciones diplomáticas de todo tipo y alguna que otra teoría conspirativa, y la idea de Philip de convertir las cápsulas quirúrgicas en vainas de hibernación cosechó mil elogios, además de una medalla que destellaba en su pecho. Pero no hubo ascensos. Solo apretones de manos, felicitaciones por haber salido airosos y continuas preguntas sobre cómo se siente una en circunstancias así.

En cuanto vi que la atención de los presentes se desviaba de nosotros, me escabullí del salón en busca de un deslizador con el que volver a Toulouse. Philip salió detrás de mí.

—¡Angie!

Me detuve a media escalera y lo observé. Un ligero tic en su ojo derecho me llevó a pensar, con cierto regocijo, que la tensión por saberse culpable de lo que yo había sufrido le pasaba factura. Pero era algo apenas perceptible, y reconozco que estaba impresionante, guapísimo en su uniforme de piloto, condecorado, alto como las torres de Laanali y oscuro como el vacío entre galaxias.

—Cuídate mucho —me dijo.

No respondí. Me di la vuelta y me largué.

Distrito de Les Chalets, Toulouse, horas después.

Me tomé un día libre en casa. No estaba cansada, pero necesitaba holgazanear y que Iván me cuidase. Volver a mi rutina de las mañanas, con mi café, la vista de la ciudad despertando y el trasteo en la cocina de mi sintético de rasgos eslavos me devolvía la tranquilidad. Regresaría a mis clases y a las prácticas, y tal vez le explicaría al comandante Deschamps algunos detalles del viaje, especialmente que había comandado uno de los saltos; si no había obtenido mi ascenso, quizás lograra una recomendación para otra misión. A ser posible, sin nauis a bordo.

Me pregunté qué estaría haciendo Vass en aquel momento, desconocía si en Laanali sería de día o de noche. ¿Habría podido escaparse a ese lago frente a su casa, como tenía planeado? Ignoraba si, en nuestra primera comida juntos, hablaba de un bote o de una embarcación mayor, y si era autopropulsada o a remos. Pero de alguien que se declaraba amante de la naturaleza cabía esperar que disfrutase de algo muy sencillo y silencioso.

—¿No quieres responder a la llamada, Angie?

La pregunta de Iván me sacó de mi ensoñación. No había advertido que el doctor La Croix solicitaba conectar por videollamada. Qué madrugador…

—Sí, perdona… Y gracias. —Pulsé sobre la manga de mi traje y el rostro de La Croix apareció ante mí, sobreimpresionado en la ventana—. Hola, doctor.

—¡Angie, buenos días! —respondió enérgico, con el aspecto de quien lleva despierto ya unas horas—. Supe que llegaba ayer a París, pero preferí esperar antes de llamarla. Seguramente estará ocupada estos días.

—Ya estoy en casa.

—¿Aquí, en Toulouse? ¡Ah, bien! ¿Y cómo se encuentra?

—Bien, en general. Han sido unos días bastante movidos, pero vuelvo a la normalidad.

—Ajá… De hecho, la llamo porque he recibido un buen número de solicitudes de acceso a su perfil de paciente, ¿sabe?

«Ay, mierda, los nauis y todos esos científicos chiflados», comprendí.

—¿Ha ocurrido algo importante que deba saber, Angie? Como médico, me refiero; no hablo de su misión.

—Supongo que sí… Esas peticiones son de Laanali, ¿verdad?

—Sí, así es.

—Resulta que las feromonas de los nauis no me afectan ni cuando llevo apagado el inhibidor de excitación.

—¿Qué me dice? ¿Es posible?

—Causó mucho revuelo en Baanaue.

—Puedo entenderlo.

—Pero se encontraron con la imposibilidad de realizarme análisis sin la autorización de la AP.

—Por supuesto; de acuerdo con el protocolo del tratamiento de recuperación de la fertilidad, para mantenerlo en privado, solo podemos realizarle chequeos y análisis desde la AP.

Asentí.

—Pero no entiendo por qué de repente soy inmune. Durante el viaje a Baanaue, curiosamente, me sucedió lo contrario. Tenía el inhibidor conectado, pero no me protegía del efecto de las feromonas del embajador naui que llevábamos a bordo.

—¿Tenía el inhibidor en marcha, pero sufría los estímulos de un naui como si no lo llevara?

—Eso es —recordé, angustiada—. Revisé el aparato y estaba bien. Y, después, se invirtió todo. Podía estar junto a un montón de machos nauis sin activar el inhibidor y no percibía ningún efecto.

La Croix desvió la mirada hacia alguna pantalla fuera de nuestra conversación.

—Leo en su perfil que ha estado en hibernación treinta y cuatro días.

—Sí. Tuvimos una avería durante el viaje y fue la única forma de sobrevivir hasta que llegara el rescate.

Por la expresión que adoptó, deduje que pensaba en alguna teoría que explicara aquello.

—¿Cree que la hibernación tiene algo que ver? —pregunté.

—Es una posibilidad. Hace tanto que nadie se somete a una que ignoro los efectos que tiene sobre el organismo, y si son temporales o permanentes.

—Pero Philip llevaba su dispositivo encendido.

—¿Y probó a apagarlo? —La mirada del doctor volvió a mí.

—No, no se atrevió —reconocí, con cierto rubor.

—Ya, bueno. Entonces tendremos que centrarnos únicamente en su caso.

—Doctor, otra cosa…

—Dígame.

—Tuve la menstruación justo al iniciar el viaje. Pero no he vuelto a tenerla y… han pasado muchos días…

Empecé a sudar, la duda crecía en mí, por más que me dijese que era imposible. Y el doctor enseguida me tranquilizó.

—Es totalmente normal, Angie. Ha estado en hibernación, con todo el cuerpo detenido. Volverá a tenerla, hasta que consiga su objetivo, claro. —Me sonrió—. De hecho, si me permite el comentario, sospecho que con toda esta aventura ha alargado su esperanza de vida en más de un mes.

Reí ante aquella observación tan tonta y la tensión me abandonó.

—Pero creo que se quedará más tranquila si adelantamos una prueba, ¿le parece? Si está de acuerdo, lo miramos ahora. Y el día que pase por la consulta hacemos un examen más a fondo.

Asentí y pulsé en la mesa. Se abrió una pequeña oquedad, sobre la que posé un dedo.

—Soy Angie Carter —dije.

La luz verde junto al analizador confirmó la identificación de voz y ADN. Una segunda luz parpadeó en amarillo unos segundos, antes de pasar a un tono verde y fijo. Retiré el dedo y la portezuela se cerró.

—Veamos. —El doctor volvió a concentrarse en su ordenador, con leves movimientos de aprobación. Me miró de nuevo y sonrió—. Todo bien, Angie. Como le decía, esperaremos unos días, pero todo está bien y en su sitio. Quédese tranquila.

Respiré aliviada.

—Gracias, doctor. Hasta mañana, o pasado mañana.

—Adiós, que descanse.

Desconectó en el momento en el que Iván ponía frente a mí aquellas tortitas con olor a mantequilla que tanto había añorado.

—¿Estás bien? —preguntó.

—Sí, gracias —respondí. Ataqué el desayuno con voracidad, pero al llevarme la primera porción a la boca, casi la escupí—. ¡Iván! ¿Qué has hecho?

—¿Qué ocurre?

—¡Te has pasado con el azúcar! ¡Están incomibles!

—No puede ser. —Se inclinó sobre ellas y las olió, comprobando con sus sensores la composición de la masa—. Están como siempre.

—¿Como siempre? —Empujé el plato y tomé un buen sorbo de café—. Si estuvieran como siempre, ya las habría devorado; lo sabes.

Me quedé de piedra al recordar aquel pastel de chocolate naui que tan bien me supo, lo último dulce que había comido hasta aquella mañana, ya que en la Livingstone el menú era mucho más frugal.

Miré a Iván, que me devolvía la misma expresión contenida.

—Angie, ¿sabes lo que es una segunda opinión?

—Ay, Dios... —gemí, aterrorizada.

—¿Qué ocurre? —Tomó mi mano con la suya—. Si es lo que sospechas, ¿por qué estás tan espantada?

—Porque lo que sospecho yo no es lo que sospechas tú, Iván...

Pulsé una secuencia de botones en mi traje para abrir un canal de comunicaciones privado. En la pantalla apareció el rostro enmarcado por rizos color cobre de Gina Morelli.

—¡Angie! ¡Qué sorpresa! ¿Desde dónde llamas?

—Gina, estoy en un apuro. Necesito verte.

Ella torció la cabeza y arrugó la frente, preocupada al verme tan inquieta.

—¿Qué ocurre?

—Te lo cuento en persona. ¿Dónde puedo verte?

—Estoy en la base.

—No, en la base, no. ¿Puedo ir a tu casa?

Temí que rechazara la idea, al marcar siempre una estricta distancia con pacientes y compañeros de trabajo, pero aceptó con un movimiento de cabeza.

—Te mando la dirección. Y te autorizaré para entrar. Pero tardaré un poco en llegar; tengo que atender una revisión que ya está aquí. Anularé el resto.

—Gracias. Nos vemos allí.

—Angie, ¿necesitas algo?

Sonreí, y un par de lágrimas rodaron por mis mejillas.

—Sí; una buena amiga.

Si tuviese por costumbre morderme las uñas, cuando Gina asomó por la puerta yo habría ya estado royéndome los huesos de las falanges.

—¡Por fin!

—No he podido correr más. La agenda protestaba con tanta anulación; creo que he vuelto loco a Deschamps con las autorizaciones. A ver, ¿qué te ocurre?

—No lo sé, pero tengo algunas sospechas. Y he pensado que aquí tendrías algún robot de diagnóstico.

—Sería una pésima profesional si no fuera así.

Respiré, aliviada.

—Necesito que me hagas una revisión, Gina. Todo lo completa que puedas.

—No puedo hacerlo, Angie. Tu perfil solo es accesible al personal médico de la AP.

—¡Algo podrás hacer! —supliqué, nerviosa—. ¡Aunque sea pinchándome, o algo así! ¡Como hacían los médicos antes!

Me miró de hito en hito, con aquellos ojos castaños tan grandes y expresivos. E inteligentes.

—Es algo serio, ¿verdad? Algo muy gordo.

Asentí, nerviosa.

—Algo que no me pedirías si no fuera absolutamente vital.

—Lo es —dije, llorando.

—Bien —suspiró—. Hay una opción. Pero me metería en un lío monumental. Posiblemente pierda mi licencia. Con suerte, solo eso. Dime, ¿tan grave es?

Me pregunté si mis miedos justificaban arruinar su carrera, y yo sabía cuánto amaba lo que hacía. ¿Podía pedirle tanto? Me derrumbé sobre las piernas, incapaz de tomar aquella decisión. Gina se agachó y me rodeó con los brazos, tratando de consolarme.

—Ven, siéntate en el sofá. —Me condujo como a una niña frágil y me acomodó allí, junto a ella—. Así. Y quizás sea bueno que, antes que nada, me cuentes de qué va esto.

Alzó mi barbilla con la mano y sus ojos me dijeron que podía confiar en ella.

—Tuve… —tartamudeé—, tuve relaciones con un naui.

Ella no dijo nada, esperando que yo continuara.

—Quiero decir… sexo…

—Eso he entendido. Sigue.

—Y me están pasando cosas… cosas extrañas… y… —Sorbí por la nariz—. Tengo miedo de… —Respiré hondo y lo solté—: Creo que estoy embarazada.

Gina sacudió la cabeza, atónita.

—¿Me estás diciendo que todos estos lloros y miedos son porque crees que te has quedado preñada de un naui?

Asentí.

—Sé que dirás que…

—Diré que es imposible. Porque lo es, Angie. Imposible. Antes tendrías hijos con un gorila que con un alienígena fecundador de huevos.

—Sé que suena absurdo, pero…

—*Es* absurdo. Angie, a ver cómo te lo explico… Pediste recuperar tu capacidad de ovular y concebir, ¿cierto? Pero los óvulos de la mujer humana no tienen nada que ver con los de las nauis. No somos compatibles, ni tu cuerpo está hecho para poner huevos como una gallina.

—¿Y no podrían haberme alterado? ¿Cambiar algo en mí para que sí fuese posible?

—¿Quién querría hacer algo así? ¿Qué sentido tendría?

—Entonces, ¿por qué el inhibidor de excitación no tenía efecto en mí hasta que me acosté con el naui?

Gina dejó caer los brazos, sin comprender de qué le hablaba.

—¿El inhibidor no te protegía?

—No. En cuanto estaba en la misma habitación que el naui, a veinte metros de él, me sentía arrastrada contra mi voluntad para que me tomase… o para poseerlo yo, más bien. Y te aseguro que revisé ese maldito chisme más de una vez.

—Lo poco que sé sobre la sexualidad de los nauis —explicó Gina— es que una hembra preparada para concebir emite señales muy fuertes con el objetivo de atraer a los machos. Algo así como una llamada, un «¡eh, estoy lista, ven a mí!». Si se produce la fecundación, esas señales se detienen, y la hembra deja de sentirse atraída por las feromonas de los machos porque su cuerpo se dispone para la puesta y posterior incubación del huevo. Entra en «modo madre», por decirlo así.

Yo la miraba temblando y con los labios secos.

—Pero no es inmediato, Angie. Pueden pasar días o semanas.

—He estado en hibernación, Gina. Más de un mes. No he tenido la menstruación en todo ese tiempo, y aunque La Croix dice que se me retiró mientras estuve en suspensión, tengo la sensación…

—¿Que La Croix dice qué? —Me miró seria como nunca antes—. No hablamos de criogenización, Angie; durante una suspensión sigues respirando y tu corazón late, aunque sea a un ritmo bajísimo. Tu menstruación no se detendría. No entiendo por qué…

Nos miramos unos segundos en silencio. Gina fue la primera en reaccionar, tomándome de las manos.

—Vale, no nos volvamos idiotas. Que tu ciclo se haya interrumpido puede deberse a muchas razones. Lo de tus reacciones a los estímulos nauis me resulta mucho más complicado de entender. Es decir, no lo entiendo en absoluto. Pero que puedas estar preñada de un naui… Eso sí que no, ni hablar.

—¿No puedes hacerme alguna prueba? —imploré.

Respiró hondo, acariciando mis manos con nerviosismo.

—Puedo. O sea, yo no; pero tú puedes solicitar un análisis propio, ya que la restricción de la AP no aplica para ti. Si te analizaras en tu casa, o en un equipo cualquiera de los que hay en vuestras naves para uso personal, tendrías una visión muy elemental. Con mi robot es diferente; puedes pedir una exploración completa y obtendrás un informe con todos los detalles. La dificultad radica en burlar las restricciones impuestas por la AP. El robot solo lo puedo activar yo, pero si intento usarlo contigo, saltarán las alarmas y la policía tomará esta casa armada hasta los dientes. Así que el robot tiene que estar operativo, como si yo hubiera trabajado con él y hubiese olvidado apagarlo, pero has de ser tú quien solicite la exploración.

—Pero dices que eso acabará con tu carrera, ¿no?

Gina se encogió de hombros.

—*Chi non fa, non falla.* ¿Crees en la intuición femenina? Yo sí, y si alguien como La Croix, una eminencia en recuperación de la fertilidad, te ha mentido de forma tan descarada sobre lo de la hibernación, es que oculta algo. No sé por qué te ha mentido, Angie. Pero si se trae algo ilegal entre manos, además de ser inmoral, mi deber es denunciarlo. Ven, veamos hasta qué punto estamos sacando las cosas de quicio.

Me llevó de la mano hasta el otro lado de la casa, a una habitación que tenía en parte el aspecto de una consulta privada, en parte el de un taller mecánico.

—Aquí es donde me entretengo mejorando prótesis biónicas —me explicó—. Cuando tengo tiempo y dinero, consigo algunas soluciones de la Gardner o de la Hayashi, las destripo y estudio cómo mejorarlas.

Se plantó frente al robot de diagnósticos, un ingenio de grandes dimensiones que ocupaba la mitad de la pared. La parte izquierda contaba con tres pantallas y gran cantidad de indicadores y conmutadores. En la derecha, una campana abatible, ahora abierta y en posición vertical, albergaba una superficie acolchada y ocho brazos articulados, coronados por instrumental de diverso tipo.

Introdujo un código, posó la mano en una esquina y dijo:

—Soy Gina Morelli.

La máquina se activó con un zumbido suave.

—Realizar autodiagnóstico —ordenó la doctora.

El robot se volcó en su programa de evaluación y calibración durante unos minutos. Gina se volvió hacia mí.

—En cuanto acabe, será tu turno. Quítate el traje. Puedes dejarlo sobre esa silla. Y... espero que estemos equivocadas.

—Gracias, Gina. Muchas gracias.

Me desnudé y nos quedamos allí las dos, observando las luces de los paneles, el balanceo de la campana y el movimiento de los brazos articulados, hasta que todo recuperó su estado inicial. Entré en la campana, apoyé la espalda y la cabeza contra el fino colchón y dije:

—Realizar exploración en detalle de Angie Carter. Soy Angie Carter.

La campana cerró sus puertas. Varios haces de luz recorrieron mi cuerpo. Uno de los brazos descendió y posó su cabezal romo sobre mi piel para tomar lecturas químicas y eléctricas. Otros dos se situaron en mis sienes. Como había pedido un análisis exhaustivo, el robot se empleó a fondo. Incluyó una revisión óptica, una audiometría, una exploración dental, una dermatológica, una mamografía, un examen de indicadores oncológicos…. De allí saldría conociendo mi estado de salud completo.

Cuando las puertas se abrieron, el robot quedó a la espera de instrucciones sobre el soporte en el que quería recibir el informe. Gina me susurró:

—Tarjeta holográfica sin huella.

Así se lo indiqué a la máquina, que expulsó una lámina metálica por una ranura de su frontal. La tomé con dedos nerviosos.

—Vístete —me dijo Gina—. Estudiaremos las respuestas en el salón. ¿Quieres una copa? Yo sí.

—No sé si debo… —respondí, medio en serio, medio para romper la tensión.

—Déjate de tonterías, piloto —dijo, saliendo de aquel laboratorio de Frankenstein—. Si voy a perder mi trabajo, al menos emborráchate conmigo.

Al tratarse de una copia sin huella de identificación ni vinculación con las redes de datos, Gina pudo navegar libremente por la información contenida en la tarjeta. Desplazó las páginas holográficas con un dedo mientras en la otra mano sostenía una copa de vino a la que solo había dado un sorbo. Yo, encogida a su lado en el sofá, era incapaz de beber ni siquiera eso.

—Aquí. —Detuvo el barrido de su dedo y yo me tensé como la cuerda de una guitarra.

Leyó en silencio, bajó algunas líneas y, por fin, con un temblor en la mano y la voz rasgada, susurró:

—*Vaffanculo*…

—¿Qué? —rogué—. ¿Qué dice?

—Angie... —Me miró, negando, con los ojos húmedos—. No sé qué clase de cabrones te han hecho esto, pero... han manipulado tu cuerpo, han modificado tus órganos, y la mitad de lo que leo en el informe es impensable en un ser humano. —Dejó la copa en la mesa, y el temblor con el que apretó mi mano me hizo pensar que, aunque pretendía confortarme, su fuerza había desaparecido, como la mía—. No sé cómo, no lo entiendo, pero llevas en tu interior un huevo naui.

La miré, bloqueada por el terror. Bajé los ojos y contemplé mi vientre, como si pudiera ver a través del traje y mi piel.

—Pero... decías que no era posible...

—Tus órganos reproductivos han sufrido un cambio que solo puedo entender como provocado por la acción de alguien —dijo, cada vez más enfurecida—. Y solo me viene un nombre a la cabeza.

—La Croix.

—Sí. Algo te ha hecho. Algo en ese tratamiento de recuperación de fertilidad ha alterado tus ovarios, tus óvulos, tu genética, haciéndote permeable a la fecundación naui.

—Un huevo naui... —Solté la mano que me agarraba Gina y la posé sobre mi barriga—. Y nadie ha podido saberlo porque la AP es la única autorizada a hacerme pruebas.

—Te ha utilizado —rabió Gina—. Y dudo mucho que solo él esté detrás de esto.

La miré sin comprender.

—Piénsalo. ¿Cómo podría hacer algo así y que la AP no lo detuviera? Es un médico, no un experto en seguridad de la información, ni tampoco un genetista, dicho sea de paso. Hay alguien más implicado... Angie, esto no pinta nada bien. Alguien con los medios para hacer algo así no es un cualquiera. Esto es serio. Mucho. Y sé que ahora te encuentras en *shock*, tratando de asimilarlo, pero creo que estás en peligro.

—¿Qué?

—¡Mierda! —rugió la italiana, poniéndose en pie—. ¡Cabrones! ¡Qué bien les viene apartarnos de nuestros pacientes y hacer lo que les place!

Pero se sobrepuso a su arrebato y me agarró por los hombros.

—Angie, tienes que alejarte de La Croix y de la AP.

—Pero ¿cómo?

—Para empezar, ¿tienes activado el localizador IS de tu traje?

—No. Hoy quería estar tranquila, en casa, y que nadie me molestara.

—Perfecto, déjalo así. Siguiente paso: ¿tienes algún sitio donde ir? ¿Algún lugar en el que esconderte?

—¿Quieres decir aparte de mi casa?

—Tu casa no es segura. Ahora mismo... —Torció el gesto—. Espera... Angie, ¿cuándo has hablado con La Croix?

—Justo antes de llamarte.

—¿De qué habéis hablado? ¿Qué te ha dicho y qué le has contado?

—Pues... Le he explicado lo del inhibidor, igual que a ti. Y lo de la menstruación interrumpida.

—Pero no te ha hecho ninguna prueba desde que has vuelto de Baanaue, ¿verdad?

—Sí, en remoto, desde casa y… Mierda.

Até cabos. Si La Croix estaba detrás de mi embarazo naui, ahora, gracias a la prueba enviada desde casa, sabía que estaba embarazada. Era ya un hecho. Y el momento ideal para hacerme desaparecer, porque, aunque pretendiera ocultarme información durante un tiempo, pronto sería evidente que algo me sucedía. Sobre todo, porque no evolucionaría como era de esperar en una humana.

—Gina —casi sollocé—, ¿hasta qué punto me han modificado? Me refiero a que… en las hembras nauis el huevo crece hasta que sale para ser incubado, pero… yo… —Tragué saliva, señalando mi vientre—. ¿Cómo saldrá de aquí?

—No podrá, Angie. Han modificado tus órganos reproductores, pero tu cuerpo y tus huesos son los de siempre.

—¿Y qué pasará, entonces?

—El huevo naui es semejante al de las gallinas durante la gestación, y crece dentro de la madre hasta alcanzar su tamaño y dureza definitivos. La cáscara es muy dura, casi irrompible desde fuera. Y el huevo alcanza un tamaño enorme…

—¿Cómo de enorme?

—Mucho. De unos sesenta centímetros, incluso más. Y entre diez y doce kilos.

—No…

—Y se desarrolla en poco tiempo, menos de dos meses. Angie, la única opción es extraerlo. Cuanto antes, mejor. Necesitamos acceder a un buen equipo quirúrgico.

Una luz roja se encendió en la manga de mi traje.

—¡Iván! ¡Algo ocurre en mi casa!

«¿Iván?», pregunté. Le pedí silencio a Gina con un gesto.

«¡Angie, han entrado sin...!».

Su voz se interrumpió y el canal dejó de emitir.

—Iván es tu sintético, ¿verdad? —preguntó Gina.

—Sí. Alguien ha entrado en mi casa. —La miré, cabreada; Iván era alguien muy preciado para mí—. ¿Dices que La Croix solo es un médico? Me da que tiene aliados muy violentos.

—Hay que irse.

Asentí.

—Pero rastrearán cualquiera de mis acciones. ¿Puedes pedirme un deslizador?

—No voy a dejarte sola con esa gente, Angie; nos vamos las dos.

—Gina...

—Lo siguiente que harán será preguntar a todos tus conocidos, en la base y fuera de ella. Y cuando examinen mi robot, sabrán que te he ayudado. Dime, ¿me llamaste por una línea privada?

—Sí, con el cifrado que tengo como IS.

—Eso nos dará algo de ventaja. Vámonos.

Abandonamos su casa solo con lo puesto y el corazón en un puño.

8

La verdad no te hará libre

Rue Denfert Rochereau.
Saint-Denis, Île-de-France (al norte de París),
horas más tarde.

—Esto es peligroso, Angie —susurró Gina—. Te dije esta mañana que lo primero que hará esa gente es hablar con tus amigos.

—Philip no es mi amigo —gruñí oteando la calle, que se sumía poco a poco en la oscuridad—. Un amigo te apoya. Como haces tú. Él no es mi amigo.

—Da igual. Has realizado una misión con él. Justo en la que ha sucedido todo.

—Exacto. Por eso estamos aquí.

—En el patio de su casa, sí. La peor idea que podías tener.

—No creo que sea peor que la de aceptar una misión sin preguntarme por qué una IS6 era la candidata ideal.

Gina sonrió.

—Siempre he sabido que eras una tía inteligente. Empiezas a atar cabos. Cuéntame tu teoría.

—Me faltan piezas, y tengo tantas sospechas que quizás me esté volviendo paranoica. Pero he pensado mucho mientras veníamos.

—Suéltalo, va.

—Se aprovecharon de que solicitara ser madre para experimentar conmigo. El compuesto que me inoculé en el centro médico, en la primera visita con ese cabrón, debió iniciar mis cambios. —Gruñí, muy enfadada—. Ahora sé que no me habría quedado embarazada por más hombres con los que me hubiese acostado. Y si hubiese pedido una inseminación artificial, seguro que habrían empleado esperma de naui.

—Joder…

—No sé cuánta gente de la AP está metida en esto, pero deben ser unos cuantos, gente que tiene acceso a las peticiones de recuperación de fertilidad. Las de mujeres, en concreto; las de hombres no interesan aquí. Gente de laboratorio que ha ideado y preparado ese tratamiento que me administré, capaz de manejar los datos a su antojo y evitar que escapen de su control.

—La AP es solo un órgano administrativo, no tiene laboratorios.

—Pues han recurrido a quien los tenga.

Eché otro vistazo a la calle. Un hombre de aspecto mayor, que sostenía una correa con las manos a la espalda, observaba cómo su perro olfateaba el viejo empedrado entre las aceras.

—No sé si soy la primera con la que hacen esto —susurré—. No sé cuánto dinero y tiempo habrán dedicado.

136

Pero han logrado lo que pretendían. Lo que me lleva a dos conclusiones. Una, les interesa capturarme viva, para estudiar cómo se desarrolla mi… Maldita sea, ya no sé ni cómo llamarlo… *Embarazo* suena absurdo.

—Yo no confiaría mucho en que respeten tu vida, Angie. Si sospechan que lo sabes, preferirán matarte que arriesgarse a que los denuncies. Por cierto, creo que deberías hacerlo.

—¿Denunciarlos? ¿A quiénes? Solo tenemos el nombre de La Croix. Y habrá gente muy influyente metida en esta mierda: políticos, policía, empresarios… No, tengo que averiguar más. Mi ventaja, por ahora, es que ignoran todo lo que sé gracias a ti. —Le estreché la mano, agradecida—. Pero pronto sospecharán que estoy al corriente. Que haya desaparecido ya los tendrá muy moscas.

—Has dicho que tenías dos conclusiones. ¿Cuál es la otra?

—Si resulta factible usar a las mujeres humanas para concebir nauis, el problema de la baja natalidad de su especie tiene una solución con la que alguien se embolsará mucha pasta.

Gina asintió, reconociendo la lógica de mis teorías.

—Pero sigo sin entender qué hacemos aquí, en Saint-Denis. ¿Qué tiene que ver Philip en todo esto?

—No lo sé, pero no es trigo limpio. Si lo pienso ahora, su comportamiento resultaba muy extraño. Sobre todo, después de que nos rescataran. Parecía otro.

—Fue una maniobra arriesgada. Respiraría al verte de una pieza.

—No. Tenía mucha fe en su plan. Estaba convencido de que saldría bien. Pero en Laanali lo vi raro. Y luego está la avería de la Tereshkova, absurda, inexplicable…

No sé, una nave tan perfecta, nueva, que no informaba de ningún problema, de nada que funcionase de modo anormal… ¿No te parece sospechoso?

—¿Hablas de un sabotaje? ¿De Philip? Por eso estamos aquí, claro; para encontrar alguna pista, o interrogarlo.

Sonreí a mi amiga.

—También yo he sospechado siempre que eras una tía lista. Vamos —dije, al no ver ni rastro del hombre y su perro, ni de otros vecinos—. Hay que encontrar la forma de entrar.

Durante un buen rato buscamos alguna ventana mal ajustada o un cierre defectuoso que nos permitiera acceder a la vivienda. Rodeamos varias veces la casa, una construcción de dos niveles dotada de patio ajardinado en tres de sus fachadas, como muchas otras de aquel lado de la calle. Por lo visto, a Philip no le gustaba compartir paredes con los vecinos, por más que pasara su tiempo libre en bares y discotecas en vez de en su casita.

—¿Seguro que es aquí? —me preguntó Gina—. Es bastante grande…

—Sí, esta es la dirección; pude leerla en su ficha. Pero no ponía cómo entrar, claro.

—¿Sabes trepar una pared?

—Dos pisos, no, desde luego…

Estábamos a punto de renunciar cuando oímos el silbido agudo y suave de un impulsor frente a la entrada. Pegadas al muro, nos asomamos a la esquina justo a tiempo de ver cómo dos figuras, desde un deslizador de gran tamaño, arrojaban a una mujer de piel oscura sobre la acera, cerraban el portón y se largaban a toda prisa, convencidos de que nadie los había visto. Gina y yo intercambiamos una mirada y, tras unos segundos de indecisión, corrimos hacia la chica, que permanecía inmóvil boca abajo. Le dimos la vuelta. Estaba inconsciente y Gina trató de despertarla con golpecitos en las mejillas. Luego advirtió que su traje tenía todas las funciones apagadas.

—Creo que está bajo los efectos de algún narcótico.

—¿Quién será? ¿Y por qué la habrán dejado aquí?

—Tal vez también vive aquí —aventuró.

—Eso es fácil de comprobar —dije—; tendrá acceso autorizado. Ayúdame a levantarla.

La llevamos a la entrada y situé su mano contra el sensor. La puerta se abrió y el interior se iluminó. Era una estancia deslumbrante, espaciosa y moderna, con elementos clásicos que hacían bonitos contrastes, como las molduras que decoraban el techo y algunas lámparas de araña inspiradas en las que se conservan en el palacio de Versalles.

—No sabía que un IS9 se ganaba tan bien la vida —ironizó Gina.

—Yo tampoco. Ven, dejemos a esta bella en algún sofá o sillón.

La mujer era una preciosidad, como pude admirar a la luz de aquellas lámparas. Pero lo que de verdad despertaba mi curiosidad era su parecido con Philip. Era casi un calco de mi compañero, en versión mujer.

—¿Cómo la despertamos? —pregunté.

—Empecemos por activar su traje; ayudará a limpiar su cuerpo de agentes extraños.

Tomó el índice de la chica y lo usó para activar el sensor de puesta en marcha. Se encendieron algunas luces rojas en su antebrazo, lo que indicaba desajustes químicos.

139

—Esto será suficiente. Aunque no sé cuánto tardará en reaccionar.

—Aprovechemos para echar un vistazo —propuse.

Una habitación inmediata al salón hacía las veces de despacho o estudio. Descartamos acceder al ordenador, que estaría protegido, y buscamos en la mesa y sus cajones. En el rincón de uno de ellos, Gina halló una caja de láminas farmacéuticas inyectables.

—¿Epoussex 400? —leí.

—Es un estimulante —explicó ella—. De espectro específico. Bastante caro, además. Acorde con la decoración de esta casa, vaya.

—No puede ser de Philip —opiné—. Los pilotos no podemos tomar fármacos de este tipo.

—Tampoco podéis sabotear naves, creo...

Me encogí de hombros y seguimos buscando. Pronto desistimos. Nada había en los cajones que arrojase luz sobre el papel de mi compañero de vuelo en aquella maquinación. Y las tarjetas de datos que se amontonaban sobre la mesa tenían sensor de huella, lo que nos impedía leerlas.

Todas, salvo una.

Aquella tarjeta holográfica sin huella, como la que me había entregado el robot de diagnósticos de Gina, llamó mi atención como la luz de una estrella en mitad del vacío. Su presencia allí resultaba extraña. Podía ser publicidad, claro. O no.

La sostuve entre mis dedos y ordené:

—Abrir.

El holograma mostró dos archivos. Gina se situó a mi lado, picada por la curiosidad. Pulsé sobre el primer archivo y apareció ante mí una sucesión de números.

—¿Qué significan, lo sabes? —preguntó mi amiga.

—Son coordenadas. Toman como referencia la Tierra, que es lo habitual en la Flota. Pero están expresadas en gigapársecs, y fuera de las rutas que solemos estudiar en... ¡Joder! —exclamé—. ¡Me cago en la leche! ¡Son las coordenadas en las que se averió la Tereshkova!

—¿Vuestra nave? ¿Estás segura?

—¡Más que segura! ¡Yo misma las programé en la baliza de socorro!

—Pues tu compañero disponía de ellas, por lo que veo.

—El plan de vuelo era secreto. Solo unos pocos en el alto mando lo conocían, y a nosotros nos lo entregó el embajador naui al embarcar.

—Sería secreto, pero Philip sabía exactamente dónde ibais a sufrir esa avería.

—Lo que confirma mis sospechas. Lo que no entiendo es el motivo del sabotaje. ¿Por qué querrían que nos quedáramos allí aislados?

—Abre el otro archivo, a ver si encuentras la respuesta.

Al hacerlo, se mostró el diagrama de un diseño de ingeniería y, a su lado, una recreación en tres dimensiones, acompañadas por un vídeo muy esquemático en el que se detallaban unas modificaciones en el funcionamiento del diseño de base.

—Eso sí sé lo que es —dijo Gina.

—También yo —gruñí—. Es una quirocápsula. Y el vídeo explica cómo convertirla en una vaina de animación suspendida.

—La madre que lo parió... —maldijo Gina.

La rabia ardía en mí como la lava de un volcán a punto de entrar en erupción. Recordé cómo me había saludado

Philip en el comedor de las Torres de Cuidados de Laanali, con aquella pretendida emoción. Y su «cuídate» al separarnos en París. ¿Cómo podía ser tan ruin, tan ladino, tan cerdo?

El gemido de la chica nos hizo cerrar los archivos y apresurarnos hacia el salón. La bella desconocida despertaba. Y encontrarse con dos extrañas la puso en alerta.

—¿Quiénes sois? ¿Qué queréis? ¿Dónde está Philip?

—Eso es justo lo que queremos saber —dije, sin mostrarme demasiado suave—. Estamos buscándolo.

—¿Por qué? ¿Quién os envía?

—Queremos hacerle algunas preguntas. Pero también tenemos algunas para ti, porque es muy curioso que esos tipos te hayan dejado en la puerta justo cuando hemos llegado nosotras.

La chica no dijo nada. Trató de adivinar quiénes éramos y cuáles eran nuestras intenciones. Sus labios temblaban y las manos, pegadas a los muslos, agarraban con fuerza el asiento acolchado del sillón en el que la habíamos recostado. Noté que su miedo era auténtico, no fingía…

«Mierda, ¿*notaba* su miedo?».

—Gina, creo que estoy desarrollando la capacidad empática de los nauis.

Me miró, estupefacta.

—Ya veo… Avísame si notas más… lo que sea.

Asentí y di un par de pasos hacia la chica.

—¿Cómo te llamas?

Dudó un instante, pero decidió que revelar su nombre no revestía peligro.

—Juliette.

—Vale, Juliette. ¿Cuál es tu relación con Philip?

—Somos amigos. Compartimos la casa.

Clavé mis ojos en los suyos y apreté los labios como pensé que haría un matón.

—Mientes.

Negó con la cabeza, nerviosa, y protestó.

—¿Quiénes sois? ¿Por qué habéis venido? ¡Yo no sé nada, solo quiero ver a Philip!

—Philip me ha metido en un lío y quiero saber por qué —le dije, con la esperanza de obtener de ella algo más que evasivas y mentiras.

Y funcionó, porque dejó de temblar y me miró como quien reconoce a alguien por descripciones de terceros.

—La inglesa… Eres tú… Tú eres la piloto de la que hablaban ellos…

—¿Quiénes son «ellos»?

Observó a Gina un instante y luego de nuevo a mí, antes de decir, ahora con voz más serena.

—Ellos… Los que me retenían. Esos que dices que me han dejado en la puerta.

—¿Por qué te retenían? ¿Y qué es lo que dicen sobre mí?

—Parece que eres muy importante, y Philip tenía que seguir sus órdenes, vigilarte, o llevarte a algún sitio, algo así… Si se negaba, me matarían.

—¿Por qué iba a importarle a Philip lo que te hicieran? ¿Tan importante eres para él?

—Sí. —Tragó saliva, antes de añadir—: Es mi hermano.

—¿Tu hermano? —casi chilló Gina.

Supe que decía la verdad. Y era una verdad difícil de entender. Nadie empleaba las palabras *hermano* o *hermana* desde hacía siglos, desde que la natalidad había recaído en los laboratorios de gestación y los embriones pasaban por protocolos de seguimiento y calidad estrictos. Nadie tenía hermanos.

143

Salvo que no se tratara de bebés nacidos en los laboratorios.

—Sois hijos naturales... —comprendí.

—Gemelos —añadió la chica, y en su expresión percibí cierta vergüenza; su vida habría sido muy complicada en una sociedad en la que la maternidad solicitada era una rareza, y si encima daba como resultado un embarazo múltiple...

—Con razón sois tan parecidos —continué, con apenas fuerza en la voz—. Hermanos gemelos... Así que tu nombre es Juliette Bélair, y esos que te tenían secuestrada amenazaron a Philip con matarte si no obedecía sus órdenes, que consistían en sabotear nuestra nave y hacer que nos sometiéramos a hibernación.

Juliette me miró sin comprender. Era evidente que no estaba al tanto del plan. Pero mis últimas palabras le llamaron mucho la atención.

—¿Hibernación? Ninguna nave lleva sistemas de hibernación. ¿En qué reliquia de museo habéis viajado?

—En una franco-rusa con seis tostadores bien gordos —me burlé.

—¿¿Una *AL-PV01*?? ¡¿Y Philip se la ha cargado?!

Miré a Juliette con admiración y sorpresa.

—¿Sabes de naves?

—¡Claro! Soy ingeniera en la Chris & Westgate. La empresa que fabrica los tostadores de la *Charmante*, como tú los llamas —respondió, sacando la lengua.

—Ya veo... —comprendí—. ¿Y eres buena en lo tuyo?

—Supongo que sí —dijo, con ironía—; lo bastante como para pagar esta casita.

Así que estábamos ante una cerebrito de la ingeniería aeroespacial.

—¿Y no te han echado en falta en el trabajo? ¿Cuánto tiempo te han tenido secuestrada?

Consultó la fecha en la minipantalla de su traje.

—Dos meses. Y he tenido el traje desconectado de las redes todo este tiempo. Así que no sé nada de lo que ha ocurrido en el mundo, ni en mi trabajo. Nada. Es posible que me hayan despedido. O tal vez no; gente así puede hacer que desaparezcas y hacer creer al resto que te han trasladado a otra unidad, o a otra ciudad.

—¿Sabes quiénes son? —preguntó ahora Gina.

—No… —Suspiró con impotencia—. Solo sé que mueven muchos cables, incluso en el CNT.

Oímos que se abría la puerta y nos pusimos tensas.

—¿Philip? —Juliette se puso en pie.

—¿Jul? —contestó desde la entrada la voz de mi compañero de vuelo. Noté emoción en ella.

Apareció en el salón, hecho un manojo de nervios. Lucía una sonrisa enorme que se borró tan pronto como reparó en Gina y en mí.

—¡Angie…! —musitó, mientras su hermana se arrojaba a su cuello y besaba su mejilla entre lágrimas.

—Hola, Phil —respondí sin moverme del sitio y con menos rabia de la que había previsto tener en nuestro reencuentro; aunque reservé algo de veneno para las presentaciones—. Esta es Gina, una buena amiga. Una amiga de verdad.

—Angie, yo… No sabes…

Se interrumpió, incapaz de ordenar el torrente de confesiones y excusas que bullían en su cabeza.

—He podido averiguar bastante, Phil. Pero me falta saber por qué. Y quiénes son.

145

Abrazó a su hermana con fuerza y se deshizo en lágrimas y jadeos.

—Me amenazaron… —balbuceó.

—Eso ya lo sé. Pero ¿por qué yo?

Suspiró.

—No lo sé, Angie. Siento mucho que te utilizaran. Y haberte mentido. Confío en que me perdonarás.

—¿¿Que te perdone?? —estallé—. ¿Cómo puedes…, cómo pretendes…? ¡¿Sabes que esto puede matarme?!

Me miró sin comprender. Aligeró el abrazo a su hermana.

—¿Matarte? Angie, ya está, se acabó. Nadie va a morir si nos olvidamos de todo y no hablamos de ello.

—¡Esto puede matarme, Philip! —Me señalé el vientre—. ¡Esto! ¿O crees que puedo olvidarme de ello y ya está?

—¿De qué hablas?

—¡¡De la cría naui, joder!!

Me miró, con la boca abierta.

—Tú… ¿Tienes…? ¿Estás…?

—Lleva dentro un huevo de naui —explicó Gina—. Fecundado. Y crece.

—Pero ¿cómo? ¿Y qué tiene esto que ver conmigo? El objetivo era Vass.

—¿Vass? —pregunté.

—El plan era hibernarnos a todos para hacer algo con él durante su sueño. Eso me dijeron.

—¿Y qué pinto yo en esto, entonces?

—No lo sé. Supuse que eras un elemento de distracción, para que Vass no estuviera muy pendiente de mí, igual que… —suspiró—. Igual que las drogas que tomaba.

—¿El Epoussex? —apuntó Gina.

—Sí —admitió Philip, extrañado de que estuviéramos al corriente—. Los nauis pueden captar nuestro estado de ánimo, nuestros nervios, saber si estamos preocupados. El Epoussex camuflaba todo eso.

—Aquel día que estabas pensativo, en el puente… —recordé.

—Me había despistado y el estimulante estaba perdiendo su efecto. Tus preguntas me pusieron en alerta y me administré otra dosis. Pero, Angie —se apartó de Juliette y se acercó a mí—, no tengo nada que ver con lo que me dices de ese huevo naui. Dime, ¿cómo ha ocurrido?

Me distancié y traté de pensar. Algo no encajaba. Entonces recordé algo que había dicho Juliette y me giré hacia ella.

—Antes has comentado que los que te tenían secuestrada hablaban de mí, que soy alguien importante para ellos, ¿verdad?

—Eso parece. —Se giró hacia su hermano y lo puso al corriente—. Oí alguna vez ese nombre que habéis mencionado, Vass. Pero sobre todo hablaban de ella —me señaló con un gesto—, de «la piloto inglesa», así la llamaban.

—Entonces, lo de que les interesaba Vass… —murmuró Philip.

—Era una excusa —dije—, una pantalla, un cuento para no explicarte más de lo debido. —Me acerqué a Juliette y la miré con apremio—. ¿Recuerdas algo más? Lo que sea.

—Lo que parecía tenerlos más tensos era algo sobre «el momento» y «el abordaje». Y esta mañana los he oído reír.

147

Traté de entender de qué hablaban, pero solo comprendí que estaban contentos, y alguna frase suelta: «¿Quién lo iba a decir?», «nos habríamos ahorrado todo esto» y «es igual, acabará en la granja». ¿Tiene algún sentido para ti? ¿Qué puede ser lo de la granja?

—«Quién lo iba a decir», «habernos ahorrado todo esto»... —repetí.

—Angie. —Gina había atado cabos. Lo supe por su expresión—. No esperaban que te quedaras preñada de Vass; pensaban hacerlo ellos, inseminarte. Durante la hibernación.

—Espera. ¿El huevo es de Vass? —alucinó Philip.

—Claro... —coincidí con Gina—. Era el momento perfecto. Estábamos inconscientes, lejos de todo, justo en el lugar que le habían indicado a Philip. Debieron abordarnos, con la intención de inseminarme, pero se encontraron con que ya estaba embarazada. Eso es lo que podrían haberse ahorrado. No contaban con que Vass y yo tendríamos relaciones...

—Pero ¿cuándo fue eso? —insistió Philip.

—Y lo de la granja —continuó Gina, ignorándolo—, me sugiere una idea horripilante. Un lugar de crianza. Donde piensan llevarte, aislarte y seguir tu evolución.

—Los muy...

Nos quedamos unos segundos en silencio, tratando de asimilar aquel horror y la maldad de la gente que estaba detrás.

Me giré hacia mi excompañero, rota por dentro.

—Estoy metida en un buen lío, Phil. Y todo por tu culpa.

—No tenía ni idea de esto, Angie. Pensé que su objetivo era Vass y...

—Tampoco eso tiene excusa. Si era un complot político, debiste contármelo. Habríamos buscado cómo hacerles frente.

—Tenían a Juliette… —Un gesto afirmativo de su hermana le permitió entender que ya conocíamos su relación de parentesco—. Y controlaban lo que hacíamos.

—¡Vamos, Phil! —protesté—. ¡Estábamos lejos de todo, sin comunicaciones!

—No, Angie. Conocían nuestro plan de vuelo, estaban cerca y veían a través de mí.

—¿Qué?

—¡Claro, tu ojo…! —Juliette se llevó las manos a la cabeza.

Philip asintió y se señaló la cara.

—Tengo una prótesis ocular. Y saben cómo acceder a ella de forma remota.

Gina ahogó una expresión de consternación y yo caí en la cuenta al instante. «El ojo del tic nervioso».

—Philip perdió el ojo derecho en una pelea de bar —explicó Juliette—. Una pelea absurda. Por una chica, dice.

—Porque así fue —gruñó él.

—Y se habría despedido de la carrera de piloto de no ser por la prótesis que le implantaron.

—Es perfecta —añadió Philip—. Imposible de distinguir de un ojo auténtico y perfectamente sincronizado con el izquierdo. Lo mejor de la Gardner.

—¿La Gardner? —lo interrumpí—. ¿La Gardner Corporation?

—Sí.

—¡Mierda! —grité—. ¡La jodida Gardner! ¡Estaba clarísimo!

—¿Qué quieres decir? —Gina me agarró del brazo—. ¿Insinúas que…?

—Gina, piénsalo, ¡todo encaja! La Gardner Corporation es la principal empresa de investigación. Tú lo sabes: medicina, biología, nuevos materiales, superconductores, moléculas biosintéticas… Y participan en las negociaciones con Baanaue para sus programas de fertilidad naui. Fueron ellos los que me sacaron de allí. No les interesaba que me quedara encerrada en Laanali y que otros me pudieran hacer pruebas. ¡Se habría destapado todo el plan! Necesitaban que volviera de la misión, que se cerrara oficialmente. Cuando Philip se despidió de mí en París —miré hacia él—, supieron que ya me marchaba del CNT. No tuvieron claro dónde iba, hasta que La Croix me llamó y le confirmé que estaba en mi casa, en Toulouse. Aprovechó para hacerme una prueba más. Qué cerdo, recuerdo sus palabras: «Está todo en su sitio». Por eso fueron a buscarme. Pero no contaban con que ya me habría marchado.

—A verme a mí —añadió Gina.

—Sí. Y no saben que ahora sé todo lo que…

Me interrumpí y me giré hacia Philip.

—¡Mierda!

Le asesté un puñetazo que lo hizo caer, ante el asombro de las chicas. Fue a levantarse, pero agarré un mantelito de una mesa y se lo planté en la cara.

—¡Quédate quieto, Phil! ¡No te muevas! ¡Y cierra los ojos, joder!

Pareció comprender, al igual que Gina y Juliette.

—¡Claro! —exclamó la hermana—. Ven lo que él ve. ¡Y ahora saben que estás aquí y que hemos hablado contigo!

Asentí, rabiosa, tapando todavía la cara de Philip.

—Tenemos que largarnos de aquí. Nos hemos convertido en objetivos molestos que deben eliminar. Espero que, aunque nos hayan visto, no nos hayan podido escuchar. Y, sea como sea, nuestra ventaja ahora es casi nula. Gina, ¿hay forma de desactivar su ojo?

—Por supuesto, ¿de qué otra forma podría cambiarse en caso de necesidad? Pero es un IS9, no podré acceder sin la autorización de sus superiores.

—¿Y no puede hacerlo él mismo, como yo con mi análisis?

—¡Sí! Solo necesita el número de serie de su implante. Lo tendrá en su registro personal.

—¡Claro que lo tengo! ¡Pero suéltame ya, Angie! —protestó—. ¡Cerraré el ojo!

Me relajé y retiré la tela de su cara. Philip se lo tapó con la mano, recostó la espalda contra el sillón y, sentado en el suelo, dijo con voz neutra:

—Soy Philip Bélair. Desactivar prótesis de ojo número 10-4482-GC763-3VV.

—¿Cómo sabremos que está apagado? —pregunté.

—Porque no verá con él —dijo Gina, encogiéndose de hombros.

Philip retiró la mano y abrió el párpado, para cerrarlo enseguida y cubrirlo de nuevo.

—¡Aún veo! ¡Esos cabrones lo habrán bloqueado!

Solté un bufido, me levanté y salí del comedor camino de la cocina. En el segundo cajón que abrí encontré varios cuchillos de mango ancho. Tomé uno, además de un cazo, y volví al salón. Todos me observaron con miedo, adivinando mis intenciones. Juliette, incluso, quiso quitarme mi improvisado utillaje, pero la aparté con firmeza.

—No le dolerá, tranquila —dije, sin tenerlas todas conmigo; cabía la posibilidad de que se me fuera la mano.

151

Miré a Philip.

—Túmbate.

Vi que tragaba saliva y dudaba.

—Me lo debes —añadí.

—Sí, joder, pero es mi ojo.

—También son nuestras vidas. Y si quieres evitar que nos cojan, es la única opción. Más adelante, si salimos de esta, conseguiremos un repuesto.

Aceptó a regañadientes, asustado como nunca creí que podía estarlo un piloto de su categoría. Me puse a horcajadas sobre su torso, agarré el cuchillo con mi mano izquierda, la hoja hacia abajo, y apreté la derecha sobre el asa del cazo, como si fuera una maza.

«Una piloto nunca titubea. Una piloto es alguien segura de sí misma».

—Vale, Philip; abre el ojo y sostén los párpados con los dedos.

Obedeció, y yo fui todo lo rápida que pude, porque el temor de Philip se me contagiaba debido a mi incipiente empatía naui. Esperaba vérmelas con una aleación dura y di un golpe seco, fuerte. Pero la córnea sintética cedió con facilidad. Hubo un chispazo y un pequeño estallido que nos cogió a todas por sorpresa —a mí más que a nadie— y Philip gritó antes de perder el sentido.

—¡Philip! —Juliette se abalanzó sobre su hermano, empujándome a un lado.

Por un momento temí lo peor. ¿Le habría frito el cerebro? Gina acudió a su lado y pidió espacio a Juliette para hacerle un reconocimiento rápido.

—No me atrevo a emitir un diagnóstico cien por cien seguro —dijo—, pero creo que se recuperará.

—Pues tendrá que hacerlo lejos de aquí. —Traté de sonar firme—. Hay que moverse. Pero nada de pedir un deslizador; seguro que controlan nuestras solicitudes y las pueden rastrear.

—Salvo que usemos el mío —dijo Juliette.

—¿Tienes un deslizador? —pregunté, sorprendida.

—No solo me gustan las naves.

Entre las tres, agarramos a Philip y nos dirigimos al segundo piso. Allí, ocupando la mitad de la planta e invisible desde el jardín, los hermanos Bélair disponían de un pequeño hangar, en cuyo centro nos esperaba un brillante *Martin Wild Wind* de color verde inglés.

—Tendréis que apretaros un poco —observó su sonriente propietaria mientras desbloqueaba las puertas y nos animaba a entrar.

Cuatro personas en un deslizador deportivo.

—¡Esperad un minuto! —pidió Juliette—. ¡Ahora vuelvo!

—¡Hay que irse! —insistí, ocupando el asiento delantero derecho.

—¡No tardo nada! —respondió, ya fuera del hangar.

Cuando volvió, se había cambiado de ropa y traía un pequeño maletín, un terminal informático, supuse, que arrojó sobre mi regazo.

—¡Ya estoy! —Cerró las puertas y arrancó el motor.

—¿Tenías que cambiarte ahora? —Admiré, eso sí, la preciosa blusa negra de escote bañera y la falda beige que dejaba ver sus largas piernas de color caoba.

—¿Bromeas? He estado dos meses con el mismo traje. ¡Y suerte que era un modelo con autolavado!

Me reí. Reconozco que Juliette me cayó bien desde el primer momento.

9

El gato y el ratón

Afueras de Saint-Denis.

Juliette era una chica brillante. Yo presumía de que mi capacidad deductiva me había permitido adelantarme a La Croix y los suyos desde mi encuentro con Gina. Pero aquel cerebrito me demostró lo que era usar de verdad la cabeza. Aunque, claro, jugaba en casa —nunca mejor dicho— y en otra división.

No nos habíamos alejado mucho cuando detuvo el *Martin* al resguardo de un bosquecillo y encendió el ordenador del maletín. Se conectó a las cámaras que tenía repartidas por el perímetro de su vivienda y esperamos a que nuestros perseguidores aparecieran por allí.

—Qué lista —reconocí—, así sabrás qué vehículo usan y podrás buscar a nombre de quién está registrado.

—Entre otras cosas —fanfarroneó—. Ya verás, te vas a divertir.

—Creo que no estoy para muchas diversiones, la verdad.

Me examinó, y luego se giró hacia Gina, encogida en los mini asientos traseros, con Philip en sus brazos, todavía inconsciente.

—Eres médico, ¿verdad?

Gina asintió.

—Lo de Angie, eso del huevo naui, ¿se puede hacer algo?

—Se puede extirpar, si me hace caso y buscamos un equipo quirúrgico antes de que crezca demasiado y la reviente desde dentro —gruñó.

Juliette me miró. Yo sacudí la cabeza.

—Antes hay que resolver algunos asuntos —me defendí—. Si me pillan postrada en una litera, recuperándome de una operación, seré presa fácil.

—¿Cómo está mi hermano?

—Respira bien, y su traje no monitoriza nada en rojo. Igual se hace el dormido para restregarse conmigo —renegó la italiana, a todas luces incómoda en su reducido asiento.

—¡Ya están ahí! —anunció Juliette.

Un deslizador de gran tamaño, tal vez el mismo que habíamos visto horas antes, paró frente a la casa. La imagen de las cámaras era magnífica, incluso de noche, y distinguimos a seis hombres que se apeaban y se plantaban en la puerta mientras otro permanecía al volante. Portaban pistolas. Uno puso su mano en el sensor de apertura y supimos que la puerta se había abierto porque desaparecieron de nuestra vista.

—Conque esas tenemos… —murmuró Juliette, apenas sorprendida.

Dividió la pantalla en dos y ejecutó un programa de comprobación de identidades en el que volcó los rostros captados por las cámaras, escogiendo en cada caso los *frames* en los que salían más claros y de frente. Y lo hizo a una velocidad que no creía posible en dedos humanos.

—Te he dicho que te ibas a divertir, ¿verdad? —dijo, con esa arrogancia que yo empezaba ya a asociar a los Bélair—. Pues vamos con la fiesta.

Dividió la pantalla en tres. La parte superior mostraba una vista del interior del hangar, en el segundo piso. Los intrusos habían echado un vistazo rápido y ya salían. Juliette esperó a que desaparecieran. Entonces pulsó un botón lateral de su ordenador y, de debajo del teclado, se desplegó un pequeño dispositivo de control, una consola con dos palancas. Movió la izquierda hacia ella, con el pulgar, mientras accionaba la derecha hacia delante. La imagen del hangar se elevó.

—¿Un dron? —pregunté.

—Ya te dije que me gustan las naves. Y como no soy piloto, con esto me quito el gusanillo.

—¿No lo oirán?

—Ni lo oirán ni lo verán. Solo tenemos que preocuparnos de permanecer dentro del radio de alcance. Lo dejaré en seguimiento automático —apuntó al deslizador de los intrusos y lo marcó como objetivo— y tú me indicarás la ruta que siguen.

—Mejor si te encargas tú del dron y conduzco yo.

—Nadie más que yo conduce mi *Martin*.

—¿No te fías de una piloto inglesa? ¿De la tierra donde los fabrican?

Me examinó con unos ojos tan inquisitivos que me recordaron a escáneres de seguridad. Abrió la puerta y salió para cederme su sitio.

«Nuestro turno».

Seguíamos a aquellos tipos por Boulevard Périphérique, Juliette más tranquila al ver que su *Wild Wind* estaba en buenas manos, cuando Philip despertó.

—Con calma y despacio —rezongó Gina—, me estás clavando el codo.

—Bienvenido de vuelta al mundo, Polifemo. —Dediqué unos rápidos vistazos al retrovisor interior.

—¿Qué me has llamado? —farfulló, todavía atontado.

—Nada. ¿Cómo te encuentras?

—Por ahí, Porte de Sèvres y Porte de Versailles —indicó Juliette.

—Bien, creo —masculló Philip—. Y tengo las cosas más claras.

—¿Y eso?

—Ahora tengo un único punto de vista.

Evité por poco que la risa me sacara de la vía. Juliette protestó.

—¡Cuidado, que nos matas! Ahí, gira a la izquierda y pasa por debajo de la ronda.

—¿Volvemos a París? —preguntó su hermano.

—Perseguimos a los malos —le explicó Gina—. Después de desmayarte, los tipos que tenían a Juliette entraron en vuestra casa para cogernos a todos. Y ahora somos nosotras quienes vamos tras ellos.

—Vale. ¿Y cuál es el plan?

—Por Félix Faure —señaló mi copiloto.

—Aún no hay plan —respondí a Philip—. Quiero averiguar qué es la granja, donde pensaban llevarme. Además, tu hermana ha conseguido las fotos de esos sicarios, espero que nos ayude a descubrir para quién trabajan.

—Cuando nos detengamos —murmuró Juliette, concentrada en el pilotaje de su dron—. A la derecha. Muy bien. Y ahí, a la izquierda otra vez y sigues por Croix Nivert. Vigila, encontrarás más tráfico.

—Vale —suspiró Philip—. Estaba convencido de que una vez soltasen a Juliette recuperaría mi vida de siempre. Pero está claro que no va a ser así.

—Ahora tú también eres su objetivo, Phil. —Lo miré a través del retrovisor—. Intentarán hacernos desaparecer y usarán todos los recursos a su alcance.

—Que no serán pocos —añadió Juliette.

—Por cierto —apunté—, espero que nadie más tenga un ojo mecánico, o una oreja, o cualquier otro elemento que permita que nos rastreen.

—¿Los empastes dentales cuentan? —se burló Gina. Le saqué la lengua sin mirarla.

—Philip —dije—, quiero saber quiénes están detrás, qué empresas, qué instituciones… Sola no puedo, me iría bien tu ayuda. Y tampoco creo que tengas otra opción.

—Lo sé. Estamos todos metidos en esto. Solo me autocompadecía un poco.

—A la derecha —me dijo Juliette—. Toma por Garibaldi… ¡Eh, se han parado!

—¿Me paro yo también?

—No, sigue un poco más; aún estamos lejos. No corras, gira ahí, por la calle estrecha. Bien, despacio, sigue hasta el cruce… Miollis, eso es. Frena.

—¿Qué hago? No podemos pararnos aquí, bloqueamos el paso.

—Han salido del deslizador. Los siete. Y entran en un portal. De acuerdo, entra en la calle y avanza, aparcaremos a la derecha, a unos metros de la entrada.

Obedecí y nos detuvimos frente a un gran edificio de oficinas.

—Han entrado por ahí. —Juliette apuntó a un portón metálico que cerraba el acceso a un interior de manzana.

—No podemos entrar. ¿Puedes pasar con el dron al otro lado?

—Sin problema.

El silencioso aparatito salvó el edificio por arriba y localizó a los siete hombres cuando accedían al bloque central a través de una puerta sin letrero.

—Bueno, supongo que aquí se acaba la persecución —suspiré, algo desanimada.

—Dejaré el dron enfocado a esa puerta y, mientras, veré qué puedo saber de las identidades de nuestros amigos.

—Chicas —protestó Gina desde atrás—, ¿podemos salir? Ya no aguanto más.

—Claro.

Estábamos en una calle residencial y a aquella hora apenas había gente, a excepción de un pequeño grupo, en la esquina, junto a lo que parecían un par de restaurantes. Mi estómago rugió al pensar en comida. Caí en la cuenta de que no había tomado nada, salvo el café de primera hora. El de Iván.

—Eh, ¿estás bien? —me preguntó Gina, al verme distraída.

—Sí, bien… Pero hambrienta, la verdad.

—Igual que yo. Me acercaré allí, a ver si consigo algo de comer. —Señaló hacia la esquina.

—Te acompaño —se ofreció Philip.

—Espera. —Juliette buscó algo en la guantera, sin dejar por ello de trastear en su ordenador. Le tendió a su hermano unas gafas de sol—. No puedes ir por ahí con ese destrozo a la vista.

—Gracias —dijo él, no muy convencido del estilo de aquel complemento.

—Vamos —la italiana le tomó del brazo—, te quedan muy *chic*, como decís aquí. Te hacen incluso rubio.

Echaron a andar como una pareja que saliera de fiesta, y yo me senté de nuevo en el deslizador de Juliette, observando la pantalla.

—¿Encuentras algo?

—Bastante —dijo, con una mueca de disgusto—. Exmilitares, cinco de ellos, y expolicías los otros dos. No parecen tener un contrato fijo en ninguna empresa, aunque en sus declaraciones de impuestos leo que han trabajado a menudo para algo llamado All-Securex.

—Puedo imaginar a qué se dedica la empresa…

—Y te gustará saber que su único cliente en los últimos años ha sido Gardner Genetic Systems…

—Que forma parte de la Gardner Corporation —murmuré—. Bravo, Juliette, no sé qué haría sin ti.

—Nada, mujer. —Se ruborizó—. No olvides que tengo una cuenta pendiente con esos cabrones. Me gustará encontrar la forma de llevarlos a prisión.

Sonreí. Y me sentí afortunada de tenerla conmigo.

—Angie…

La miré. Vi que quería preguntarme algo y que buscaba la forma de hacerlo con delicadeza.

—Lo de tu… Lo que te han hecho de ponerte el…

—No sé si puedo decir que me lo han puesto, ¿sabes? —dije, sacudiendo la cabeza—. Con todo lo que sabemos ahora, creo que tenían un plan y yo me he salido algo de él. Parece que no contaban con que me acostaría con el naui que llevábamos de vuelta a su mundo.

161

—Ya, pero… creía que no podía pasar algo así.

—Yo también. Pero solicité una licencia de fertilidad que aprovecharon para hacerlo posible.

Fijó sus oscurísimos ojos en mí y percibí una curiosa ternura en ella.

—¿Querías ser madre natural?

—Sí. Y, de hecho, aún quiero. Pese a lo que me está pasando, aún quiero ser madre.

Se quedó en silencio, pensativa, antes de añadir:

—Creo que es algo bonito. A mí me gustó conocer a nuestra madre.

—¿Sí?

—Pudimos vivir bastantes años con ella y con su pareja, gracias a las ATMs. Era estupenda. Nos quería muchísimo, aunque a menudo la veía triste. Creo que le sabía mal lo que padecíamos en la escuela, que nos tratasen como bichos raros. Nunca lo confesó, pero cuando le hablábamos de alguna pelea que habíamos tenido, su preocupación era muy evidente.

—Hablas de ella en pasado. ¿Le ocurrió algo?

—Bueno, igual sabes que los hijos naturales, a partir de los diez años, ya no pueden vivir con su madre.

—Sí, lo sé. Pero pueden seguir en contacto esporádico con ella.

—Eso es. Pero solo a distancia, no en persona, así que mi madre decidió aceptar una oferta para trabajar de supervisora de excavaciones en el cinturón principal. Nos llamaba a menudo desde allí, nos mostraba imágenes y nos contaba cómo era el espacio a su alrededor, si veía Júpiter o alguna nave en trayecto hacia los planetas exteriores… Pero hubo un accidente en la estación, un

162

problema con un blindaje que llevó a la descompresión casi instantánea de su módulo...

—Lo siento, Juliette. —Su melancolía me invadió también.

—Murieron, ella y dos técnicos más. Nos enteramos por un mensaje de su pareja, que, aunque no era nuestro padre biológico, siempre fue bueno con nosotros.

Calló y no quise interrumpir su silencio. Finalmente, levantó una mano y, tras mantenerla unos instantes en el aire, la posó sobre la mía, con cariño.

—Si de verdad quieres ser madre, no renuncies a ello —susurró—. Para nosotros no ha sido fácil, y no lo será para tu hijo, si un día lo tienes, pero creo que haber tenido una madre es lo más bonito que nos ha pasado a Philip y a mí. Nos quería mucho.

Agradecí sus palabras con un movimiento de cabeza, emocionada, y regresó aquella convicción firme que había sentido en la Tereshkova, aquella determinación, visceral e instintiva, de construir un futuro mío, diferente; mío y de mi hijo, a quien enseñaría el valor de las pequeñas cosas de la vida, aquellas que los humanos apenas considerábamos porque las dábamos por seguras, al contrario que los nauis.

Acaricié mi vientre y mis pensamientos viajaron a miles de millones de años luz.

Me sacó de mi introspección el regreso de Gina y Philip, cargados con unas cajitas humeantes y olorosas. Mi estómago rugió otra vez.

—¿A quién le apetecen unos fideos tailandeses? —La doctora me tendió una de las cajas y unos palillos.

—Cualquier cosa que no tenga azúcar —respondí, recordando el desayuno de Iván que no había podido tragar. Me lancé con ansia sobre aquellos fideos.

—¿No toleras el azúcar?

—Creo que es otro de los cambios metabólicos que estoy experimentando —dije, con la boca llena.

Gina asintió, seguramente interesada desde su faceta profesional, pero percibí en ella su admiración por cómo lo afrontaba yo.

—Chicas —nos interrumpió Philip—, ¿hay algo más que podamos hacer aquí? Porque quedarnos frente al edificio de esos tipos puede ser arriesgado.

—Tiene razón —concedió Juliette—. Será mejor que nos alejemos un poco, dentro del radio de alcance del dron.

—Sí —coincidí—. Creo que ya hemos acabado aquí. Estos son solo los sicarios y nos interesa encontrar a los de arriba.

—Estoy de acuerdo —asintió Juliette—. Voy a retirar el dron y buscaremos un sitio en el que pensar el siguiente paso.

No bien hubo guardado su juguetito en el portabultos del *Martin*, una luz parpadeó en la manga de mi traje.

—La Croix me llama… —dije a mis compañeros mientras consultaba en sus caras lo que me convenía hacer.

—Si has desconectado la localización de tu traje, no tiene forma de saber dónde estás —me tranquilizó Juliette—. Y me huelo que quiere proponerte algún trato. Han invertido mucho en ti.

—Veamos qué condiciones plantea y si puedo tirarle algo de la lengua.

Acepté la llamada y activé el altavoz de mi traje para que los demás pudieran oír mi conversación mental. Respiré hondo.

«Hola, doctor».

«Buenas noches, Angie. —Su *voz* me llegó tan serena y afable como siempre—. Le preguntaría cómo se encuentra, pero creo que a ambos nos parecerá bien dejar los formalismos a un lado».

«Estoy de acuerdo. ¿Qué quiere proponerme?».

Lo *oí* sonreír.

«Parto del supuesto de que ha averiguado cuál es su situación y estado actual».

«Lo que me administró no era para recuperar la fertilidad tal y como yo esperaba. Me ha convertido en una incubadora de huevos nauis».

«Sí, entiendo que la sorpresa habrá sido enorme…».

Contuve las ganas de gritar e insultarlo; no quería dejarme arrastrar por sus provocaciones.

«De todos modos —continuó—, creo interesante apuntar que es una situación reversible. Podemos tratarla para que su cuerpo vuelva a funcionar como usted esperaba. Podrá ser madre, Angie; tal y como desea».

Me habría gustado estar cara a cara con La Croix para confirmar la veracidad de lo que decía, algo imposible de percibir a través de una llamada. Mis compañeros también manifestaron sus reservas, con alguna ceja alzada o un suspiro profundo. No obstante, me interesaba que La Croix pensara que yo creía en aquella posibilidad.

«Pero antes —dije—, ustedes quieren conseguir lo que llevo en mi útero, ¿verdad?».

«Así es. Usted nos ayuda y nosotros la ayudamos. Es más, la compensaremos por las molestias. Le pagaremos bien por su… colaboración. Ponga usted el precio».

«Antes acláreme un punto, doctor. ¿Qué necesitan que haga yo? ¿Entregarme para que me extraigan el huevo? ¿Me lo sacan, me devuelven a mi estado natural, me pagan por mi silencio y nos despedimos, tan amigos?».

Gina me hizo gestos elocuentes, negando con la cabeza y vocalizando con los labios algo así como «¡estás loca!, ¡no lo hagas!», pero le pedí paciencia con un ademán.

«Bueno, es algo más complicado, Angie. Verá, podemos asegurar que el huevo no progresaría fuera de su útero. Eso nos lleva a pedirle que siga usted con la gestación».

Los gestos airados de Gina se volvieron todavía más abruptos. Más italianos.

«No creo que mi cuerpo esté preparado para afrontar que ese huevo crezca dentro sin consecuencias para mí, doctor».

«Por eso quiero proponerle una alianza, Angie. Nosotros tenemos los medios y conocimientos para ayudarla, sin peligro para usted y sin riesgo para nuestros intereses. Y por "*nuestros* intereses" también me refiero a usted; me gustaría contar con su participación. Piénselo, puede hacer historia. No hace falta que le diga que, gracias a su ayuda, todo el pueblo naui vivirá una revolución. Dejarán atrás su eterna preocupación por la supervivencia de la especie. Y la verán como a una heroína, Angie».

Sí, y convertiría a millones de mujeres en esclavas de aquella monstruosidad.

«¿Y cómo lo haría, doctor? ¿Me llevaría a su "granja" y allí controlaría mi progreso?».

Mi pregunta lo pilló desprevenido. No esperaba que estuviera al tanto de aquel nombre.

«Bien, Angie, veo que conoce bastante más del proyecto de lo que yo creía. Entiendo su preocupación, y quiero que sepa que su caso es muy diferente al de las otras mujeres».

166

¿Las otras mujeres? ¡Vaya! Por lo visto, el doctor empezaba a hablar más de la cuenta. ¿Hasta dónde conseguiría que explicara?

«¿Diferente? ¿De veras?».

«¡Totalmente! Empezando por su apareamiento voluntario y consciente».

¿Voluntario? Contuve una vez más las ganas de insultar a aquel indeseable.

«Y por ello le propongo una colaboración. Olvídese de lo que haya oído sobre la granja, de los experimentos, las pruebas y demás. Su caso es especial, ya está en otra fase. Por eso le digo que es diferente. Nada de hibernación, ni sedación. Ni aislamiento. Será nuestra invitada, la trataremos con todo lujo y atenciones, porque queremos que esté bien, tranquila, a salvo, sin nada que pueda alterar su evolución».

Nuestro temor se confirmaba. Así que eso era la granja, tal y como habíamos supuesto. Mujeres retenidas contra su voluntad en algún lugar desconocido, apartado y vigilado, anuladas por sedación o hibernadas, sometidas a ensayos de inseminación sin su conocimiento. Gina tuvo que apoyarse sobre el *Martin* para no caer al escuchar aquella explicación. Juliette se cubría la cara con las manos y Philip, tras sus gafas de sol, tenía las facciones tensas.

Pensé con rapidez. Aquel hombre era muy listo. Debía hacerle creer que me convencía, pero sin que le resultara demasiado fácil. Un «sí» apresurado lo haría desconfiar. Tenía que exponer todas mis objeciones, mis temores y dudas, cumplir con sus expectativas y que tuviese por seguro que me tenía donde quería.

Aunque tal vez fuera así, porque era mi único vínculo con el entramado que había detrás y que pretendía destapar.

167

«¿Y qué pasará después —pregunté—, cuando acabe esa colaboración?».

«No tiene por qué finalizar, Angie. He estudiado su expediente. Sus cualidades como piloto son brillantes, así lo han destacado sus examinadores. Para nosotros sería estupendo contar con sus servicios. Nos ahorraríamos mucha logística innecesaria si tuviéramos pilotos IS en el proyecto, ¿me entiende? Dígaselo también al capitán Bélair. Y a su hermana, la ingeniera. Y a la doctora Morelli. Todos ustedes pueden sernos muy útiles. Sobre todo, ahora que la investigación va a consolidarse y se inicia una nueva etapa. Además, pagamos bien. Podrá hacer realidad ese sueño suyo, el de su futura nave. ¿Cómo era? ¿Nellie Bly?».

¡Cuernos! ¿Cómo sabía eso? Claro, sus secuaces habrían accedido a las grabaciones de la cabina de la Tereshkova.

Me permití unos segundos de reflexión. La Croix me despertaba el mayor de los rechazos, sabiendo lo que era y lo que hacía. Pero me tenía en sus manos. Mi carrera en la Flota estaba prácticamente truncada; de eso se asegurarían él y sus socios. Quizás el propio Deschamps estuviera implicado. Que un médico de la AP atendiera a una piloto en el centro médico de la base solo era posible con el conocimiento y autorización del máximo responsable. No podía poner la mano en el fuego por la integridad de mi comandante. Y su posible vinculación en la trama afectaba a Gina, como su subordinada, al margen de la falta grave en la que había incurrido al ceder su robot de diagnósticos a una paciente de la AP. En cuanto a Philip y Juliette, tuve por seguro que también tendrían dificultades para reincorporarse a sus respectivos empleos. Sobre todo él, que tendría que reemplazar su prótesis y, con ello, volvería a estar bajo el control directo de los técnicos de la Gardner.

«No me ha resuelto mi gran duda, doctor».

«¿Cuál es?».

«Soy la primera mujer en la que han fecundado con éxito un huevo naui. Por tanto, desconocen cómo atender a su crecimiento y cómo preservar mi vida».

«Se equivoca. Nuestros expertos resolvieron ese tema hace tiempo. Era una línea de estudio paralela a la de la fecundación, pero mucho más *mecánica*, por decirlo así. Tenemos grandes aliados en tecnologías genéticas y biónicas. De hecho, el tratamiento que usted inició en la base no debería interrumpirse, por su propio bien. Es algo que había olvidado mencionar, espero que me disculpe… Pero, para ser lo más claro posible, si opta por desaparecer, esconderse, con el propósito de escapar, el huevo la destrozará. Será muy doloroso, me temo. Y si pretende someterse a un aborto o extracción, no podrá evitar que me llegue el aviso. Al fin y al cabo, soy su doctor».

Apreté los labios y tragué saliva, esperando sonar acongojada. No tuve que actuar demasiado; tal vez mi hipersensibilidad naui ayudó, pero estaba angustiada de verdad.

«Lo hablaré con mis compañeros», dije.

«Esperaré su llamada. Cuídese, Angie. Y cuide a nuestro bebé».

La llamada se cortó.

Gina fue la primera en hablar; le hervía la sangre.

169

—¡Maldito canalla! ¡Grandísimo cerdo…!

—¿Cómo puede alguien así convertirse en doctor? —aulló Juliette, tan furiosa como la italiana—. ¡Se supone que son personas con vocación de ayudar, de curar…!

—A veces el dinero se convierte en la mayor vocación de una persona —opinó Philip, para luego añadir, con algo de impaciencia—: Va, larguémonos de aquí. No nos arriesguemos más y busquemos un refugio donde pensar qué hacemos, ¿te parece, Angie?

Dije que sí con la cabeza, meditando aún la propuesta de La Croix y con una de sus frases golpeándome la mente como un martillo.

«Si opta por escapar y esconderse, el huevo la destrozará».

Si no hacía algo, me quedarían solo unas semanas de vida.

10

En la boca del lobo

Jagny-sous-Bois (Francia),
dos días después, temprano por la mañana.

—Si supieras que tu vida está a punto de acabar por una mala decisión y te dieran la posibilidad de cambiarla, ¿lo harías?

Miré a Gina sorprendida de que ella, lista como era, me hiciera una pregunta tan tonta y absurda.

—Nunca he tenido instintos suicidas, Gina —respondí—. Y creo que esto saldrá bien, teniendo en cuenta cuáles eran nuestras opciones.

Nos encontrábamos en un camino de tierra que bordeaba un campo en barbecho, entre varios bosquecillos que nos hacían invisibles desde la carretera más cercana. Aún faltaban unos minutos para la hora a la que, según lo convenido con La Croix, nos vendrían a buscar sus sicarios. Esos habían sido los términos del acuerdo.

Nosotras dos viajaríamos a la famosa «granja», pero Philip y Juliette permanecerían escondidos, pendientes de que, cada día, nosotras les confirmáramos que seguíamos vivas. Gina sería mi doctora personal y tendría acceso a la composición de cualquier fármaco que me administraran; sin su conformidad, yo no me inyectaría, bebería ni inhalaría nada. Y si los gemelos Bélair dejaban de recibir noticias nuestras, pondrían todo el asunto en conocimiento de autoridades y medios de comunicación. En su poder, además, aunque esto lo desconocía La Croix, había dejado la tarjeta holográfica con mi perfil médico completo y un par de ampollas con sangre que me había extraído Gina con medios tan desfasados y manuales como desagradables.

El dron de Juliette nos vigilaba desde la linde del bosquecillo más cercano y transmitía nuestra imagen hasta el *Wild Wind*, oculto un kilómetro más allá. Yo había conectado el localizador de mi traje para facilitar que los hombres de La Croix llegasen hasta nosotras. De paso, y ya que no tenía que ocultarme más, envié al comandante Deschamps, en Toulouse, un mensaje en el que notificaba una indisposición que me obligaba a guardar reposo, y que el doctor Marcel La Croix le detallaría. También aquello estaba en nuestro acuerdo: Deschamps podía no estar implicado, y yo me resistía a desvincularme de la Flota Estelar sin más, pese a la propuesta de mi particular Mengele. Gina también le escribió, aunque en su caso informaba de la «perentoria necesidad de causar baja temporal de duración indeterminada y ser sustituida en el puesto por otro miembro del cuerpo médico de la Flota». Deschamps, si no estaba en el ajo, se olería algo, pero poco podría hacer.

172

Un silbido sobre nuestras cabezas nos hizo mirar hacia arriba.

—¡Mierda! —exclamé, mientras un Transoceanic descendía sobre la vertical del campo, junto al camino, y la nube de polvo levantada por sus reactores ahogaba cualquier otro intento de hablar.

Gina se aferró a mi brazo y esperamos con la cabeza vuelta el cese del vendaval. Pero, sin que se detuvieran los motores, varias manos nos agarraron y arrastraron al interior de la nave, que se elevó.

Abrí los ojos y traté de encontrar algún rostro conocido.

—¿Dónde está La Croix? —grité.

—Hablarás con él más tarde —dijo el hombre que tenía enfrente, vestido de soldado y que ocultaba sus ojos tras unas gafas oscuras.

Hizo un gesto a los que nos inmovilizaban. Noté una quemazón en el cuello y perdí el conocimiento.

Cuando volví en mí, me encontré recostada en un sofá tipo Chester, en una habitación amplia, sin ventanas, de techo no muy alto e iluminación suave, paredes pintadas de marfil y gris, suelo de tarima color marrón y grupos de butacas y mesitas bajas que delimitaban distintos círculos de reunión. Un lugar elegante y tranquilo. Una jaula dorada, a buen seguro.

Gina yacía a mi lado, con la postura desmadejada de una muñeca de trapo abandonada sin contemplaciones. La sacudí por el hombro.

—Gina, despierta.

Mi amiga italiana se despertó con un respingo, asustada.

—¿Qué ha…? ¿Dónde…? —Me miró, dio un vistazo rápido a la habitación y gruñó, ahora enfadada—.

Bueno, me ahorraré preguntas inútiles. Porque está claro que está todo bajo control, ¿verdad?

Su ironía me resultó hiriente. Sabía que acompañarme conllevaba enormes riesgos, y pese a ello no me había dejado sola a mi suerte. Ahora, sin embargo, se daba cuenta del peligro y traducía su miedo en aquel reproche. Lo entendía, incluso podía aceptarlo, pero no por ello era menos doloroso.

Me levanté y exploré la habitación. Hallé los controles de la estancia y jugué con algunos botones. Conseguí más luz, activé y desactivé un hilo musical —suave y anodino— e incluso apareció una pantalla con canales de noticias y entretenimiento.

—Las primeras posiciones memorizadas corresponden a canales norteamericanos —observé.

—¿Estamos en Estados Unidos? —exclamó Gina.

—Eso parece.

Apagué las pantallas y paseé la mirada por la habitación una vez más, antes de gritar:

—¿Alguien va a decirnos algo? ¡Ya estamos despiertas!

Mi amiga me miró mientras sacudía la cabeza.

Se abrió una puerta a mi lado y entró un hombre alto, entre los cuarenta y los cincuenta años. Iba bien vestido, con un estilo elegante pero desenfadado. Pasó junto a mí, sin preocuparse en cerrar la puerta tras él, mientras nos dedicaba un «buenos días» con voz agradable. Se detuvo frente a una de las pantallas y alzó un brazo hacia ella.

La cara de Marcel La Croix apareció ante nosotras.

—Hola, señoras. Me alegro de verlas ya en pie. Disculpen la brusquedad de la recogida.

—¿Dónde estamos? ¿En la granja? —pregunté.

—Sí, aunque nosotros preferimos llamarlo «el centro». Entenderá que no especifique su ubicación, un detalle que, por otro lado, no figura en nuestro acuerdo.

Maldije en mi interior. Nos habían sacado de Francia por el aire, sin opción a que Philip y Juliette pudieran seguirnos. Estábamos solas.

—Quiero hablar con Philip —exigí.

—Claro, no hay inconveniente. Eso sí está en nuestro acuerdo. Puede servirse de cualquier terminal de las instalaciones. Hemos creado un perfil de usuario para cada una de ustedes, habilitados para contactar con cualquiera de los hermanos Bélair, según indicaron.

«Con ellos y solo con ellos; muy bien jugado».

—Cualquier otra comunicación con el exterior es imposible. Mi amigo Stan, a quien tengo el gusto de presentarles, les mostrará el centro y atenderá sus necesidades. Les presentará al equipo médico y hará su estancia lo más agradable posible durante los próximos meses. Comprobarán que hay multitud de opciones de entretenimiento. Es más; si se animan, incluso podrían realizar distintos cursos profesionales, si quieren aprovechar el tiempo para ampliar formación y conocimientos.

—¿Y naves para prácticas de vuelo? —dije, con sorna.

La Croix rio.

—El sentido del humor es casi casi patrimonio humano. Los nauis a menudo no lo entienden, se les escapan nuestras sutilezas. Quién sabe si ese bebé suyo dará alguna sorpresa en ese sentido, ¿verdad, Angie?

«Cabrón, yo sí te iba a dar una sorpresa si te pillara… Y no te ibas a reír, desde luego».

—Stan, dejo a nuestras invitadas en sus hábiles manos. Sugiero que, antes que nada, les muestre sus habitaciones y el terminal de comunicaciones. Están ansiosas por hacer su llamada del día a sus amigos.

—¿«La llamada del día»? —repetí.

—Eso solicitaron, ¿verdad? Llamar una vez al día a sus amigos para indicarles que se encuentran ustedes bien. Bueno, por mi parte, nada más. Desde este momento dejo de ser su médico. Stan le presentará a mis colegas de la AP en el centro. Yo seguiré su evolución desde la distancia. Hace tiempo que un embarazo no suscita tanto mi interés. Hasta pronto, Angie. Doctora Morelli…

La pantalla enmudeció y Stan se giró hacia nosotras.

—Síganme, por favor —dijo, camino de la puerta—. Así pues, quieren empezar viendo sus habitaciones, ¿correcto? No puedo decir que tengamos el placer de recibir muchas visitas. Al contrario. Así que estoy muy complacido de tenerlas aquí. —Enfilamos por un pasillo, también interior, este de paredes, techo y suelo blancos, como los de un hospital—. Se encontrarán muy a gusto. El centro está equipado con todas las comodidades imaginables. Disponen de gimnasio, salas de reuniones como la que acabamos de dejar y también salas de cine, lectura y juegos, piscina exterior con bar, … Tenemos incluso una bolera, ¿se lo imaginan?

»Y usted, señorita Carter, es aficionada a correr, según tengo entendido, ¿correcto? Contamos con mucho terreno alrededor de la finca, estará muy satisfecha en ese particular. Al menos mientras su estado le permita correr, por supuesto. Pero la natación es una alternativa de actividad física muy recomendable. Muy completa y de menor impacto. Aparte de que podrá tomar el sol. Oh, van a estar muy a gusto aquí, perdonen que me repita. Ah,

176

por este otro pasillo —señaló un corredor que arrancaba en perpendicular desde el nuestro— se llega al laboratorio médico. ¿Seguro que no quieren verlo ahora?

»Bien, no hay problema; a las habitaciones. No están lejos, solo un minuto más y dejaré que se instalen. ¡Oh! Disculpen, no pretendía bromear sobre su llegada sin equipaje, es solo una expresión habitual, por más que, como les decía, no recibimos demasiadas visitas en el centro. Aunque aprovecho el desliz para comentar que, en sus dependencias privadas, encontrarán una gran variedad de vestuario, que incluye ropa de diario, de deporte y de cama. Son prendas inteligentes, ajustadas a sus perfiles biológicos, así me lo requirieron. También tienen kits de higiene muy surtidos. Y, repito, no duden en pedir cualquier cosa que necesiten. Si no disponemos de ello, en unas horas lo tendremos aquí. ¡Ah! Ya estamos. Dejo a su elección decidir quién ocupa cada habitación. Yo las espero aquí. No tengan prisa, están en su casa.

Más que aturdidas por la verborrea de Stan, nos alejamos de él sin decir palabra y cruzamos la primera de las puertas. Al otro lado se abría ante nuestros ojos una habitación impresionante, digna de figurar en las primeras páginas del catálogo de viajes de placer más exclusivo del planeta, compuesta por dos espacios separados por un gran arco de doble puerta corredera —una antesala y el dormitorio propiamente dicho—, y que, sumados, ocupaban una superficie mayor que toda la planta baja de la casa de Philip y Juliette en Saint-Denis.

—¡*Mamma mia!* —exclamó Gina.

La pared opuesta a la entrada era un gran ventanal continuo por el que entraba la luz exterior, radiante como solo puede serlo la luz del sol en el desierto. Al otro lado de la cristalera y hasta el horizonte, la arena blanca y gris lo dominaba todo.

«Amplio terreno alrededor de la finca para correr, ya veo».

La salita era una vivienda en sí misma. Una mesa de comedor larga, de madera oscura —caoba, tal vez—, con ocho sillas a conjunto, ofrecía la posibilidad, casi seguro nunca aprovechada, de celebrar una comida con invitados elegantes, de interesantísima y culta conversación. En ausencia de dichos comensales, alguien —tal vez Stan— había dispuesto un buen surtido de viandas entre tartaletas vegetales con queso, brochetas de fruta, champiñones rellenos y otros platillos más, igual de tentadores, pero que no supe identificar a primera vista. Otra mesa de cristal, esta baja y cuadrada, y un gran sofá en forma de ele se situaban frente a un enorme marco con un paisaje marino animado que seguramente servía de pantalla multifunción. Una falsa chimenea —un detalle pomposo y absurdo en aquel desierto—, en el centro de la pared contraria al ventanal, estaba flanqueada por dos altos butacones de orejas, con sus mesitas en las que apoyar el vaso de *whisky* o *bourbon*, y jalonada por altas estanterías con libros. Libros de verdad, auténticos, de papel. Me pregunté cuánto costaría cada uno en una subasta de antigüedades.

La cristalera se abría en uno de sus extremos, lo que permitía salir y acceder a una escalera de peldaños flotantes que descendía hasta una terraza inferior, donde vimos la piscina. Sonreí al darme cuenta de que, desde dentro de la habitación, la arquitectura creaba el efecto óptico de que el piso colgaba sin más sobre el vacío y nada nos separaba del desierto. En realidad, la edificación se prolongaba algo más allá, por debajo.

Pasamos al dormitorio, igual de opulento y magnífico que la antesala. Lo primero que pensé es que en aquella cama podrían dormir cuatro personas sin tocarse. Más butacas, más mesitas, lámparas distribuidas aquí y allá para ajustar la ambientación nocturna a gusto del huésped, alfombras que llamaban a descalzarse para sentir su suavidad acariciando los pies…

Y, tras una puerta lateral del dormitorio, el cuarto de baño, también abierto a la luz del desierto, equipado con una bañera grande, una ducha amplia a ras de suelo, en una esquina, y una camilla de masajes en la que me imaginé recostada y mimada por unas manos fuertes, hábiles y suaves.

—«El infierno no es mal sitio para estar…»—murmuré.

—¿Cómo dices?

—¿Eh? Ah, nada, perdona; cosas mías. Pero hay que reconocer que nuestros anfitriones han llevado el concepto de jaula dorada a su máxima expresión.

—¡Ya lo creo! —respondió Gina, con ojos vivos—. Esta habitación me la pillo yo, ¡ja!

La miré, seria.

—Gina, no olvides por qué estamos aquí, ¿vale? No te dejes emborrachar por este despliegue.

—¡Oh, vamos! —protestó, dándome un golpecito en el brazo—. ¡Ya lo sé! Pero no hay nada de malo en disfrutarlo mientras estemos aquí, ¿verdad?

—Me reservo la respuesta hasta después de conocer a los médicos y lo que me tengan preparado, si no te importa.

—Perdón, Angie, tienes razón —reconoció, algo

apenada. Y añadió—: ¿Intentamos contactar con los gemelos?

Volvimos a la primera estancia y nos sentamos en el sofá, frente al gran mar de olas mecidas por el viento. Pulsé sobre una esquina de la mesa de cristal y una luz verde atestiguó que me había reconocido.

—Llamar a Philip Bélair.

La pantalla dejó de mostrar aquellas preciosas aguas y, tras unos segundos, mostró las caras de los dos hermanos, sin dejar ver nada del entorno en el que se encontraban. Vi alivio en sus semblantes.

—¡Angie! ¡Gina! ¡Por fin! —exclamó él. Todavía llevaba las gafas de sol de su hermana—. ¡Estábamos como locos! No sabíamos ya qué hacer.

—Hola, chicos. —Traté de tranquilizarlos con mi expresión más serena mientras, a mi lado, Gina alzaba la mano en un saludo silencioso—. Estamos bien, aunque lejos, por lo que parece. ¿Qué hora tenéis allí?

—¡Son las siete de la tarde! —Philip seguía nervioso. Y con razón. Habían pasado casi todo el día sin noticias nuestras.

—Aquí son las diez de la mañana. Y estamos en medio de la nada, por lo visto. En mitad del desierto.

—Pero tenéis acceso a una pantalla —dijo Juliette.

—Sí, os llamamos desde el canal que nos han habilitado en la granja. No hay posibilidad de contactar mediante nuestros trajes.

—Inhibidores. —Juliette torció la boca al comprenderlo—. Y, por descontado, esta comunicación estará controlada, así que más nos vale no decir nada comprometido. Y asumo que tampoco vosotras podréis decir mucho sobre vuestra ubicación, si es que la conocéis.

—Creo que es exactamente como dices, sí.

—Pero ¿estáis bien? —inquirió Philip—. ¿No os han hecho daño?

—Estamos bien. Por eso queríamos llamaros, para dar señales de vida. Suponíamos que habíamos dormido bastante y que estaríais inquietos.

—¿Y qué habéis visto? ¿Cómo es aquello? —se interesó Juliette.

—Parece gigantesco, a juzgar por la habitación en la que estamos. Pero aún no nos han mostrado todas las dependencias.

—Nos quedamos de piedra al ver aparecer aquel Transoceanic —afirmó Philip—. Teníamos que haber previsto algo así. La granja no podía estar en cualquier pisito de París.

—Cierto… Ah, chicos, parece que van a ser muy estrictos con la letra pequeña de nuestro acuerdo y solo nos permitirán una comunicación diaria.

—¿En serio? —exclamó ahora la hermana—. ¿Es que os cobran las llamadas?

—No, boba. —Sonreí ante el sentido del humor de la bella cerebrito—. Así se aseguran de que no hablemos más de lo necesario y evitan que podáis dar con nosotros. Y si es cierto que estamos bajo la influencia de inhibidores de señales, nuestros localizadores son inútiles.

—Estupendo —rezongó Juliette—. Ni sabemos dónde estáis ni podemos rastrear vuestra posición.

Philip se quitó las gafas de sol. Sentí rechazo ante el destrozo de su cavidad ocular derecha. Oscurecida por el chispazo, de ella asomaba un puntito brillante, que identifiqué como el extremo de un cable, y algún fragmento de la falsa córnea hundido hacia dentro.

—¡Jo, Philip! —protestó Gina—. Vale que soy médico, pero avisa antes de mostrarnos tu ojo de pirata así, de sopetón.

Él me miró con su ojo bueno y alzó las cejas en un gesto que interpreté como una interrogación. Se llevó la mano derecha a la mandíbula, recostó la cabeza en la palma y apoyó en la cara unos dedos temblorosos, observándome en silencio.

—Juliette —dijo Gina—, creo que tendrás que regalarle a Philip unas gafas diferentes, más de su estilo. O un parche, mejor. Los hay muy elegantes, lo llevará con porte distinguido, ya lo verás. —Medio rio, burlona.

—Descuida, lo haré —respondió la otra con complicidad—. No os dará más sustos.

—Y creo que nosotras tendremos que dejaros por ahora. —La italiana pelirroja me consultó con la mirada, aunque yo tenía la mía fija en la pantalla, con la cara apoyada en ambas manos y los codos sobre las rodillas—. Nuestro mayordomo, Stan, nos espera.

—Que espere —dije—. No le importará. Los sintéticos son pacientes.

—¿Es un sintético? —se sorprendió Gina—, ¿en serio?

—Casi seguro. Te apuesto lo que quieras a que, cuando salgamos al pasillo, está ahí de pie en la misma postura que lo dejamos y con la misma sonrisa.

—Hay que fastidiarse… Ni lo he sospechado.

—Nosotros seguiremos pendientes de vuestras noticias —comentó Juliette—. ¿Cuándo volveréis a llamar?

—Tenemos nueve horas de diferencia —apunté, sin dejar de mirar a Philip—. Os llamaremos a primera o a última hora de aquí. Mientras, permaneced ocultos y tened cuidado.

—Eso haremos. —Miró a su hermano, que seguía en silencio—. ¿Quieres añadir algo más?

Philip sonrió, se incorporó algo y dijo:

—Nada más. Cuidaos mucho, chicas. Esperaremos vuestra llamada.

—Adiós —respondí.

—*Ciao.* —Gina agitó una mano en alto.

La pantalla se apagó y, un segundo después, volvió a mostrar el bonito paisaje de olas en un día tranquilo y limpio de nubes.

—Entonces, ¿volvemos con Stan? —me consultó Gina.

Se sorprendió cuando la abracé, juntando nuestras cabezas, y aún más cuando notó que pegaba mis labios a su oído.

—Abrázame —le susurré—. Hazlo.

Sus brazos me rodearon, algo indecisos. Tuve que aguantarme las ganas de reír, porque mi amiga aún creía que quería robarle caricias y arrumacos.

—No digas nada, solo escúchame. No quiero que nadie más nos oiga. Philip me ha hablado por morse. ¡Chsst! ¡Silencio! Los pilotos conocemos este lenguaje y ha tenido la idea genial de usar sus dedos para burlar las escuchas. Espero que quien vigile nuestras llamadas no se dé cuenta. Me ha dicho que Juliette lanzó el dron contra el Transoceanic y se pegó a su armazón magnéticamente. Si no lo han encontrado y conseguimos hacernos con él, puede sernos útil. En su procesador figurarán las coordenadas en las que estamos, o al menos las últimas antes de entrar bajo el paraguas de los inhibidores.

Me separé de ella.

—Y yo que creía que me ibas a besar, imagínate...

—Rio.

Por supuesto que me lo imaginé, pero guardé mi fantasía en el cajón de los sueños, me puse en pie y le tendí una mano.

—Vamos, tu amigo Stan estará impaciente por enseñarnos la mansión.

—¿Impaciente? ¿No decías...? Ay, calla, menuda bruja estás hecha. —Aceptó mi mano para levantarse.

Salimos al pasillo. Stan, sonriente y solícito, nos aguardaba.

—¿Han podido hablar con sus amigos? ¿Todo correcto?

—Todo correcto, Stan —dije—. Y, además, he ganado una apuesta. —Le guiñé un ojo a Gina.

—¡Vaya! Me alegro por usted, en ese caso. ¿Continuamos con la visita?

—Claro. Te seguimos.

Me resultó imposible calcular las dimensiones totales del complejo. Según explicó Stan, podíamos movernos por las instalaciones siempre y cuando no intentáramos acceder a las denominadas «zonas rojas», bien identificadas con puertas y letreros de dicho color.

—No hay posible confusión, claro está, ya que solo el personal autorizado puede abrir estas puertas —aclaró.

Los hangares, por supuesto, formaban parte de esas zonas prohibidas, al igual que el laboratorio y el centro de control, donde se encontraban los responsables de la gestión y la seguridad de la granja. Me dio por pensar que también estarían allí las otras mujeres, las que retenían contra su voluntad y sin su conocimiento. Pensé que no perdía nada por tratar de sonsacar a nuestro guía algo de información.

—Dime, Stan, ¿dónde tenéis a las otras madres?

—Oh, bueno, según tengo entendido, técnicamente no podemos referirnos a ninguna de ellas con ese apelativo. Ni siquiera a usted, por el momento, aunque todo apunta a que será la primera en ostentar dicha condición. Así lo esperamos todos, por supuesto, y me permito reiterarle mi disponibilidad para cualquier necesidad que le surja, a cualquier hora. Estoy para servirles. Respondiendo a su pregunta, las otras mujeres en tratamiento se encuentran en un pabellón identificado como zona roja, por lo que no pueden acceder a su ubicación.

—¿Y qué me puedes contar sobre ellas?

—¿Qué le interesa saber?

—Pues, por ejemplo, ¿están conscientes o inconscientes? ¿Conocen su situación? ¿Saben que están aquí?

—Ah, entiendo. Verá, señorita Carter, del mismo modo que estoy a su servicio y he de velar por su estancia con la máxima atención, cuidado y privacidad, debo mantenerme igual de discreto al respecto de las otras huéspedes.

—Aunque antes has evitado referirte a ellas como invitadas. A nosotras nos consideras como tales, pero a ellas, no.

—Es una apreciación correcta. Ustedes han sido invitadas a venir, según tengo entendido.

Crucé una mirada elocuente con Gina. Consideré mis preguntas respondidas. Pero tenía otras.

—Y esas habitaciones, la piscina, las distintas zonas de recreo… ¿para quién son?

—En estos momentos, para ustedes.

—Quiero decir, ¿quién las suele ocupar? No entiendo tanto lujo a nuestra disposición, cuando no era seguro que viniéramos.

—Me complace que considere las estancias de forma tan positiva. Su uso, por lo general, está destinado a altas personalidades, a invitados de los propietarios. O a estos, cuando estiman oportuno permanecer unos días en el centro. ¡Ah! Este es el laboratorio médico —anunció al llegar a una puerta de doble hoja que se abrió activada por un sensor de presencia—. Aquí debemos hacer una parada. Tiene programado un reconocimiento. Por favor, siéntense —señaló unas butacas bajas en lo que debía ser la recepción y sala de espera—, los doctores vendrán en breve. Yo esperaré fuera.

Nos dejó a solas.

—Pues aquí estamos —dije. Los nervios me atacaron de nuevo.

—Sí… Oye, recuerda lo que hablamos. Tú no haces nada si yo no te digo que lo hagas, ¿vale?

—Lo tengo presente. Pero, Gina… Quizás no tenga ninguna alternativa, ¿verdad?

La italiana suspiró y negó con la cabeza.

—No voy a repetirte lo cabezota que eres, Angie. Aún creo que lo mejor habría sido buscar dónde operarte, aunque hubiésemos asaltado el centro de algún pueblo perdido, de noche, y huido de la policía después. No sé por qué has optado por la vía más difícil y arriesgada.

—Sí que lo sabes.

—No hablo de tu alma de Sherlock Holmes. Hablo de seguir adelante con este… embarazo, gestación o como quieras llamarlo. Temo por ti, Angie.

—Lo sé. —Me palpé el vientre, que ya mostraba una curva firme—. Pero, de algún modo —respiré hondo—, no puedo dejar de pensar que se trata de un ser vivo y que tiene algo de mí y… algo de Vass.

Gina me miró alucinada.

—¿Y? —Abrió los brazos con esa expresividad tan propia de los mediterráneos—. ¿Pensarías lo mismo de un resfriado que te hubiera contagiado? ¿De una infección? ¡Porque también eso tendría algo de ti y algo de él!

—Vamos, Gina…

—¡No me vengas con «vamos, Gina»! Te voy a contar una anécdota, y la vas a entender. Es sobre un amigo mío que tenía una granja. Una muy diferente a esta monstruosidad. Criaba gallinas, patos y otras aves. Los pollitos no eran ningún problema. Pero no conseguía que nacieran patitos. Así que se le ocurrió cambiar los huevos que había puesto una clueca por otros de pato. La gallina los incubó. Le costó porque, entre otras cosas, los huevos de pato necesitan cuatro semanas de incubación, una más que los suyos. Esa gallina cumplió, pese a la larga espera.

»Pero ¡oh, sorpresa! Sus polluelos salieron algo raros, con el pico ancho y plano en vez de afilado y con una membrana entre los dedos de las patas. Cuando ella escarbaba entre las hierbas y cacareaba avisando de algo interesante para comer, sus polluelos no le hacían caso. Y, para su desesperación, cuando sus pequeños vieron un embalse de agua, llevados por el instinto, se lanzaron a él de cabeza. Aquella gallina nunca más volvió a incubar huevo alguno y pasó el resto de su vida por los rincones del corral con ojos de loca.

—Empiezo a cansarme de que me comparen con una gallina, la verdad…

—¡Pues es lo que más se ajusta a la realidad! Porque no pediste esto, te lo han impuesto; y tú vas y lo aceptas, aunque no sea natural. ¡Y aunque ponga en peligro tu salud y tu vida!

Miré a Gina con disgusto y las lágrimas rodaron por mis mejillas.

—Seguro que tienes razón, Gina. Tal vez Vass no sintiera por mí ni la décima parte de lo que yo pude sentir por él en ese momento que compartimos. También sé, en el fondo de mi corazón, que fue fruto de la enajenación, que no era dueña de mis actos. Y doy por probable que muchas de las cosas que experimento desde entonces se deban a mil desajustes en mi cuerpo: químicos, hormonales, qué más da... Soy incapaz de plantearme esa operación que sugieres. Si trato de aplicar la razón, algo en mi cabeza me dice que debería hacerte caso. Pero el resto de mí se revuelve contra ello. No lo concibo, Gina.

Pareció conmovida con mi llanto y le costó hacerme una observación más:

—¿Sabes que puede ser tu parte naui la que lucha por conservar ese embrión? ¿La que guía tus impulsos e impone ese instinto protector?

—Sí, es muy posible... Espero no volverme loca, como esa gallina de la que hablabas, pero creo, y lo creo de veras, Gina, que si ahora intentaras sacarme este huevo, yo no lo resistiría.

Estrechó mi mano con las suyas y en sus ojos leí una ternura infinita y sincera, hermanada con mi tristeza y mis miedos.

Entonces me di cuenta de que dos hombres vestidos con batas blancas nos contemplaban en silencio desde una segunda puerta de la sala.

—No queríamos interrumpir la conversación —dijo uno de ellos, delgado y de piel morena—. Soy el doctor Jones, especialista en fertilidad y obstetricia. Él es el doctor

Brown, ingeniero en tecnologías médicas. Entiendo que usted es Angie, y por tanto usted es la doctora Morelli. ¿Nos acompañan, por favor?

No me gustó nada ese «entiendo que». Era fácil deducir que la mujer que más lloraba —o sea, yo— era la embarazada, pero demostraban una absoluta falta de sensibilidad al expresarse así. Me enjugué las lágrimas y fui con ellos, seguida de Gina.

Aquel lugar me recordó el pequeño consultorio de casa de Gina, esa mezcla de ambulatorio y taller mecánico, pero mucho mayor y con aparatos que mi amiga no pareció identificar, ni tampoco llegar a imaginar para qué servían. Reconocimos, eso sí, el robot de diagnósticos al que nos condujeron.

—Haremos una exploración de su estado general y también del huevo —dijo el tal Jones—. Por favor, desvístase y entre en la campana.

Él y su colega se quedaron allí de pie, mirándome, con las manos entrelazadas sobre el estómago.

Gina intervino.

—¿No realizan un chequeo preliminar de la máquina?

Los dos hombres se miraron y de nuevo habló Jones:

—La máquina está calibrada. Cada día la revisamos nada más empezar nuestra jornada.

—En ese caso, doctor, un autodiagnóstico no nos robará apenas tiempo.

Mantuvieron la mirada de Gina unos segundos, pero entendieron que la italiana podría resultarles muy molesta y optaron por ceder.

—Soy el doctor Jones —carraspeó—. Realizar autodiagnóstico.

La máquina se puso en marcha mientras Gina les dedicaba una sonrisa cargada de veneno.

—Ya veo —dijo—. «Doctor Jones». Ni para la máquina tienen ustedes un nombre de pila, ¿verdad?

Ellos le devolvieron la mirada en silencio, los labios apretados en una mueca fina que solo con imaginación podía calificarse de sonrisa. El robot se detuvo y abrió de nuevo las puertas de la campana.

—La ropa, por favor —me repitió Jones—. Quítesela.

Consulté en silencio con Gina, quien me respondió con un gesto lento de cabeza. Me desvestí, incómoda ante aquellos dos hombres. Me gustaba mi cuerpo: fuerte, atlético, bien proporcionado. Disfrutaba mostrándoselo a mis amantes ocasionales, a veces me servía del erotismo de sugerir más que mostrar; otras, dejaba que mi palidez fuera la protagonista absoluta, sin más tela que mi propia piel. Pero la palabra *desnuda* tiene un significado bien distinto cuando te miran ojos como los de aquellos dos tipos. Mi empatía naui, por su parte, percibió el deseo frío, casi de un predador, que tenía sus mentes. Me alegré una vez más de tener a Gina conmigo.

Entré en la campana y Jones inició el reconocimiento, menos exhaustivo que el de Gina días atrás, aunque se me hizo más largo.

Salí, me vestí y me indicaron que esperara allí, sentada en un taburete, mientras estudiaban los resultados. Al menos, fueron lo bastante inteligentes como para contar con Gina en su repaso y valoración.

—En general está bien —opinó Jones—. Calcemia algo baja para lo que exige el huevo. Y algo alta de glucosa, pero es un valor típico entre las hembras naui en esta fase. Subirá más, hasta la expulsión del huevo, y entonces iniciará un lento descenso durante los dos meses que dure la incubación. Es una especie de reserva energética para afrontar ese periodo.

—¿Ha dicho dos meses? —pregunté.

—Eso he dicho.

—No esperará que me quede sentada sobre un huevo dos malditos meses, sin moverme.

Me dedicó una mueca despectiva tan irritante como su respuesta:

—Lo que no espero es que usted sepa qué le pedirá su cuerpo, Carter. Cosas que ahora le parecen impensables tal vez le surjan de forma natural, con el tiempo.

—¡Sí, hombre! ¡Ya les digo yo que ni de broma! Para empezar, si alguna vez han visto a una hembra naui, se habrán dado cuenta de cómo es su culo, ancho y blando. Con ellas sí pueden contar para la incubación. Mi cuerpo no es así.

—Bueno, como le decía, todos aquí tenemos que reconocer nuestra ignorancia sobre los cambios que experimentará su cuerpo. Si para la incubación no contamos con usted, recurriremos a una hembra naui o buscaremos otras alternativas. Eso, me permito señalar, no le incumbe. No obstante, sepa que el tratamiento del que le habló nuestro colega, el doctor La Croix, combina la inoculación de ciertos compuestos químicos, ese es mi cometido, y el uso de soluciones biónicas específicas desarrolladas por mi colega, el doctor Brown. Ambas acciones están encaminadas a asegurar su adaptación morfológica a la realidad evolutiva del huevo.

Miré a Gina, y traté de deducir por su expresión si había entendido aquel galimatías macabro.

—Joder, Angie… —musitó, y no fue capaz de añadir nada más.

—Van a transformar mi cuerpo en el de una naui —murmuré.

—Vaya —Jones dio una palmada—, es una forma algo curiosa de resumirlo, pero creo que ha captado la idea. Doctora, por favor, acompáñenos; le mostraré las simulaciones que hemos realizado. Carter, puede usted esperar en la sala. O en su habitación, mejor. Presumo que tardaremos un poco. Mañana iniciaremos el tratamiento. Mientras, disfrute del día.

Me encaminé a la salida, ajena a cuanto había a mi alrededor. Stan me acompañó a mi habitación, pero apenas atendí a su incontinencia verbal. Cerré la puerta, crucé aquella estancia tan absurdamente grande, caí sobre la cama y lloré sin fuerzas hasta que me dormí.

Me desperté a causa de una fuerte presión en el abdomen, parecido a un empacho con estreñimiento. Tuve la certeza de que el crecimiento del huevo se aceleraba, lo cual era lógico: si tardaba dos meses en alcanzar su tamaño definitivo, estaría por la mitad… ¿Por la mitad? Hice cuentas y constaté mi error. Había pasado un mes en hibernación, diez días a bordo de la Livingstone, luego tres más hasta llegar a la granja… ¡Faltaban poco más de dos semanas! ¿Y en dos semanas aquello iba a crecer hasta los sesenta centímetros de diámetro?

Me invadió un sudor frío. En esos pocos días me iba a inflar más que una mujer con un embarazo tradicional de nueves meses. Mis caderas y mi columna no lo resistirían. Ni mis músculos abdominales. Y el peso… ¿Qué me había dicho Gina en su casa? ¿Diez kilos, como mínimo? No, ni mi vientre ni mis rodillas podrían adaptarse. Ni mis órganos internos. Había leído, antes de solicitar la licencia de fertilidad y procreación, que conforme el feto se desarrolla, la mujer ve reducida la capacidad de su estómago, de su vejiga e, incluso, de sus pulmones. Si eso lo provocaba un feto que en el último mes alcanzaba unos cincuenta centímetros de alto y un peso de tres kilos, ¿qué me pasaría a mí? ¿Por qué no lo había pensado cuando me lo explicó Gina? Me había centrado en la amenaza que suponía para mi vida, en que podía morir. Luego, lo que los «doctores Frankenstein» habían dicho de modificar mi cuerpo me había sonado tan repulsivo que no caí en la cuenta de que en absoluto sería un proceso paulatino, con tiempo para asumirlo mientras se llevaban a cabo los cambios. ¡Se producirían en solo dos semanas! ¿Cómo quedaría yo después, si sobrevivía? ¿¿Por qué no le había hecho caso a Gina??

Me invadió el pánico y grité. Y, entonces, Gina abrió las puertas que separaban mi dormitorio de la antesala, que yo no recordaba haber cerrado, y corrió hacia mí. Me abrazó y trató de calmarme. No sé cuánto tiempo le llevó. Mucho. Mi pobre y generosa amiga.

—Lo lograremos, cielo —es lo primero que entendí de lo que me susurró—, lo lograremos. Te lo prometo.

Me rodeaban sus brazos como creí que lo harían los de una madre con su hija en los tiempos antiguos. Con ternura, con afecto, protectores.

—Dos semanas —balbuceé.

—Sí, eso he visto en los modelos de simulación. Y quiero hablarte de eso, Angie, porque tienes que prepararte para lo que viene.

La miré, asustada, porque en parte prefería no saberlo. Prefería ignorar lo que me iba a suceder, vivir en la utopía de que así no ocurriría.

—Voy a empezar por la parte positiva, ¿vale?

Me sentí muy pequeña en su abrazo.

—Tal y como están las cosas, estamos en el mejor lugar para afrontarlo, mal que me pese. Parece que el cabrón de La Croix no mentía y han pensado mucho sobre lo que deben hacer. Aunque también hemos discutido; luego te cuento... Pero parten de la premisa de que no se pueden permitir que sufras daños, y también quieren minimizar el dolor que experimentes. Antes has dicho que transformarán tu cuerpo en el de una naui. Bueno, no será exactamente así. Pero harán tu abdomen más flexible, y han desarrollado un exoesqueleto que te ayudará a soportar la carga.

—Suena horrible.

—Sí, no suena bonito, desde luego.

—¿Y esa era la parte positiva?

Sonrió un poco. Trataba de mostrarse fuerte.

—Esa es la parte fácil. —Hizo una pausa para respirar profundamente—. La complicación radica en el canal de parto.

—¿El qué?

—El espacio para la expulsión. El hueco que marcan tu pelvis y tu vagina. Es materialmente imposible que un objeto de sesenta centímetros pueda salir por ahí.

Me estremecí.

—Valoraron la posibilidad de operarte, modificar tu cintura pélvica, retirar los huesos anteriores... Dejarte *abierta* por delante.

—No suena nada bien.

194

—No. Te haría frágil, propensa a romperte y podrías quedar inválida. Por eso, el tal Brown proponía recurrir a un invento suyo, una colección de miniextensores con los que te dotaría de una pelvis de estrechos variables por medio de osteointegración. Algo así como ponerte muelles cada tantos centímetros de hueso. Un montón de muelles. Pero no solucionaría el problema de superar la vagina ni aunque recurriéramos a una episiotomía.

—¿Una qué?

—Un corte en el perineo, para aumentar la abertura de la vagina.

—Me estoy mareando.

—Perdona. Mi conclusión, y así se lo he dicho a los dos, es que tratan de hallar soluciones ingeniosas cuando no disponemos de tiempo para buscarlas ni modo de probarlas. Por lo que optaremos por una extracción mediante cesárea.

—Eso es lo de... abrirme en canal, ¿no?

—Mira que eres bruta. —La noté sonreír otra vez—. Es una incisión, que en este caso será mayor que para un bebé humano, pero es la única vía posible. Los vendajes regenerarán el tejido, claro, pero tardará unos días. Hazte a la idea de que te tocará hacer mucho reposo.

Me separé un poco de ella y miré aquellos ojos oscuros que tanta vida emanaban.

—Y supongo que tengo que darte las gracias por convencerlos, ¿verdad?

—Aunque te parezca que cambio un horror por otro, sí; así es.

Volví a abrazarla.

—Gracias, Gina.

Pasamos las últimas horas de aquel primer día en la piscina, tumbadas bajo el sol que declinaba y cuyo calor suave nos inundó de una perezosa relajación que creí merecida. Me sentía pesada, y la perspectiva de que el malestar iría en aumento con el paso de los días me deprimía. En compensación, la imagen de Gina en biquini, en aquel oasis, era mejor que el sueño más bonito que pudiera recordar. Se dio cuenta de mi mirada puesta en ella y rompió el silencio con voz suave.

—Pensaba que el calor venía de arriba, pero veo que hay dos soles verdes fijos en mí.

Sonreí y parpadeé, ruborizada, pero pensé que mirar hacia otro lado e intentar disimular me dejaría todavía más en evidencia.

—Oye —tragué saliva—, antes, cuando he despertado y me he asustado así…

—¿Sí?

—No has tardado nada en llegar. ¿Estabas en la habitación?

—Fui a verte y te vi dormida, agotada. Preferí quedarme cerca, en el salón, por si me necesitabas.

—Pues acertaste.

—Tal vez estar en habitaciones separadas no sea lo mejor, si estás tan inquieta. Y con lo que está por venir las próximas semanas, también yo prefiero estar a tu lado, por si surge alguna necesidad. ¿Te parece bien?

¿Gina me estaba preguntando si estaba de acuerdo en que durmiéramos en la misma cama? ¿En serio? Me encendí como un carbón. Yo daba por seguro que, desde tiempo atrás, se olía que me gustaba. Estas cosas se notan y, aunque respeto el espacio de la gente en todo momento —en eso soy muy británica—, si alguien me gusta considero que no sirve de nada negarlo. Toparme con Gina me arrancaba sonrisas que nunca disfracé con un pobre «buenos días», y en su consulta improvisaba una última pregunta con la que alargar la visita y disfrutar un minuto más de su voz. Aunque siempre mantuve las distancias; no se deben mezclar trabajo y afectos, e intuí que ella opinaba igual. A menudo fantaseé con que un día, si me trasladaban a otro destino, antes de irme, le abriría mi corazón y ella me sorprendería confesando los mismos sentimientos. Pero solo era una fantasía, porque en todo momento fue «la doctora Morelli», profesional e intachable. ¿Me equivocaba? ¿Estaba interesada en mí?

—¿Te parece bien, Angie?

—¡Sí, bien! —Volví de golpe a la realidad y me censuré por sacar las cosas de quicio. Me había acostado con un naui y su huevo crecía dentro de mí. A Gina Morelli le preocupaban mi bienestar y mi salud, no buscaba cómo follarse a la embarazada del alien. Eso sí; su cariño, su afecto y su apoyo eran la semilla de una amistad que yo debería reconocer, cuidar y agradecer hasta el fin de mis días.

—¿Pasará algo si me baño? —pregunté, muy necesitada de un chapuzón.

—Que te sentará bien —respondió, con un guiño—. El peso que notas en tu vientre se hará más llevadero en el agua. Venga, te acompaño.

Me tendió la mano y, al cogerla con la mía, me sentí dichosa, una vez más, de contar con aquella mujer a mi lado.

11

Bienvenida a los Rudos de Raczak

Tal y como habían anunciado Jones y Brown, al día siguiente empecé el tratamiento.

Lo primero que hicieron, siempre con Gina presente, fue reprogramar mi traje, que ya me iba justo de cintura. Desactivaron los ajustes automáticos de compensación química para evitar que interfirieran con el tratamiento y añadieron una función que los avisaría si mis constantes vitales se alteraban de forma alarmante.

A continuación, me mostraron el brazalete que habían diseñado y que permitía alojar las tarjetas inyectables con los compuestos que Gina supervisaría. Debía llevarlo en la parte superior del brazo. «Exactamente a media altura entre el codo y el hombro», dijo Jones; una instrucción que me resultó curiosa. Su funcionamiento era idéntico al inhibidor de excitación que había llevado en el cinturón a bordo de la Tereshkova. Pero, claro está, si teníamos en cuenta cómo iba a crecer el perímetro de mi barriga, un cinturón no era una opción factible.

A los pocos minutos de insertar la primera tarjeta en el brazalete, noté un calor leve por todo el cuerpo y algo más intenso en la parte inferior del tronco. No era desagradable, pero sí extraño. Como todavía me encontraba en el laboratorio, pude preguntar a los Frankenstein si era normal sentir los efectos tan pronto. El único de los dos que parecía dotado con el don de la palabra me dijo que sí.

—Por lógica, sufrirá muchos cambios en un plazo de tiempo muy corto. Prácticamente la vamos a intoxicar. En su cuerpo tendrá tanta química extraña que lo percibirá todo de forma muy intensa. Prepárese para pasarlo mal.

Unos tipos magníficos a la hora de animarme, ya lo creo.

Pero tenían razón. Una hora más tarde, cuando pretendía ventilarme con un paseo por las inmediaciones de la granja, aprovechando que todavía no hacía calor, empezaron los mareos, las náuseas y cierto sabor metálico en la boca. Pensé que me había envalentonado demasiado con el desierto, que sufría una insolación y una deshidratación repentina y severa. Pero Gina, que no se separaba de mí, me respondió que era improbable a aquella hora temprana y en los apenas diez minutos que llevábamos caminando. Me pasó el brazo sobre su hombro, me agarró con firmeza de la cintura y me devolvió a mi tranquila y lujosa suite de *Las mil y una noches*.

Me forcé a comer, a mediodía, luchando contra aquel malestar. Si no lo hacía, al brazalete se uniría un alimentador auxiliar, y no me apetecía nada.

Por la tarde acudimos de nuevo al laboratorio. Tenía que realizar mi primera toma de contacto con el exoesqueleto al que Gina se había referido. Me sorprendió su aspecto, nada aparatoso. Se asemejaba a una de esas armaduras completas con que se equipan los GS, incluso de formas más suaves, aunque desprovista de carcasa en la zona abdominal —lo que era comprensible, ya que nada rígido podía anteponerse al gran balón mutante que muy pronto sería mi barriga—. Tuve dudas sobre si el «doctor mudo» era el autor de aquel ingenio, porque era un diseño bonito, si pasamos por alto su utilidad. Pero me abstuve de expresar admiración o reconocimiento, por supuesto. Además, lo más sorprendente aquella tarde fue oírlo, por fin, decir algo.

—Entre. Acóplese.

Vale, solo dos palabras. Pero una era esdrújula; había que reconocerle cierto mérito.

Metí los pies en algo parecido a unas botas de caña alta y, de abajo arriba, ajusté los cierres: tobillos, espinillas, muslos, muñecas, antebrazos, brazos —por encima y debajo del brazalete; ahora entendía las instrucciones de aquella mañana— y torso; debajo de los pechos y en torno a los hombros y las clavículas. Se desplegó una malla parecida a una cesta o una bolsa alrededor de mi cintura y abdomen. Y, a la vez, desde el refuerzo dorso-lumbar, que trazaba un arco bajo mi pubis y pasaba entre mis piernas, apareció una vara telescópica que, al contacto con la malla, desplegó un gran cabezal, parecido a una ventosa, pero que enseguida supe que serviría de apoyo a mi vientre y al huevo contenido en él.

—¿Bien? —preguntó el otrora Harpo Marx.

—Bien, creo…

—¿Cree?

—Esta vara de debajo, esta especie de cinturón de castidad —arranqué una pequeña risa a mi amiga italiana—, no será muy práctica a la hora de ir al lavabo. ¿Se puede retirar a voluntad, cuando lo necesite?

La respuesta la dio Jones. Al parecer, Brown ya había alcanzado su cuota máxima de palabras diarias.

—Por supuesto. En esa situación, recuerde sujetar su abdomen bien firme con un brazo antes de pulsar este botón, ¿ve? —Señaló un círculo rojo en el aro de sujeción que pasaba bajo mis pechos procedente de la espalda—. Practique con él; cuando la gestación esté más avanzada, no alcanzará a verlo.

Ensayé un par de veces el repliegue y despliegue de la sujeción inferior. También me moví por la sala y comprobé lo bien que respondían los servomotores del armazón. Me hacían sentir fuerte y *potente*.

—Mola —sonreí, pese al mareo que sentía por los fármacos—, seguro que parezco un soldado de la IM antes de una bajada.

—No sé qué es eso de la IM, Carter; pero verá que el esqueleto tiende a compensar su peso y sus movimientos de forma predictiva. Se sincroniza con su pensamiento, esa es la clave. Podría caminar incluso si perdiera las piernas. Dispone de un regulador, aquí —señaló una ruedecita en el mismo aro de sujeción, pero en el lado contrario—, con el que puede aumentar la fuerza de la asistencia. No lo suba más allá de la posición tres. Como mucho quizás llegue a usar la cuatro, el día antes de la expulsión del huevo.

—Entonces, ¿para qué llega hasta el diez? —se interesó Gina.

—Si sufre un desmayo, y por tanto ella no impulsa el exoesqueleto, esa potencia nos permitirá a nosotros

202

levantarla. Pero si la selecciona usted por error —me dijo, señalando con un dedo hacia lo alto—, puede romperse la cabeza contra el techo. La cabeza y todos los huesos del cuerpo. Así que vigile.

—De acuerdo.

—Aunque no necesite usarlo, porque todavía puede moverse de forma autónoma, aproveche para practicar con él. No lo deje en un rincón hasta el último momento. Nos interesa, y a usted más que a nadie, que se sienta cómoda y familiarizada con su uso. Aunque hoy y mañana pueda pasar sin él, no creo que pueda posponerlo mucho más. De hecho, es posible que la última semana tenga que llevarlo puesto hasta para dormir.

—¿Para dormir?

—Sí. De otro modo, levantarse de la cama le será imposible. Ah, es resistente al agua y sumergible. Lo apunto por si se aficiona a bañarse. Puede llevarlo en la piscina.

—¿Algo más que deba saber?

—Solo un detalle. Por exigencias del diseño, para economizar peso, su autonomía es limitada. En régimen de potencia tres, su batería durará entre ocho y diez horas. Luego deberá cargarlo. Se conecta a la corriente convencional. Puede hacerlo en su cuarto o en cualquiera de las salas a las que tiene acceso. En unos quince minutos se carga por completo. Procure no agotar la energía o necesitará de varias personas para llevarla hasta un alimentador. En esta pantalla —señaló un visor en la sujeción superior, muy cerca de mi barbilla— puede ver el nivel restante de la batería.

—Ochenta y cinco por ciento —leí.

—Y eso es todo. La vemos mañana por la mañana para otro chequeo y una nueva tarjeta inyectable.

—Bien. ¡Ah, espere! —dije—. Voy a necesitar otro traje. La barriga crece y no me va a caber. Y la ropa de mi habitación tampoco me sirve.

—Está planificado. Mañana se la entregaremos.

—Vale, adiós, pues.

Dejamos a los doctores a sus cosas y nos encaminamos hacia mi cuarto, yo convertida en un androide algo patoso.

—¿Es complicado de manejar? —preguntó Gina.

—No, es acostumbrarse. Enseguida le pillaré el truco.

Frente a la habitación, nos encontramos al siempre sonriente y solícito Stan, en su habitual puesto de guardia por lo que pudiéramos necesitar.

—Ah, han estado con los doctores de nuevo, ¿correcto?

—Correcto, Stan —dije, burlándome de aquella muletilla suya—. Me han prestado este juguete para practicar con él. ¿Te gusta?

—Es un desarrollo admirable, en efecto. Seguro que servirá a sus necesidades.

—Bueno, no tanto como tú, Stan. —Le guiñé un ojo de forma un tanto traviesa.

—No sé si interpretar su comentario como una solicitud indirecta de atenciones sexuales por mi parte. Si es así, me permito sugerirle como preferible una petición menos confusa, más explícita, para evitar equívocos. Aprovecho para confirmarles mi disponibilidad para esa función, por supuesto. Figura dentro de mi protocolo de servicio. Aclarado ese punto, me permito preguntarles: ¿necesitan atenciones sexuales por mi parte?

Suspiré, superada por aquella verborrea y la total carencia de sentido del humor de Stan. ¡Cómo echaba de menos a Iván cuando me encontraba con sintéticos tan elementales como aquel mayordomo!

—No, Stan, me duele la cabeza —dije, entrando en la habitación con Gina detrás de mí.

—¿Sí? Puedo conseguirle un analgésico si los doctores… —Cerramos la puerta y nos ahorramos oír el final de la frase.

Me giré hacia Gina, y señalé con la cabeza hacia el exterior.

—¿Salimos a la arena?

—¿Pretendes pasear con eso por el desierto?

—Quiero probar sus posibilidades, y aquí dentro estoy algo limitada.

Me miró con desconfianza, y creo que adivinó lo que tramaba.

—Vale. Voy delante. —Abrió la cristalera por el extremo que conectaba con la piscina y, más allá, con la yerma extensión de arena blanca y gris.

No quise apresurarme en las escaleras. El exoesqueleto respondía bien, pero quería evitar a toda costa una caída que tal vez dañara su integridad.

Fuera ya del recinto, y bajo un sol todavía fuerte, Gina se hizo visera con la mano y me miró seria.

—Solo unos minutos, ¿eh?

—No te preocupes —respondí, aunque en el fondo pensé «ya veremos».

Probé a dar unos saltitos. Luego alterné una marcha rápida con un trote ligero y, a continuación, un pequeño esprint.

—Es una maravilla —reconocí—. Aunque, si tuviera uno así durante mucho tiempo, seguro que acabaría blanda y fofa.

Gina sonrió.

—Entonces, ¿volvemos?

—Antes quiero probar algo más.

Eché mano del potenciómetro y lo subí a la posición cinco. Mi amiga protestó:

—¡Eh! Nos han dicho que no pasemos del cuatro.

—Por eso digo que tengo que probarlo. —Repetí de nuevo los saltitos, ahora más altos, y las carreras, con pasos parecidos a los de Neil Armstrong y Buzz Aldrin cuando pasearon por la superficie de nuestra luna. ¡Aquello resultaba muy divertido!

—¿Suficiente? —Gina se impacientó.

—¡Ni de coña! Quiero ver de qué es capaz este trasto. Subí la potencia al siete.

—¡Angie! —dijo la italiana, ya enojada.

—¡Confía en mí! Por eso quería bajar a la arena. Aquí el suelo amortiguará cualquier caída o golpe.

—¡Pero decías que todavía no lo dominas!

—Exacto. —La señalé con un dedo—. Y eso un piloto no puede aceptarlo.

—¡Angie!

No le presté más atención. Di un salto hacia arriba y alcancé los tres metros. Al bajar, aunque flexioné las rodillas para amortiguar el golpe, me tambaleé y estuve a punto de caer de espaldas. Gina se aprestó a sujetarme, me asió con los brazos y me dedicó la mirada más dura que puede dibujar el rostro de una italiana furiosa. Y creo que no hay nada que supere eso.

—¡Se acabó, Angie! ¡Volvemos dentro *ya*!

La miré con una sonrisa pícara.

—Señorita, ¿me concede este diez? —susurré, agarrándola con el brazo derecho a la vez que mi mano izquierda ponía el potenciómetro a su nivel máximo.

Los ojos de Gina se abrieron como nunca, en una mezcla de sorpresa, censura y temor, y el salto con el que nos propulsé le arrancó un grito agudo.

—¡Angiiiiiiiiiiiie!

Superé de largo los diez metros de longitud, con una elevación sobre la arena de dos metros. Con Gina en brazos, salté en distintas direcciones, y pronto sus gritos se convirtieron en una risa alocada, continua, solo alterada por los breves «¡oh!» con los que saludaba cada contacto de mis pies con el suelo. Fue un momento mágico. Por fin abandonó unos instantes su papel de cuidadora, de amiga preocupada, y permitió que la locura y la novedad de aquella experiencia la arrastraran como una atracción de feria.

Disfruté aquel breve episodio hasta que un parpadeo en mi pecho llamó mi atención por encima de la luz abrumadora del desierto.

Me detuve y liberé a Gina con delicadeza. Miré el nivel de batería.

—Cuatro por ciento —anuncié. Bajé el potenciómetro a la posición tres y me encaminé de vuelta hacia la puerta de la granja.

—¿Llegaremos? —se preocupó ella.

—Creo que sí. Y, en cualquier caso, ahora ya sabemos las posibilidades de este invento y el coste de energía que conlleva.

—No nos permitirá escapar de aquí a través del desierto.

—No pretendo escapar sin más, Gina —dije, bajando la voz y sonriendo—. Pero ahora tengo la forma de colarme en el hangar sin pasar por las puertas rojas.

La conversación que tuvimos a continuación con los Bélair permitió, gracias al código morse, que pusiese al corriente de mi plan a Philip y este me indicase en qué parte del casco del Transoceanic debía buscar el dron de Juliette. Le comuniqué mi intención de hacer la incursión en el hangar aquella misma noche, ya que temía encontrarme peor y más pesada conforme avanzasen los días.

—¿Cómo te encuentras? —se interesó Juliette, aún a riesgo de distraerme de mis mensajes de codificación dactilar.

—Voy tirando. Pero cada día me veréis más hinchada. Se notará el cambio de un día para otro.

—Irá bien, ¿verdad, Gina? —Intentaba que la italiana refrendara sus ánimos.

—Irá bien —asintió esta—. Pero estoy preparada para lo peor. Hoy siente mareos y náuseas, y la presión. Pronto notará dolores fuertes. No sé lo que sufren las madres naturales al dar a luz, pero lo que va a vivir Angie será como estar de parto durante una semana.

Yo procuré no escuchar demasiado a Gina, que al fin y al cabo tenía como cometido entretener la videollamada conversando con Juliette, mientras Philip y yo intercambiábamos nuestros mensajes. Pero es que, además, la anticipación de lo que iba a padecer no me servía para prepararme; solo me generaba tensión.

—¿Y qué pasará con el huevo cuando salga? —preguntó Juliette—. ¿Quién se lo quedará? ¿Habéis hablado de ello con La Croix?

Ahora sí que interrumpí mi morse y crucé una mirada con Gina. No, ese punto no lo habíamos abordado.

208

Y daba por seguro que La Croix y sus compinches de las altas esferas querrían conservar el huevo como prueba para sus negociaciones con los nauis.

Gina agitó una mano, para indicarme que siguiera con mi tamborileo de dedos, mientras respondía poniendo los ojos en blanco.

—Solucionaremos los temas uno a uno. Primero cruzaremos un puente; luego, otro. No tiene sentido plantearnos ahora el futuro del huevo cuando todavía estamos centrados en los cuidados de Angie. Primero, el horno; luego, el bollo.

No sé de dónde sacó esa última frase. Quizás decía lo primero que le venía a la cabeza, preocupada por llenar la conversación de palabras, las que fueran, pero arrancó una sonora y preciosa carcajada a Juliette, quien tuvo dificultades para seguir hablando durante un rato.

«¿Confías en mí?», preguntó Philip.

«Confío», respondí con brevedad. Si hubiera dispuesto de más tiempo, habría añadido que no tenía otra opción. Pero a Philip aún le pesaban sus acciones a bordo de la Tereshkova.

«Os salvaremos. No te fallaré».

«Gracias. Pero…».

«Sé fuerte. Aguanta. No te fallaré», repitió.

Sonreí. Habría querido expresarle que podía pasar de todo, por más empeño que él pusiera. Pero no podía extenderme y las palabras sobraban. El capullo arrogante, humillador y pervertido era ahora un mal recuerdo. El Philip de la pantalla sufría por mí. Temía no poder resarcirme, que no lograra salir de aquel embrollo, y le carcomía la impotencia por cualquier cosa que me pudiera ocurrir sin saber dónde me hallaba, sin poder llegar a mí. Había padecido por el secuestro de su hermana y ahora lo hacía por nosotras. Por mí.

Acabada la llamada, Gina y yo nos abrazamos como el primer día y la puse al corriente de lo hablado con Philip. El dron, si no se había desprendido ni había sido descubierto, estaría adosado al casco del Transoceanic por encima del impulsor superior de estribor. Lo averiguaría esa noche, cuando la mayor parte del personal de la granja durmiera.

—¿Y sobre lo del huevo? —me consultó Gina al oído.

Me separé de ella un poco y clavé mis ojos en los suyos, antes de decir, burlona:

—Ya lo veremos. «Primero, el horno; luego, el bollo».

El Transoceanic despegaba y aterrizaba verticalmente, por lo que el hangar tendría su acceso por un tejado. No me preocupaba tanto cómo llegar —algo que solucionaría con unos segundos de potencia al nivel diez y un salto—, como de qué forma abriría el portón de entrada. El exoesqueleto no incluía unos guantes asistidos con los que forzarlo. Tendría que buscar ideas una vez allí.

«Primero cruzaremos un puente; luego, otro», me repetí.

La batería estaba al máximo. Gina me abrió la salida y me deseó suerte.

—No hagas locuras —susurró, con un dedo levantado frente a mi cara.

—Tranquila. Lo peor que puede pasar es que me descubran. Pero les intereso viva y entera, así que no hay peligro.

Ni yo misma creía lo que acababa de decir. Era de noche y cualquier centinela armado me tomaría por un intruso y me abatiría, más con aquel armazón.

Me alejé con la potencia en el tres para economizar la carga. Salí a la arena y rodeé el perímetro. No me habían prohibido deambular, ni tampoco nos habían impuesto un horario; si alguien me veía, en persona o a través de alguna cámara, argumentaría que los doctores querían que practicara con el exoesqueleto todo lo que pudiera.

La granja era un complejo enorme. El muro se prolongaba en línea recta mucho después de dejar de ser una simple tapia, para integrarse en la pared exterior de sucesivos edificios que, calculé, correspondían ya a las zonas rojas. En lo alto se abrían algunos ventanales. Quizás si me encaramaba, o si potenciaba el armazón para un salto de tres metros, podría ver a las mujeres prisioneras. Pero tenía que economizar batería y ceñirme a mi objetivo. Seguí avanzando. Por fin, llegué a una esquina y me asomé para otear lo que me esperaba a la vuelta.

Más desierto, claro. Y, a lo lejos, una edificación, separada e independiente, a unos cien metros del muro, apenas visible desde la distancia a la que me encontraba. Deduje que sería la garita del control de acceso. ¿Un puesto de control sin valla perimetral? Forcé algo la vista hacia mi derecha, en dirección al desierto. Entreví algunos postes a distancias equidistantes, lejos. Algún campo de fuerza. No había visto esos postes desde nuestra habitación ni desde la piscina, tampoco durante mis saltos de la tarde, por lo que interpreté que el perímetro de seguridad se alejaba y extendía mucho más por el ala de los *huéspedes*.

De cualquier modo, no podía continuar sin ser vista desde la garita. Tenía que subirme a la azotea. Me distancié del muro unos pasos, y traté de calcular su altura. El equivalente a dos pisos. Pero dos pisos altos. Ocho metros, quizás diez. Sería un buen salto. La cuestión era cómo caería.

211

«Ojalá no dé con un patio interior abierto al cielo…».

Seleccioné la potencia diez. La batería estaba al noventa por ciento. Flexioné las rodillas todo lo que pude, equilibré la postura, fijé la vista en aquel lejano saliente y me impulsé. Despegué como un misil y superé la altura del muro en algo más de un metro, con lo que caí sobre el tejado de forma abrupta y ruidosa, aunque ilesa. Me quedé quieta, esperando algún aviso de alarma o que un soldado preguntase por aquel jaleo. Cuando decidí que nadie me había oído, devolví el potenciómetro a la posición tres y revisé la batería. Ochenta por ciento. Bien, ahora ya sabía el consumo inmediato de un salto como aquel.

Reconocí el terreno a la luz de los focos repartidos por las cornisas. Era un tejado de obra, de ligerísima inclinación, pintado del mismo color que el desierto que nos rodeaba, a modo de camuflaje.

«No les preocupa que puedan ver una piscina con chicas en bañador, pero ocultan el resto de las instalaciones. En fin…».

Me puse a cuatro patas y trepé la pendiente. Pronto alcancé el borde superior. Allí, ante mí, se extendía una gran superficie metálica de forma cuadrada, casi del tamaño de un estadio, dividida en cuatro secciones triangulares encajadas unas con otras como cuatro enormes dientes, y cada una de ellas dotada de una bisagra y unos brazos hidráulicos que permitían su apertura.

El portón del hangar.

12

La parte oculta del iceberg

Hangar de «la granja».
En algún lugar en el desierto, en Estados Unidos.

«Vale, Angie; ya lo has encontrado. Y ahora, ¿cómo entramos?».

Estaba claro que, aunque el exoesqueleto hubiera dispuesto de guantes, no habría podido abrir aquellas compuertas. Cada una debía de pesar varias toneladas. Paseé por la estructura cuadrada en la que se sustentaban, en busca de un mecanismo de apertura manual. Nada. Era un auténtico búnker.

«Estoy apañada; ni un bombardeo abriría brecha». Elevé la vista al cielo negro, inmenso y plagado de estrellas. Me permití contemplar aquella belleza que pocas veces podía disfrutar con tanta claridad desde tierra. Y debía de ser una chica con suerte, pese a todo, porque ocurrió el milagro que necesitaba.

Primero pensé que una estrella fugaz había decidido cambiar su rumbo y girar hacia mí. Enseguida reaccioné y corrí hacia la cornisa del muro que había salvado. Me quedé suspendida, con el cuerpo fuera, pero no me atreví a colgarme de las manos, por lo que me deslicé hasta quedarme apoyada en los codos y los antebrazos.

«Bien, he aquí algo que no podrás repetir cuando tengas por barriga esa sandía que te han prometido».

La estrella fugaz díscola creció hasta convertirse en un vehículo aéreo que se disponía a aterrizar en las instalaciones. Los brazos hidráulicos de las compuertas chirriaron y tiraron de los dientes triangulares hacia arriba. La nave aminoró y se situó en la vertical del hangar, para luego descender. Me quedé muy quieta, ocultando mi pálida cara con los antebrazos. Aproveché para leer el nivel de batería. Setenta y ocho por ciento. Tenía un amplio margen; todavía.

Los reactores rugieron conforme la nave se introducía en el hangar.

«Ahora o nunca».

Me encaramé sobre el tejado y me puse en pie. Los motores de la nave perdieron potencia hasta quedar silenciados. Los dientes de la compuerta empezaron a cerrarse. Puse el exoesqueleto en potencia cuatro y corrí hacia la abertura. Llegué en un instante, pero me quedé bloqueada al ver la altura que había desde allí hasta el suelo de hormigón, en el interior.

«¡Joder! ¡Me voy a matar!».

En breve, no podría colarme por entre las compuertas. Confié en la suerte prometida por mi estrella fugaz. Retrocedí dos pasos, subí la potencia al siete y salté al interior, en dirección a una viga estructural situada un metro por debajo de la cubierta. Me sentí como una ardilla volando de un árbol a otro. Y mi pericia bien habría valido que esos roedores me adoptasen en su comunidad porque alcancé la viga, balanceé el cuerpo a modo de péndulo y me quedé allí, suspendida.

«Angie, pareces una manzana madura a punto de caer de la rama».

Y tan a punto. El peso del exoesqueleto me hacía resbalar. Miré abajo. Estaba justo sobre la aeronave. Podía dejarme caer sobre ella. Eran *solo* cuatro metros…

«Pero haré un ruido espantoso».

De la bodega de carga salió un tipo que empujaba un carro con una gran caja. A su encuentro acudió otro hombre, y ambos se detuvieron en mitad del hangar a conversar.

—¿Has tenido suerte en tus compras, cielo?

—Pues sí, cariño —respondió el piloto, en el mismo tono—. Aquí traigo el último grito en moda *prêt-à-porter* para embarazadas.

A punto de perder mi agarre, alcé la vista y vi que las compuertas estaban a punto de encajar.

«¡Ahora!».

Me solté. Caí sobre la nave como un martillo sobre un yunque, justo cuando los dientes del portón golpeaban entre sí. El piloto y el operario interrumpieron su charla y alzaron la cabeza. Luego se miraron y el segundo se encogió de hombros.

—Cualquier día esto se desploma y nos deja planchados.

—Pues espero que me pille volando lejos… —respondió el piloto.

—Ven, anda; te diré dónde dejar eso.

Se alejaron hacia una puerta lateral y respiré.

«Tienes la suerte de tu lado, Angie…».

El corazón me latía a ritmo de *heavy metal* y el sabor metálico acudió a mi boca con mayor fuerza. Me reprendí por hacer aquellas acrobacias mientras se formaba un huevo en mi interior y confié en que el impacto contra el vehículo no le hubiese causado daños.

Y, como si adivinase mi inquietud, recibí una llamada del doctor Jones.

«Joder… Olvidé la monitorización de mis constantes. ¿Y ahora qué hago?».

Si no respondía, enviarían a alguien a mi habitación y solo encontrarían a Gina. Acepté la llamada.

«Hola, doctor».

«Carter, ¿ocurre algo? Su ritmo cardíaco y su pulso se han disparado».

«Sí, sí…, no es nada, una pesadilla».

«¿Estaba durmiendo? Extraño, sus lecturas de la última hora no parecen de reposo».

Mierda, estaba comprobando mi historial, con los picos que habrían marcado mis saltos.

«Vaaaale, no estaba durmiendo. Oiga, ¿tengo que pedirle permiso para masturbarme?».

Calló unos segundos, antes de responder:

«Buenas noches, Carter».

Reprimí la risa, con el corazón aún al galope. Luego bajé el selector de asistencia del exoesqueleto al tres. La batería estaba al sesenta y siete por ciento.

Escruté el hangar desde el techo de la nave recién llegada. Había otras dos naves, una de ellas el Transoceanic, que me ofrecía la vista de su morro y el costado izquierdo. Para ver si el dron seguía en su sitio, sobre el reactor derecho, tenía que acercarme.

216

Me deslicé sobre el sustentador de la nave y, de ahí, al suelo. Corrí hacia el Transoceanic. A punto de llegar junto a él, subí la potencia al siete y brinqué hacia lo alto de la popa. Caí donde esperaba; me sentí orgullosa de empezar a dominar mis movimientos con aquel asistente. Valoré llevármelo conmigo cuando huyésemos de la granja. Seguro que me sería útil en el futuro.

Ahogué un grito de júbilo al ver el dron todavía adherido a la nave. Lo así con las manos y tiré de él, pero no logré separarlo del fuselaje.

«La fijación magnética es muy fuerte. Tendré que hacer palanca con algo».

Apartadas contra paredes y rincones había cajas de distintos tamaños, carros de mantenimiento, equipos de soldadura y remache, piezas de motor desmontadas, planchas y barras de metal y aleaciones... Sí, una de esas barras me serviría. Salté en aquella dirección, llegué en cuatro zancadas y las estudié. Me decidí por una de acero, algo pesada, pero cuya sección plana encajaría bajo el dron.

Volví a auparme sobre la trasera del Transoceanic. Clavé la barra de acero y usé los antebrazos para imprimir toda la fuerza posible. El dron se separó por fin y rodó sobre sí mismo, pero se volvió a fijar a la nave, ahora contra el reactor.

«Genial; creo que acabo de descubrir el amor verdadero entre máquinas».

Al menos, ahora ya no había nada entre el dron y el suelo. Si lo separaba de nuevo del fuselaje, caería lejos de cualquier objeto de deseo metálico y sería mío.

Clavé la palanca y volví a empujar. El juguetito de Juliette se precipitó hacia el hormigón, pero yo perdí el equilibrio y caí a plomo tras él, sobre la espalda.

217

«¡Auch! ¡Joder, qué daño…! Me está bien empleado, por creer que dominaba este trasto».

Rodé hacia un lado, me puse en pie y me palpé cabeza y costado. No tenía heridas.

«Jones va a pensar que hoy estoy con la libido desatada…».

Devolví la potencia del exoesqueleto a su ajuste mínimo. Luego tomé el dron en mis manos. Philip me había indicado cómo desactivarlo, y debía hacerlo sin tardanza para evitar que se adhiriera a cualquier superficie de metal a la que me aproximase. En la panza vi el orificio por el que debía insertar un cilindro fino. De un bolsillo extraje un palito de madera que había tomado de una de las brochetas de fruta del bufé. Lo introduje, el dron emitió un suave clic y pasó al modo de reposo.

«Hecho. Y ahora, a pensar cómo salgo de aquí».

Con el portón de la bóveda cerrado, esa vía estaba descartada. Me acerqué hacia la puerta por la que habían desaparecido los dos hombres. No aparecía marcada en rojo, y tampoco otras dos salidas que vi. Me asomé. La luz del pasillo permanecía atenuada durante la noche. No oí nada, por lo que me animé a avanzar, con el dron bajo el brazo.

Mis pasos me sonaban estruendosos. Traté de convencerme de que era una sensación mía, que no tenía que preocuparme, salvo en caso de oír otros pasos o voces. Pero, por otra parte, el corredor era largo y con pocas puertas. Si aparecía alguien, no podría esconderme. Esa constatación me hizo sudar.

Aquella zona de la granja parecía más antigua que la de los huéspedes en la que nos alojábamos. Las puertas no eran automáticas; carecían de sensores de apertura y, en su lugar, presentaban pomos o tiradores. Supuse que no había nada que mereciera un acceso de alta seguridad.

Me acerqué a la primera puerta, dotada de un ojo de buey que permitía ver el otro lado. En teoría, porque allí dentro no había luz. Intenté abrir para comprobar si podía servirme como escondite eventual. El pomo giró sin resistencia y la hoja se movió hacia el interior. Asomé y agucé el oído. Nada. No me arriesgué a buscar un interruptor; cerré con cuidado y proseguí.

Según mi orientación, el corredor seguía un curso paralelo al muro exterior, del que solo me separaban las habitaciones a mi izquierda. Recordé que no había ventanas en aquella parte, salvo en niveles superiores. Si quería salir a través del muro, tendría que encontrar primero una escalera.

Llegué al extremo del pasillo, donde giraba en ángulo recto, hacia la derecha, alejándose del muro exterior. A la izquierda, había otra puerta con ojo de buey y tirador. Y en este caso, una iluminación más intensa que la del corredor permitía ver una escalera metálica.

«Bingo».

Me aseguré de que no había nadie en los pasillos que allí confluían, empujé la puerta y me planté en el descansillo de la escalera, que también conducía a niveles inferiores. Ascendí, vigilando a cada paso cualquier movimiento que pudiera divisar sobre los peldaños superiores. Creo que nunca he sido tan furtiva y sigilosa como en aquella escalera. Fueron solo dos tramos rectos, pero se me hicieron eternos. Por fin, llegué a la puerta que daba acceso al piso y, tras comprobar que el otro lado estaba tan desierto como la planta baja, me deslicé. Tomé la derecha, de nuevo en dirección al hangar, con la esperanza de encontrar una habitación que tuviese ventanas abiertas al muro.

Llegué a una puerta, sin ojo de buey alguno ni pomo. Era una puerta blindada, algo anticuada, pero firme. Y estaba claro que solo se abría al introducir el código correcto en un teclado numérico que había en la pared, junto al marco. Aquella habitación no era accesible para mis intereses.

Solo encontré dos puertas más, calcadas a la última. Me vi obligada a retroceder. Al aproximarme a la escalera, me llegó un rumor apagado. Voces. Aún lejanas pero claras, por lo que solo podían proceder del pasillo que arrancaba en la otra dirección. Acerqué la cabeza a la esquina y vi al piloto y al operario del hangar. Venían en mi dirección. No podía salir, porque la puerta de la escalera quedaba encarada hacia ellos, y tampoco tenía dónde esconderme.

«¡Mierda, mierda, mierda!», me repetí furiosa mientras retrocedía y pensaba qué hacer. ¿Iba hasta el fondo y me quedaba quieta, cruzando los dedos por que se marcharan sin mirar hacia mi posición? No se me ocurría nada más.

«Salvo que mi buena estrella me conceda una última gracia».

Me planté frente al teclado numérico de la primera puerta. Tomé de nuevo el mondadientes y lo introduje por el orificio ventral del dron. Lo mantuve tres segundos, el tiempo preciso para activarlo y que volviese a su último estado, lo que significaba que se encendería su acoplamiento magnético. Sonó el ligero clic, y orienté el aparato volador contra el teclado de la pared. Al principio no pasó nada, salvo que las voces sonaban más próximas. Estaban llegando a la esquina y me descubrirían pronto. Moví el dron, siempre en contacto con el panel numérico, trazando círculos rápidos y al borde del desmayo. Risas lejanas. No, de lejanas nada. Y pasos.

Sonó un corto zumbido eléctrico y la puerta se desbloqueó.

«¡Bravo!».

Arrimé el dron a mi cuerpo, temerosa de que se magnetizara contra cualquier elemento del pasillo, y me colé en la habitación. Cerré la puerta y recosté la espalda contra ella.

«Uf, de qué poco ha ido…»

A la escasa luz que se colaba por los ventanales del fondo, aproveché para desactivar el dron una vez más. ¡Las ventanas! ¡Ahí tenía mi ansiada vía de escape! Me pegué a ellas y oteé el exterior. Sería bastante sencillo. Solo unos segundos a potencia máxima y…

No sé por qué me dio por mirar el nivel de batería, pero ahogué un grito.

«¿¿Diez por ciento??».

Miré el selector. No, no me había despistado, estaba al tres. Y aunque hubiera olvidado bajar la potencia, no le había exigido ningún consumo extra de energía después de auparme al Transoceanic…

«¡Ay, el porrazo!».

Tanteé los refuerzos de la espalda y algo rozó mis dedos. Cantos cortantes, de algún elemento que se había dañado y que, además, se movía en su engarce, como un diente a punto de desprenderse. Me maldije. Me había cargado la batería. Estaba bien jodida.

«Espera, piensa… No tendrías ni un diez por ciento si esa fuera la única batería. Tiene que haber otra, que trabaje en paralelo con esta».

Al tacto encontré, de hecho, dos más. Era un conjunto de tres componentes, de los cuales solo uno había sobrevivido al impacto y había asumido en solitario la alimentación del equipo hasta casi agotarse. Estaba, además, ardiendo.

Traté de pensar con calma. Si quería descolgarme por el muro y llegar a mi habitación, tendría que forzar de nuevo la potencia. Me quedaría sin energía antes de llegar o, peor aún, fundiría la única célula restante. Mi única opción pasaba por apagar el exoesqueleto unos minutos y, cuando la batería estuviera fría, cargarla al máximo y confiar en la suerte. Gina me mataría; estaría de los nervios con mi ausencia.

Debía encender la luz y buscar un punto de recarga. Ahora, allí, podía permitírmelo. ¿Dónde habría un interruptor? Junto a la entrada, claro. Estaba a menos de un metro cuando la puerta golpeó. El corazón me dio un vuelco, mientras la hoja blindada sonaba con otro golpe.

—¿Qué le pasa a esta maldita puerta? —dijo un hombre al otro lado.

Tanteé alrededor y mis dedos tropezaron con un mueble alto. Algún tipo de armario, o un tabique divisorio. Me arrimé a él y lo recorrí hasta llegar a su extremo, tras el cual me situé. Sonó un zumbido eléctrico y supe que habían abierto. Me quedé quieta.

—Estos sistemas viejos… —se quejó aquella voz—. Se ha desmagnetizado y ha vuelto a su código de fábrica.

—Pues menuda fiabilidad —dijo otra voz, también masculina. Claro, ¿quiénes iban a ser, salvo mis dos compañeros trasnochadores?

Encendieron la luz, más fuerte que la de los pasillos, y parpadeé para acostumbrar la vista. Pero permanecí inmóvil, parapetada tras lo que identifiqué como un armario eléctrico. Gruesas mangueras de suministro subían de la parte superior hacia un circuito de canastillas desde el que se repartían, como tentáculos, en varias direcciones.

—Al menos la luz funciona. En fin, mañana daré parte y a ver si cambian ese trasto.

—Déjate de historias. ¿Dónde dices que lo tienes? ¿Con los recambios?

—¿Eh? ¡Ah, sí! Ven, es por aquí.

Los pasos de ambos y la conversación se alejaron, pero no desaparecieron. Llegaron al fondo de la sala y se quedaron allí, charlando. Respiré despacio. Solté las fijaciones de los brazos con cuidado y pulsé el botón de apagado. El exoesqueleto, ahora inerte, me dejó rígida como una estatua, salvo por los brazos.

«Ahora no me falles, estrella de la suerte —rogué—, que no me encuentren».

Pasaron algunos minutos, los más tensos que recuerdo, pero a la vez los más tediosos. Moví los pies dentro de las botas de aleación, para evitar que se me durmieran, mientras pensaba en Gina, allá en la habitación; en los Bélair, en Francia, y en Vass, tan lejos... En mi espera silenciosa deseé abrazarlos, oír sus risas. Pero solo oía las de aquellos tipos, al fondo de la sala. No sabía lo que estaban haciendo, pero necesitaba que lo resolvieran pronto y se largasen.

«Calma. Cuanto más te impacientas, más lento pasa el tiempo».

Aproveché para buscar con la mirada dónde conectarme cuando se fueran. En la pared que continuaba tras el armario eléctrico, entre dos mesas de control, vi varias tomas de corriente. Bien, asunto resuelto si no me descubrían.

Los pasos se acercaron. De pronto, un impacto los detuvo y maldijeron.

—¡Cuidado, hombre! ¿Es que no te fijas?

—Tranquilo, ha sido un despiste. Y no pasa nada, no se van a despertar.

«¿Despertar?».

—Oye, por cierto, ¿ya no traen a más de estas?

—No lo sé. Ahora que tenemos a la inglesa, dicen que todo va a cambiar.

—Ya lo imagino. Por de pronto, a ella la tienen despierta y suelta por el lado sur.

«¡Ay, joder! ¡No me digas que me he metido en…!».

—Sí, pero es que, al parecer, se presentó voluntaria.

—Eso es una imbecilidad. ¿Qué mujer se ofrecería a llevar un naui dentro?

—Dependerá de lo que le paguen, ¿no?

—Mmm, tal vez. Desde luego, si es por eso, la Gardner tiene mucha pasta. Y más que tendrán, si consiguen lo que pretenden.

—Lo conseguirán. Anda, vamos, dejemos que estas señoritas duerman tranquilas.

Abrieron la puerta.

—¿Y qué harán con ellas después?

La luz se apagó, la puerta se cerró y ya no pude oír la respuesta, fuese cual fuese. El pulso martilleaba mi sien, y mi corazón estaba a punto de sufrir un infarto. Rogué a todos los cielos y dioses que Jones desoyera una vez más las alarmas de monitorización. Acompasé mi respiración, palpé la batería a mi espalda y me arriesgué. Encendí el equipo y me ajusté las sujeciones de los brazos.

Miré la batería. Indicaba un peligroso siete por ciento, pero la curiosidad era más fuerte. Tanteé el contorno del armario eléctrico hasta la puerta y encendí la luz.

Sentí el corazón, definitivamente, partirse en mi interior.

El nivel de la batería parpadeaba de nuevo cuando entré en el recinto de la piscina. Gina daba vueltas a la luz cálida de las lámparas rinconeras y de una película a la que no prestaba atención. Me vio enseguida, e imaginé la maldición que profirió antes de abrir la cristalera y bajar a toda prisa los escalones que nos separaban.

—¡Angie, me estaba subiendo por las…! —Interrumpió su protesta susurrada ante mi expresión, mi mirada hundida y los restos de lágrimas—. ¿Qué sucede? ¿Qué te ha pasado?

Advirtió que llevaba el dron bajo un brazo y lo cogió. Me agarró de ese mismo brazo y me condujo escaleras arriba, sin dejar de mirarme preocupada.

Me senté en el sofá y apagó la pantalla en la que se reproducía la película. Quiso preguntarme otra vez, pero vio que el exoesqueleto estaba casi sin energía y decidió conectarlo, fiel a su instinto de previsión. La detuve con un gesto vago, sin explicarle que las células estaban averiadas. Ya habría tiempo para que Stan explicase a algún técnico que la inglesa torpe se había caído por las escaleras y se había cargado el carísimo desarrollo de Brown.

Gina se situó junto a mí, y me tomó de la mano, con la tensión reflejada en sus ojos.

—Por favor, dime que estás bien. No estás herida ni te encuentras mal, ¿verdad? ¿Angie?

La miré y sacudí la cabeza. Luego alcé el brazo que tenía libre, invitándola a acercar su oído a mis labios.

—He visto dónde las tienen, Gina —susurré, entrecortada—. Las mujeres raptadas e hibernadas. Hay muchas. Muchísimas. De todo el planeta. Y seguro que también de las colonias.

Se separó de mí y me miró, comprendiéndolo. Sin decir nada, se aproximó a mis labios y esperó a que continuase.

—Solo he visto una sala, pero hay más. No sé cuántas… Había dos filas, rectas, largas, llenas de vainas de hibernación hasta el final. Conté cincuenta. Todas con una mujer en su interior.

Respiré hondo y las lágrimas volvieron a escapar de mis ojos.

—Era como ver un montón de sarcófagos. En el primero había una chica rubia, fuerte, musculosa, debe de ser una atleta o algo parecido. Estaba muy quieta, como supongo que lo estuve yo cuando… —Tomé aire de nuevo y sorbí por la nariz—. Tenía los ojos cerrados. Estaba dormida, a saber desde cuándo; seguro que ella tampoco lo sabe. No se da cuenta de nada. Ni de lo que le sucede ni de dónde está. No creo que este sea siquiera su país…

La mano de Gina me acariciaba, tratando de consolarme y animándome a continuar.

—Tenía una sábana… Solo una sábana pequeña, desde los hombros hasta el principio de las piernas. La litera tenía algunas manchas, bajo los muslos… Las habían intentado limpiar, pero quedaban restos... Los restos de los experimentos, ¿entiendes? —La cabeza de Gina dijo que sí—. Y lo mismo en todas las cápsulas... Mujeres de distintos países y edades... Rubias, morenas, castañas; de pelo largo, corto, rapado; cada una con su vida, su trabajo, su ciudad y su casa; sus amistades, sus ocupaciones, sus sueños de futuro... Mujeres que querían ser madres, Gina. Como yo. Y a las que La Croix, y otros como él, han hecho desaparecer sin que nadie sepa lo ocurrido. Sin que nadie hable de ello... Nadie.

Gina se separó de mis labios, con los ojos bajos. También lloraba.

—Les he hecho una promesa, Gina —susurré—. Y no me importa que no puedan escucharla. Pienso cumplirla.

Ella asintió. Abrió los ojos y percibí que hacía suyo mi dolor.

—La cumplirás, Angie. Lo harás. Y yo te ayudaré.

Tercera Parte

SUEÑOS

13

Pirañas

«El centro».
Desierto de Nevada, Estados Unidos,
diez días más tarde.

Supongo que todo el mundo ha sufrido alguna vez un dolor de muelas o de cabeza tan tan intenso que casi ha deseado arrancar esa parte donde se concentra la tortura. Así me sentía yo con ese balón en mitad de mi cuerpo. Dolía como no he experimentado nunca el dolor, ni antes ni después. Más, incluso, que al golpearme el codo justo en ese punto que llaman, no sé por qué, hueso de la risa. O cuando, descalza, un dedo del pie impacta contra un mueble. Así me dolía a mí. Pero sin tregua. Todo el día. Me incluyeron analgésicos y calmantes en las tarjetas inyectables, pero me hacían tanto efecto como en su momento lo hizo el inhibidor de excitación contra las feromonas nauis. Al menos, esa era mi sensación, por más que Gina asegurara que sí, que me hacían efecto. Salvo cuando me administraban un somnífero para dormir, el día se convirtió en sinónimo de sufrimiento, rabia, frustración y, sobre todo, cansancio. Cansada del dolor, de los mareos, de la hinchazón y la pesadez, de no concentrarme en nada —el morse con Philip resultaba complicado y fatigoso—, de querer tener a Gina cerca y lejos a la vez, y de ser incapaz de comer —mi estómago y mi intestino estaban tan oprimidos por el huevo que llevaba un segundo brazalete conectado a una bolsa de nutrientes pendida del brazo del exoesqueleto, lo que los médicos llaman nutrición parenteral—. Creo que solo dos cosas me salvaron de enloquecer: la seguridad de que todo acabaría pronto y la promesa hecha a las mujeres durmientes.

Porque el plan seguía su curso. Tal y como había predicho Juliette, en la memoria del dron encontramos las coordenadas aproximadas de nuestra ubicación y Philip trabajaba en los preparativos para rescatarnos. ¿Cuándo? En cuanto me extrajeran el huevo. Una vez los amigos de La Croix tuvieran en sus manos lo que deseaban, no habría esperanza para nosotras. Nos dormirían, como a las otras mujeres. O nos matarían. Tuve la certeza cuando el propio La Croix resolvió mis últimas dudas sobre lo acaecido en la misión de la Tereshkova, aprovechando la videollamada con la que me reprendió por dañar el exoesqueleto.

—Dígame, doctor. ¿Por qué se complicaron tanto? ¿Por qué sabotear mi nave y hacerme hibernar en mitad del espacio? ¿No era más fácil traerme aquí, como hizo con todas las demás?

—Seguro que sí, pero no podíamos hacer lo mismo con el embajador Vass. Además, los experimentos con esperma naui congelado nunca han prosperado, lo que nos convenció de la necesidad de probar con una inseminación directa. Con el embajador también en suspensión, claro; ni él ni ningún otro naui hubiesen accedido a preñarla mientras estuviera usted inconsciente. Son muy poco colaboradores en ese aspecto; sus estrictos códigos éticos son un verdadero engorro.

—Y yo les hice el trabajo aún más fácil.

—Más que eso. Resulta que las inseminaciones en estado de sedación o de suspensión no prosperan. Un detalle que desconocíamos; habríamos caído en ese error también con usted. Así que nos evitó un gran fracaso al dar con la solución: la cópula ha de producirse de forma natural y voluntaria entre ambos individuos. Usted nos abrió los ojos, Angie. Ignoramos qué factores influyen en el éxito de esta vía frente al fracaso de los ensayos inducidos, pero así es, y ahora solo trabajamos con esta premisa.

¿Me habría explicado La Croix tantos detalles si pensaba liberarnos? Estaba claro que no. Nos retendría, y con la promesa de no matarnos se aseguraría el silencio de los Bélair hasta que diese con ellos.

No me arriesgaría a permanecer en la granja ni un solo día después de la cesárea, aunque Gina insistiera en que moverme sería arriesgado para mí. Confiaría en el vendaje regenerador y en el exoesqueleto para salir por piernas.

Quedaba muy poco. El Frankenstein charlatán estimaba en dos días el tiempo requerido para que el huevo alcanzase el desarrollo completo. Gina le preguntó cómo lo sabían con tanta exactitud. Mi amiga argumentó que, entre los ovíparos, la expulsión no es un fenómeno consciente y calculado, sino una acción anatómica, autónoma, algo que mi cuerpo, a diferencia del de las hembras nauis, no realizaría por instinto.

—Cierto —concedió Jones—; nos guiamos por las lecturas de tamaño y solidez que obtenemos. Sobre todo, por las de solidez. Ese será el momento para realizar la cesárea. Y, hem… —dudó.

—¿Qué ocurre? —inquirió Gina.

—Sobre la intervención —cruzó una mirada con su colega mudo—, somos partidarios de realizarla bajo anestesia general, visto el estado de la… madre.

—Lo veo justificado —opinó Gina, consultándome en silencio.

—Ni de coña —susurré, entre punzadas y sudores, tumbada sobre la camilla abatible del robot de diagnósticos—; no quiero que me duerman.

—Angie —Gina acercó su cara a la mía—, es lo más aconsejable. Tenemos que hacer una gran incisión, y aunque la anestesia local sea suficiente para que no te duela, será un momento muy desagradable para ti. Querría evitártelo.

—Anestesia local, fin de la discusión —mantuve mientras apretaba las mandíbulas, cubría mi vientre con la tela elástica sujeta con velcros y me incorporaba sin aguardar a que la camilla basculase hasta la posición vertical. Esos días hacía funcionar el exoesqueleto a potencia cinco, desobedeciendo conscientemente las indicaciones de los doctores. Lo necesitaba.

—Angie… —insistió Gina.

—No hablaré más sobre ello. Pueden atarme de pies y manos si quieren que esté quieta. Y apagar este trasto, también —señalé el exoesqueleto—. Pero no me dormiré.

Jones apretó los labios y asintió.

—De acuerdo.

Clavé mis pupilas en él. Consideré que el momento era oportuno para tratar un aspecto pospuesto.

—Jones —le dije—, ¿tienen ustedes un plan B para el huevo una vez lo extraigan?

—¿Plan B?

—No parece que yo vaya a poder incubarlo —comenté con sorna, señalándome con un gesto de cabeza—. Mi cuerpo no se ha modificado en ese sentido. ¿Cómo le proporcionarán calor?

Sonrió, y percibí su desdén.

—Este asunto ya lo comentamos en su día, Carter. Y se lo repito: no le atañe.

—Se equivoca. Me atañe. Y mucho.

Me miró, sin comprender.

—Mi acuerdo con La Croix exige que nos aseguremos de proteger nuestros intereses. A él no le interesa que la cría naui contenida en el huevo muera. Y a mí me interesa que La Croix esté satisfecho, o no estará dispuesto a mantener la oferta que me hizo de trabajar para él. No renunciaré al puesto de piloto que me ofreció.

—¿Trabajar como piloto para él? —se mofó—. ¿Y qué más? Ya puestos, ¿por qué no para la Princesa?

—¿La princesa? —terció Gina.

—No saben de quién hablo, ¿eh? No, ¡ustedes no saben nada de nada! ¡Y pretenden trabajar para La Croix!

—Llámele y pregúntele, si no se lo cree —lo reté.

Me miró, ahora dudaba.

—¡Bah, dejémoslo, es absurdo…! Y si tanto le interesa, disponemos de un cofre calefactor para conservar el huevo una vez salga de ahí. —Señaló mi barriga.

—Me alegro. —Simulé aprobación, pero mantuve mi actitud altiva—. Espero que ese cofre tenga una autonomía mayor que este exoesqueleto, si esperan que aguante los meses de incubación.

—¿Qué se cree? ¡Claro que sí! —Me clavó una mirada furibunda; su orgullo no admitía que nadie lo cuestionase. Luego me observó de soslayo—. ¿Tanto le interesa verlo?

—Sí. Me interesa saber que no dejan nada al azar o la improvisación. Creo que conmigo han solucionado los problemas sobre la marcha.

Me valoró unos segundos más en silencio. Por fin, me hizo un gesto y se dirigió hacia el fondo de la estancia.

—Venga, Carter. Cerraremos esa boca suya con pruebas, no con palabras.

Llegamos a una zona en la que abundaban máquinas, componentes electrónicos y todo tipo de cacharros a medio diseñar o ensamblar. Deduje que Brown desarrollaba allí sus juguetes. Fue este quien agarró un cubo de perfiles reforzados y lo plantó sobre la mesa de trabajo, tras barrer con el brazo algunas piezas que estorbaban.

—Este es el plan B, Carter —dijo Jones—. Aunque, de hecho, deberíamos considerarlo plan A y único. Como ha dicho, usted no podrá incubar el huevo. El cofre lo hará.

—Mientras no lo fría… —masculé. Intentaba provocarlo para que se explayara más en las explicaciones.

—No sea absurda. Tenemos bien documentada la temperatura que generan las hembras nauis durante la incubación: treinta y nueve grados y medio. Y así lo hemos previsto en el cofre, que está perfectamente aislado del exterior. Podría mantener el calor incluso si se sumergiera en las aguas de la Antártida, que lo sepa.

—Ya, pero… ¿Ha pensado que, tal vez, si se trata de un huevo gestado por una humana, es decir, yo, esa referencia documentada no sea adecuada?

Jones fue a responder, pero se quedó con la boca abierta.

—Quizás me equivoque —continué—, pero, si se ha desarrollado durante estos meses en mi interior, con mi temperatura, ¿no lo dañará un calor superior?

Titubeó y miró a Brown.

—Hay que instalar un regulador manual de temperatura —dijo—. Y una pantalla para monitorizarla.

—Sí —dijo Brown.

Jones me miró, menos prepotente que antes.

—Una observación pertinente, Carter. Gracias. Ahora, vaya a descansar. Se acerca el día. Y tiene que… —carraspeó—. Ha de estar fuerte. Descanse.

Mi empatía naui detectó una preocupación adicional.

—Jones, ¿hay algo más que quiera contarme? ¿Ocurre algo? Está nervioso.

Apretó los labios de nuevo. Y volvió a cruzar su mirada con la de Brown. Por fin, tragó saliva y se decidió.

—Vengan las dos.

Se encaminó hacia la puerta situada tras los armarios de material electrónico. Una puerta roja.

—No podemos entrar ahí —se me adelantó Gina—. Lo tenemos prohibido.

—Tranquilas —Jones posó la mano sobre el sensor—, dejen que vaya delante y que el doctor Brown cierre la marcha.

Recorrimos un corto pasillo, flanqueado por puertas cada pocos metros, y desembocamos en una sala que me recordó al aula de la universidad: circular y amplia, de techo alto, con pantallas de gran tamaño, que cubrían la mitad de la pared, y una grada pequeña, aunque en este caso rodeada de paneles transparentes y situada varios metros sobre nuestras cabezas. En el centro del nivel inferior, donde estábamos, una mesa quirúrgica parecía lista para ser utilizada.

—¿Es aquí donde me abrirán?

—Sí.

Miré hacia los paneles transparentes y la grada detrás de ellos.

—¿Tendré espectadores?

—Me han notificado la asistencia de ciertas personas. Personas importantes, muy interesadas en el éxito de nuestro trabajo.

—¿De la AP?

Asintió.

—¿Y de la Gardner Corporation? —añadí.

Repitió el gesto.

—¿Y...?

—Y el resto de los socios. Es un momento definitivo, nadie quiere perdérselo. Histórico, más bien. Por eso, Carter... Quizás quiera optar por la anestesia general y... evitarse el engorro de sentirse observada por tantas personas.

Sonreí, con los ojos entrecerrados.

—Al contrario; ahora lo tengo mucho más claro.

Necesitábamos identificar a los peces gordos que asistirían a mi operación. Era preciso saber sus nombres. Y si conseguíamos una imagen de todos en aquel quirófano convertido en circo, podríamos acabar con esa red inhumana de un solo golpe. Registrarla con fotografía mental no era factible en aquel entorno plagado de inhibidores. Se me ocurrió servirnos de la cámara del dron de Juliette, que guardábamos bien escondido. Pero necesitaba instrucciones.

Nada más llegar a mi habitación, fuimos derechas a la pantalla-mural y realizamos la llamada del día a los hermanos Bélair. Se inquietaron, porque no era el horario acostumbrado; solíamos contactarlos poco antes de nuestra medianoche, primera hora de la mañana en París. Pero el tiempo era clave, como enseguida comprendieron.

Cuando Philip descodificó mi idea y se la susurró a su hermana, esta nos miró con una mezcla de sorpresa y entusiasmo.

—¿De veras? —exclamó—. ¡Genial! Vale, a ver…. —Le hizo un gesto a Philip para que se acercase y le susurró los detalles que yo necesitaba. Philip lo tradujo en golpecitos y yo traté de abstraerme de mis dolores y concentrarme en la información.

Antes de despedirnos, Philip me indicó que la siguiente comunicación, con toda probabilidad, la realizaríamos en el mismo huso horario. Le pregunté si se habían hecho ya con alguna nave y si podría arreglárselas para conducirla con un solo ojo. Me respondió con una sonrisa y un escueto «tranquila».

Luego le tocó a Gina probar sus dotes de interpretación. Debía lograr que Stan, sin sospechar nada, nos proveyera de un destornillador con el que abrir el dron y extraer la cámara de su interior.

—Yo no puedo hacerlo. —Aguanté un pinchazo lacerante que me obligó a doblarme por la mitad.

—Tranquila, tú déjame a mí. Además, no es complicado; solo necesito uno de estrella. Está chupado.

Había olvidado que mi italiana adorada también sabía de electrónica, aficionada como era a desmontar y experimentar con prótesis en su casa.

Me quedé en el sofá, pero supe que, nada más abrir la puerta, se había topado con nuestro mayordomo sintético. Seguí la conversación a distancia, mientras con las manos apretaba la piel tirante de mi enorme barriga, en un intento vano de darme un descanso de tanto dolor.

—Hola, Stan. ¿Sería posible conseguir un juego de destornilladores de estrella? Quiero mostrarle a Angie cómo es por dentro una lámpara de las que tienen aquí.

—Por supuesto. Hay que mantenerse ocupadas para hacer más llevadera la espera, ¿correcto? Dígame, ¿de qué tipo los necesita?

—Ya se lo he dicho: de estrella.

—¿Estrella de tipo Phillips, tipo Pozidriv, tipo Torx, tipo Torx anti…?

—Tipo Phillips —le cortó Gina, mosqueada—. De cuatro puntas. Manuales. Inoxidables. Sin requerimientos estéticos.

—Ahora mismo los traigo.

Gina volvió con una cara que hablaba por sí misma.

—Creo que luego los usaré para desactivar a ese pesado.

Quise reír, pero el dolor me lo impidió.

—Ánimo, Angie. —Se agachó junto a mí; puso una mano sobre mi frente—. Ya casi lo has logrado.

—Estos últimos días van a ser los más duros.

—Quiero que sepas lo mucho que te admiro.

Abrí los ojos y la miré.

—¿A pesar de mi cabezonería?

—Sí. A pesar de ella. Sabes muy bien que yo no habría hecho lo que tú. Pero admiro tu fuerza de voluntad, una vez tomada tu decisión.

—Bueno… —Noté otra punzada—. Si llego a saber cómo me sentiría, quizás no la habría tomado.

—Yo creo que sí. Eres de esas personas especiales que luchan por lo que creen justo, cueste lo que cueste.

No tenía fuerzas para contestarle, pero agradecí aquellas palabras que guardé en el rincón de la memoria donde atesoramos las cosas bonitas.

Stan llamó desde la entrada.

—¿Doctora Morelli? Aquí tengo lo que me ha solicitado.

Gina empleó solo tres segundos en coger la caja de destornilladores y cerrar la puerta para no ver más al sintético. Luego desmontó el dron, tarea en la que fue también muy rápida. Sostuvo el componente en su mano, ante mí, con expresión satisfecha.

—Bendito el día en que…

Se calló, consciente de que no convenía decir algunas cosas en voz alta. Pero lo entendí: era una gran ventaja que la memoria de almacenamiento de vídeo estuviese integrada en la cámara. Y su minúsculo tamaño nos facilitaría llevarla sin que la vieran. Bueno, la llevaría ella, porque yo sería incapaz de hacer otra cosa que estremecerme, gemir y maldecir.

Frunció el ceño. Le preocupaba cómo ponerla en marcha manualmente.

—Voy a hacer algunas pruebas —susurró, acariciándome un hombro—. Tú descansa.

241

Recuerdo minuto a minuto la última noche antes de la operación. No quise tomar nada para dormir, a pocas horas de poner en marcha el plan de fuga. Y sin somníferos me fue imposible pegar ojo. No por nervios, sino por el dolor.

A Gina la había mandado a su habitación. Había estado conmigo desde nuestra llegada a la granja, compartiendo mi cama, sin quejarse por mis constantes movimientos. Pero yo no quería que mi decisión de no medicarme la afectara; necesitaba que estuviese descansada para el gran día y todo lo que necesitaría de ella.

—No sé qué podré hacer tras la operación —le susurré al oído—. Posiblemente, muy poco. Tendrás que ser tú la fuerte, la que nos saque de aquí. Vete y duerme por las dos.

Si durmió o no, lo desconozco. Se presentó junto a mi cama poco después del amanecer.

—*Mannaggia*, vaya cara más demacrada…

—Gracias, es justo lo que necesitaba oír.

—Venga, vamos a levantarte —dijo, ignorando mis protestas—. Veremos cómo te mueves, si puedes. Y repasaremos el plan.

—¿Tienes la…? —Hice alusión a la cámara.

—Claro. Suerte que es pequeña. Pero estaré más tranquila cuando me den una bata y pueda ocultarla.

—Por lo que más quieras, ¡que no se te olvide en un bolsillo! —le rogué.

—No creo que pueda extraviar algo de lo que depende tanto. Venga, remolona; ¡arriba!

Me ayudó a asearme, como había hecho durante los últimos tres días. Yo me sentía tan mal que ni con la asistencia del traje podía atender mi higiene. No era una cuestión de fuerzas. Mi cabeza fallaba, en un estado febril constante.

—Cuando me saquen el huevo...

—¿Sí?

—¿Cuánto tardaré en... volver a ser yo?

Gina no respondió enseguida. Creo que no sabía la respuesta y tuvo que inventar algo que sonara lógico y probable. O, simplemente, que no me espantase.

—Tu vientre no recuperará su tersura de inmediato —empezó—. El vendaje se encargará de cerrar la herida, pero tendrás mucho tejido afectado por la tirantez de estas semanas. Eso precisará una segunda intervención que no creo que se planteen realizarte aquí, ni que tú quieras que hagan esos dos.

Sacudí la cabeza.

—En cuanto a tus fuerzas y capacidades —continuó—, ayudaría disponer de tarjetas inyectables específicas para devolverte a la normalidad. Como de eso no nos han hablado, tendremos que confiar en lo que puedas hacer con un traje inteligente.

—Coge uno... —apunté.

—Ya lo tengo. No nos pondrán objeciones; es normal que piense en tus necesidades tras la intervención. Aunque ellos se limitarían a coserte y enviarte a una sala de posoperatorio, yo insistiré en vestirte con un traje nuevo de inmediato.

—Pero el exoesqueleto...

—No sé si lo llevarás durante la operación, para mantenerte inmóvil, o te lo retirarán. Contemplo ambas posibilidades.

—Vale... Entonces, ¿estamos listas?

—Lo sabremos en seguida, amiga mía.

En la sala de operaciones, con la grada llena de gente, se palpaba la expectación. Yo, además, la percibía de forma especial. Me llegaba una mezcla confusa de sentimientos, todos a la vez, que me estremecía. Los murmullos de aquella veintena de curiosos, parapetados tras el mirador, no eran audibles, pero entraban en mi piel y mi mente. Sin embargo, estaba tan dolorida y agotada que aquel fragor de desordenados sentimientos ajenos no constituía una gran molestia. De alguna forma, era como escuchar el zumbido de un avispero lo bastante lejano como para no preocuparse por él.

Avancé hacia la camilla, llevada por el exoesqueleto y apoyada en Gina, a mi derecha, y en Stan —quien había anunciado que esa mañana, de forma excepcional, había recibido instrucciones de acompañarme adonde fuese—. Mi enorme barriga parecía querer partirme en dos. Me oprimía columna, estómago, pulmones. Me costaba respirar, y mantener la espalda recta. Solo podía pensar en que me sacasen aquello de dentro.

Intenté reconocer algún rostro en esa pecera de pirañas. No soy buena fisonomista, y, desde luego, no estaba en mis mejores condiciones, pero algunas caras me resultaron vagamente conocidas, sobre todo la de una mujer joven, sentada en el centro. Me sonaba de haberla visto en las noticias en alguna ocasión.

Y entonces lo vi. Marcel La Croix, sentado en un extremo de la primera fila, me dedicó una mirada entre complacida y victoriosa. Esperaba la extracción con entusiasmo contenido, pues se encontraba entre los mandamases de su organización. Que no ocupase un asiento en el centro evidenciaba que quienes lo hacían eran los líderes de las distintas empresas y entidades implicadas. «Nadie quiere perdérselo», había dicho Jones.

«Que a Gina no le falle el pulso y tome una buena imagen de esos buitres», deseé.

—Bien, Carter —dijo Jones, con su sequedad habitual—, túmbese. Vamos a empezar. Procederemos con la anestesia local. Después, le pediré que retraiga la sujeción ventral y, a continuación, que baje la potencia del exoesqueleto al mínimo y luego lo apague. Empecemos.

Obedecí las instrucciones, deseosa de acabar. En cuanto me estiré sobre la mesa, de la base surgieron varios brazos que se posaron sobre mi abultado vientre y otras zonas del cuerpo. Apenas pasaron unos segundos y sentí que el dolor disminuía.

—Adelante, Carter; retire el soporte. El huevo está bien sujeto.

Así lo hice. El cinturón de castidad desapareció.

—Ahora, baje la potencia. Y desconecte.

Privado del acompañamiento servomecánico, mi cuerpo se hizo pesado y mis brazos cayeron sobre la mesa de operaciones.

—Doctora, retroceda un poco, vamos a cerrar la campana.

Yo tenía la mirada puesta en el techo de la sala y solo veía a los presentes por el rabillo del ojo mientras una ligera modorra se adueñaba de mis sentidos.

—No quiero dormir… —murmuré.

—No es anestesia general, Carter. Pero, tras tanta tensión, es normal que se sienta algo aturdida. Procure no moverse. Vamos a proceder con la incisión.

245

A mi alrededor se levantó una carcasa a modo de cápsula, similar a la de los robots de diagnóstico o las quirocápsulas, pero con mucho más espacio. La habrían diseñado así para mí y el huevo. Supuse que un brazo mecánico adicional, este provisto de un escalpelo, empezaba a cortar. No lo vi, no sentí nada, pero olí la sangre. Traté de mantenerme quieta, para evitar el más pequeño desvío, aunque en realidad estaba del todo inmovilizada. Oí un chapoteo, el sonido de un líquido que caía, a la vez que aumentaba en intensidad mi percepción del zumbido de avispas que emanaba de mis espectadores.

«Ya lo han sacado —deduje—. Las alimañas están excitadas».

—A primera vista, el huevo presenta un aspecto satisfactorio —anunció Jones a su audiencia—. Procedemos con la sutura y el vendaje de la paciente.

Busqué a Gina con la mirada, pero no quería moverme y ella estaba, como todos, fuera de mi campo de visión. Y grabando imágenes de cuanto sucedía en aquel quirófano convertido en circo, confié yo.

—Bien, hemos terminado —habló de nuevo Jones.

Desde la grada llegó otra voz, la de La Croix, que oí entusiasmada, pese a llegarnos filtrada por el intercomunicador.

—Estupendo trabajo, doctores. Los felicito. Hoy es un día histórico para todos.

—¿No es un poco raro el color de ese huevo? —preguntó una voz desconocida, también en la grada.

—Oh, eso... —contestó La Croix—. Entra dentro de lo esperable, al ser una humana la responsable de su formación y desarrollo. Pero es meramente externo, sin mayor trascendencia. Hoy, señoras y señores, demostramos la viabilidad de un proyecto que transformará el devenir de una especie y nos situará en la vanguardia interplanetaria en investigación y potencia tecnológica.

Oí los aplausos a través del altavoz y busqué a mi amiga, ahora sí, girando la cabeza.

—Gina… —susurré.

Ella se acercó, mientras La Croix, desde la grada, hablaba de algún tipo de convite de celebración.

—Aquí estoy, Angie. Todo bien. Los tengo.

—¿Y el huevo?

—En el cofre, a los pies de la mesa de operaciones.

—Conecta el exoesqueleto —susurré—. Y ya sabes…

Sonrió, le dio al botón de encendido y subió la potencia al siete.

Rodé sobre mi costado, caí a cuatro patas y me erguí. Acto seguido, me lancé sobre el cofre, lo alcé entre mis manos y lo mostré primero a la grada y, luego, hacia Jones, Brown y Stan, con un dedo puesto en el ajuste de temperatura.

—¡Todos muy quietos donde estáis! —aullé—. ¡Si no queréis que fría el huevo, nos facilitaréis la salida de aquí hasta el hangar!

La voz de La Croix tronó desde lo alto.

—¡Doctor Jones! ¡Quítenle el contenedor a esa mujer! ¡Ahora mismo!

Yo mostré a Jones aún con más énfasis dónde tenía posado mi dedo. Él carraspeó.

—Doctor La Croix, señores… —titubeó y tragó saliva—; me temo que puede cumplir su amenaza. El cofre tiene un regulador de la temperatura interna. Y alterar esta puede matar el embrión.

—Pero no será algo inmediato, ¿no? —clamó La Croix.

«Mierda, en eso no había caído».

Me lancé con el cofre hacia los doctores, impulsada por el exoesqueleto, y los arrollé. Cayeron al suelo con torpeza. Agarré a Stan del cuello, lo alcé y lo sostuve contra la pared.

—Decide rápido —le dije—, puedo arrancarte la cabeza y luego una mano, que es lo único que necesito para abrir las puertas rojas hasta el hangar. O puedes seguir de una pieza si nos guías.

No debía de ser un sintético tan antiguo como para tardar en procesar una amenaza y elegir la mejor acción, porque respondió al instante:

—Les abriré las puertas. Síganme.

Mientras Jones y Brown dudaban sobre qué debían hacer, Gina y yo, con el cofre que contenía el huevo, y guiadas por Stan, salimos de la sala a la carrera. Detrás, La Croix chillaba a través del altavoz.

Una mirada rápida hacia abajo me permitió ver que mi sangre teñía el vendaje. La herida se había abierto. La anestesia me impedía notar el dolor y el exoesqueleto ejecutaba los movimientos al dictado de mi mente, sin importar que yo tuviera dormidos el abdomen y la parte superior de las piernas. Lo complicado vendría cuando se disipase la anestesia. También Gina vio la mancha, pero se limitó a sacudir la cabeza y seguir corriendo. Ambas teníamos claro que debíamos salir de la granja cuanto antes.

Stan, según lo prometido, nos abrió el paso hasta nuestro objetivo, sin desviarnos. Sonó una alarma.

—¿Se cerrarán las puertas? —pregunté al sintético.

—Ya están bloqueadas, pero yo formo parte del personal con prioridad absoluta de circulación.

Eso habíamos supuesto en la elaboración de nuestro plan. Pero cabía la posibilidad de que anulasen todos los permisos, incluso los de Stan. El tiempo corría en nuestra contra.

En el hangar, varios grupos de GS vigilaban la decena de naves que ocupaban aquel espacio. Las naves de los buitres.

A mi derecha estaba la cabina de control. Dos operarios nos contemplaban atónitos, sin saber qué hacer o decir ante la aparición de dos mujeres desconocidas, una de las cuales portaba un armatoste mecánico alrededor de su cuerpo y sostenía una caja extraña en sus manos. No les di la oportunidad de reponerse y me lancé sobre ellos, impulsada por la potencia siete del exoesqueleto y usando el cofre a modo de ariete. Se golpearon contra la pared y perdieron el sentido. Examiné los distintos conmutadores y palancas de la consola y pronto di con la apertura del portón cenital.

El estruendo metálico extrañó a los GS del hangar. Dos miraron hacia la cabina de control y corrieron hacia mí. Esperé, quieta, a que se situaran a una distancia ideal: la que a ellos les permitiría apuntarme con sus fusiles y, a mí, arrollarlos de un salto. Comprobé el nivel de batería. Cincuenta por ciento. «Suficiente». Flexioné las piernas y me lancé. Los tomé por sorpresa; no contaban con que podría moverme tan rápido, y el impacto contra sus rostros fue brutal. Los dejé allí tendidos, me hice con sus armas y regresé junto a Gina y Stan, mientras otros GS se avisaban.

Le di a Gina los dos fusiles. Se colgó uno a la espalda, sostuvo el otro con firmeza y se apostó contra la pared, lanzando miradas rápidas al hangar.

«La chica tiene ritmo», me dije mientras buscaba algo grande y resistente que me sirviera de escudo frente a los otros soldados, ahora en guardia. Escogí una plancha algo combada de un montón de restos amontonados en un rincón frente a la cabina de control. Parecía un fragmento de fuselaje, de algún vehículo de asalto antiguo, pues era muy grueso y pesado para una nave convencional. Lo alcé, agarrándolo de un perno fijado en el centro. Era más de lo que quería cargar, pero también lo único disponible y no había tiempo para seguir buscando.

—¿Cuál escoges? —preguntó Gina.

Supe que me preguntaba por la nave que robaríamos. Había un par de *Hornets*, muy impresionantes, que debían ser la escolta de algún pez gordo. No tenía experiencia con naves militares, pero necesitábamos algo rápido y con buena coraza. El más cercano estaba a unos escasos treinta metros, al otro lado de una montaña de cajas y piezas varias que debíamos rodear, y tras la cual era de esperar que hubiera más GS.

—Ese *Hornet* de ahí —señalé mientras agarraba el cofre con el brazo izquierdo y mi escudo improvisado con el otro. Me giré hacia el sintético—. Adiós, Stan. Quedas libre.

—No, por favor —respondió, con voz algo afectada—. No me hagan esto. Si me quedo aquí, me desactivarán por haberles facilitado la huida. ¡Llévenme con ustedes!

—Imposible, es un interceptor biplaza, sin espacio para ti —dije, torciendo la cabeza—. Pero tranquilo; no creo que la desconexión sea dolorosa.

—Angie… —Gina recriminó mis palabras con un gesto de censura.

Puse los ojos en blanco.

—Vale, haremos lo siguiente; escóndete en algún armario de ahí —señalé la cabina de control del hangar— y quédate quieto. Si todo sale bien, volveremos a por ti en un rato, ¿de acuerdo?

—De acuerdo —respondió—. Gracias, señoras.

—Gina, preparada. A mi señal.

Salí al espacio abierto del hangar. A mi derecha, tres GS me dieron el alto. Planté mi escudo hacia ellos, agachada detrás, y apremié a Gina.

—¡Corre! ¡Te protejo!

Los GS abrieron fuego. Mi plancha blindada cumplió su cometido con sobresaliente. Pero era imposible avanzar si no nos librábamos de los soldados. Salté hacia ellos esgrimiendo mi trozo de fuselaje a modo de pala y los barrí. Tuve que golpearlos varias veces hasta que se quedaron quietos. Luego salté de vuelta hacia mi compañera, parapetada tras la montaña de cajas, mientras los GS apostados junto al *Hornet* la mantenían a raya con sus disparos, a los que ella respondía con ráfagas esporádicas.

Miré la batería. Veinticinco por ciento.

—Detrás de mí —le dije—. Y sube sin detenerte.

Asintió, y yo repetí mi movimiento anterior, lanzándome otra vez con mi pesado trozo de metal a modo de pala y sirviéndome de él para detener las balas. Estos eran cuatro, pero tampoco pudieron reaccionar a tiempo ante mi rapidísimo salto. Dimos contra otro montón de cajas y rodamos en un caos absoluto. Uno de los GS intentó golpearme con su fusil, pero lo detuve con el antebrazo y lo noqueé usando el cofre como maza.

«Espero que aguante».

Dejé mi pesado escudo, tomé el fusil de ese soldado y repartí un par de golpes más antes de encaramarme a la cabina del *Hornet*, donde ya estaba Gina en el asiento del copiloto. Puse el cofre sobre sus piernas y le guiñé un ojo. Me encajé en el lugar del piloto, propiné un fuerte golpe al botón de cierre de la carlinga, me abroché los cinturones y activé a toda prisa la secuencia de despegue.

—¡Agárrate bien! —avisé, mientras bajaba al nivel dos la potencia del exoesqueleto y subía al máximo la de los motores de maniobra del caza.

El *Hornet* rugió y nos elevamos hacia la bóveda, mientras las balas sonaban contra el casco. Tuve que realizar un cabeceo para superar las naves del suelo, evitar el techo del hangar y, por fin, apuntar hacia la salida.

14

There let be rock

Desierto de Nevada, Estados Unidos.

«¡Libres!», pensé, con una excitación profunda, pero aún incapaz de anunciarlo a viva voz; La Croix y los suyos nos darían caza.

Por suerte, los controles de vuelo de aquella nave no eran muy diferentes de los usados en los vehículos comerciales. Moderé el empuje de los propulsores y la estabilicé para introducir las coordenadas que habíamos recuperado del dron de Juliette. El navegador me indicó que correspondían a una ubicación ciento cuarenta grados a estribor.

—Genial —gruñí, mientras viraba con brusquedad—, tenía que pasar.

—¿Qué ocurre? ¡Ay! —se quejó Gina, sacudida por mi maniobra.

—He salido en la dirección equivocada. Pasaremos de nuevo cerca de la granja. ¡Agárrate! —grité, una vez alcancé el rumbo correcto, al tiempo que liberaba toda la potencia a los motores.

Sentimos la fuerza de la aceleración, que nos aplastó contra los asientos. No era el tipo de nave que más me gustaba, pero su respuesta y maniobrabilidad eran innegables.

En el mapa de navegación se iluminó una luz a mis cuatro.

—¡Se acerca otra nave! —anuncié.

—¿Phil y Juliette? —preguntó Gina.

—No. El otro *Hornet*.

—¡No! ¿Qué vamos a hacer? ¡Nos derribará!

—Ni hablar. ¿Sabes por qué soy una IS6, Gina?

No podía verle la cara, pero supe que me miraba interrogante. Yo sonreí, levanté la barbilla y entrecerré los ojos.

—Porque todavía no he hecho el examen para IS10. Solo por eso.

La otra nave se situó a nuestra cola. Realicé maniobras evasivas sin reducir la velocidad y nuestros cuerpos acusaron la fuerza *g*. Gina se quejó.

—¡Aaagh! ¿Dónde has aprendido a pilotar así?

—Supervivencia en escenarios hostiles —dije, sin más detalles, mientras hacía un picado hasta pegarme al terreno y buscaba en mis pantallas la señal de Philip y Juliette.

—Angie a Phil, Angie a Phil —llamé por radio—; Phil, ¿me recibes? Estamos fuera. Repito: estamos fuera.

—¿Estamos en la posición del dron? —me consultó Gina.

Hice un par de alabeos bruscos para evitar que nuestro perseguidor me fijara en su mira.

—Ya la hemos dejado atrás. No podemos esperar. Intentaré hacer varias pasadas, pero si se dan cuenta de que nos interesa la posición, concentrarán allí sus fuerzas y nos cazarán.

—¿Qué vas a hacer?

—Intentaré despistar a nuestro amigo.

Alcé el morro de la nave, ascendimos, hice un tonel hacia estribor y de nuevo bajé a ras de suelo.

La radio habló. Pero no era Philip.

—Angie, aquí La Croix.

—¡Hola, doctor! —saludé, con simpatía fingida—. ¿Qué tal sus amigos?

—Bastante enfadados, como supondrá. Angie, el caza que la persigue está a la espera de una orden mía para abatirlas. Vuelva al centro y arreglaremos este asunto.

—¿Abatirnos? ¿A riesgo de destruir el huevo?

—Si no hay más remedio, sí. Nos gustaría recuperarlo, por supuesto. Pero no es esencial. Lo que queríamos demostrar, la viabilidad de la gestación naui en humanas, ya está hecho.

¿Viabilidad? ¿Demostrada? Estuve a punto de dedicarle una buena retahíla de insultos, pero me mordí los labios. ¿De qué iba a servir?

—¿Qué contesta, Angie? ¿Accede a volver por las buenas o doy la orden?

Corté la comunicación.

—Prepárate, Gina —dije—; esto se va a mover mucho.

Forcé los motores a su máxima capacidad, y la computadora me advirtió de la conveniencia de decelerar si no quería incendiar el reactor. Inicié un tonel rápido hacia babor, pero antes de completarlo, viré a estribor y logré distanciarme del otro caza, sorprendido por mi maniobra.

«Pero no lo engañaré más, si es un buen piloto. Ahora ya sabe que puedo hacer estas cosas».

Ante nosotras se perfilaron unas irregularidades del terreno y unas cimas algo peculiares al fondo. Por el mapa, supe que nos adentrábamos en el Valle del Fuego, cerca del límite de Nevada con Arizona.

Apunté hacia las crestas más sobresalientes, mientras el ordenador mostraba que el caza perseguidor reducía distancias.

—¡He visto gente! ¡Hay gente por aquí! —dijo Gina desde detrás.

—Es un parque natural. Espero que nuestro amigo no se atreva a dispararnos en él.

Se iluminaron varios paneles a mi izquierda.

—¡He descubierto cómo activar las armas! —dijo Gina, con voz cantarina—. ¡Y hay algo llamado «contra-medidas» que suena muy bien!

—¡Ya te digo! ¡Nos servirá si lanza un misil!

Salvé una cresta, piqué hacia un valle accidentado de preciosos colores rojos, pardos y amarillos, y evolucioné entre riscos.

Volví a forzar el motor a su límite. El otro *Hornet* se alineó con mi derrota y disparó de nuevo. Alterné alabeos a babor y estribor, vigilando el terreno, en el que ahora abundaban rocas de distintos tamaños. Activé la asistencia de vuelo a baja cota para evitar sustos. Justo a tiempo porque, en una de mis maniobras de evasión, introduje la nave en un desfiladero y el ordenador compensó mi pilotaje y evitó que colisionáramos con las paredes. Reduje la velocidad y busqué ideas en el mapa. En menos de un minuto se abriría ante mí un valle amplio, pero salpicado de columnas de roca. Tal vez ahí tuviéramos nuestra oportunidad.

—¡Philip llamando a Angie! —sonó la radio—. ¿Me recibes? ¡Estamos llegando al lugar! ¿Dónde estás? ¿Habéis salido?

—¡Por fin! —respondí—. ¡Ya era hora!

—¿Cómo? Hemos tenido un vuelo algo…

—¡Da igual! —lo interrumpí, mientras esquivaba una salva de mi perseguidor—. ¿Los habéis traído?

—¡Sí! No les he contado mucho y los tengo muy mosqueados. Pero han venido.

—¡Genial! ¡A ver si consigo quitarme a un pelmazo de encima y voy hacia vosotros!

—¿Un pelmazo? Angie, ¿tenéis problemas?

—¡Luego te llamo! —Cerré un giro entre dos peñas a tiempo de evitar otra salva.

Salimos del desfiladero al claro. Una alarma inundó la cabina y mi pantalla parpadeó en rojo.

—¡Lanza contramedidas!

Tiré con fuerza del mando y aceleré a tope. El caza subió como un cohete y tracé tantos quiebros que estuve a punto de desmayarme. Pero conseguí zafarme del misil que habían lanzado contra nosotras. Piqué de nuevo contra el terreno y pasé entre dos columnas.

—¡Gina, arma misiles!

—¡Vale! ¡Dame un segundo…! ¡Ya!

Me pegué al terreno y seguí al perseguidor por el retrovisor. Cuando se situó a mi cola, accioné a la vez el inversor de propulsión, los flaps y los motores de despegue vertical. Nuestro *Hornet* se encabritó y brincó, estremeciéndose, vibrando y sacudiéndonos dolorosamente, pero obedeció a mi propósito: el otro caza cruzó bajo nuestra panza como una exhalación, sorprendido por mi movimiento. Anulé los reactores de despegue, replegué los flaps y aceleré una vez más. El pequeño valle en el que estábamos se acababa, lo que obligaba al cazador convertido en presa a ascender o a intentar un giro demasiado cerrado y peligroso a tan baja altura. Se decidió por la opción más lógica e instintiva, ascender, y yo, que la esperaba, cerré la mira sobre él y disparé tres misiles.

El *Hornet* estalló. Apenas pude salir de su estela. Noté impactos diversos en nuestro fuselaje y la cabina se llenó de luces y alertas.

—¿Qué ocurre? —se asustó Gina.

—¡Me he comido los restos de nuestro amigo! ¡A ver si consigo llegar de nuevo a la granja!

Tomé altura por si el motor perdía potencia. Allí, en medio de la nada y rodeadas de picos afilados, no veía factible un aterrizaje forzoso. Reduje velocidad, para no quemar el reactor, y sentí un pinchazo en mi abdomen. El efecto de la anestesia remitía. Y la sangre manchaba ya la totalidad del vendaje. Me mareé.

—Gina…

—Dime.

—Ya vamos rumbo a Philip y Juliette. Espero no encontrarnos con más cazas, porque no podré pilotar mucho más.

—¡Ay! Se te está despertando el dolor…

—Sí. Programaré un aterrizaje de emergencia automático en alguna carretera, por si me desmayo. Si eso sucede, pulsa el comando que aparece en tu consola. El ordenador se encargará de todo. Creo… Espero que no se haya estropeado nada importante cuando hemos atravesado esa bola de fuego.

—Vale, Angie, ya veo el comando que dices. Ahora, guarda fuerzas. Concéntrate en seguir despierta y en… en las cosas que harás cuando acabemos con todo esto y encerremos a esos cerdos. ¿Qué harás cuando lo consigamos? ¿Eh?

—No… No soy una Kowalski. —Me sujeté el vientre con la mano izquierda y reprimí un quejido.

—¿Qué dices? —preguntó la italiana, todavía más preocupada.

—Nada, tranquila, no estoy desvariando… Es una tontería de Philip. Estoy bien.

Ambas sabíamos que no estaba bien. Gina llevaba el traje inteligente que me ayudaría a aguantar, pero antes tendríamos que aterrizar sin incidencias, salir de aquella cabina y quitarme el exoesqueleto.

«No te agobies, Angie —me dije, empapada en sudor—. Primero, un puente; luego, el siguiente».

Encendí la radio.

—Phil, estamos a dos minutos —anuncié.

—Perfecto. ¿Tenéis las imágenes?

—Sí.

—Genial. Ah, por cierto, hemos detectado movimientos desde un punto algo al norte de aquí. Naves que aparecen de repente en el mapa y se dispersan.

—Mierda, las ratas abandonan el barco. Phil, haz una cosa; busca el punto estimado de origen de esas naves y mándamelo. Es nuestro objetivo. Poned rumbo a él.

—Hecho, ya lo tienes. Y ya apareces en mi pantalla —me informó.

También yo vi aparecer más sombras en mi radar. Un total de ocho.

—Sí, os veo. Vamos hacia allí. Entraré la primera. Voy en un *Hornet*.

—¡Uh, qué fiera! —se burló—. Ok, te seguiremos. Nosotros vamos en un *Spacerunner* algo especial.

—¿Especial? ¿En qué es especial?

—Cosas de Juliette, ya lo verás. ¡Ah, ahí estás!

259

En mi horizonte divisé el AA38 en el que viajaban mis amigos, seguido con cierto desorden por las naves de las seis principales cadenas de noticias, pintadas con colores vistosos y que lucían orgullosas las iniciales de sus respectivos medios. La comitiva la completaba un transporte de tropas ligero modelo *Intruder*, lo que significaba que los amigos de Philip en la división táctica del CNT habían respondido a su llamada, tal y como me había prometido que harían.

«Bien hecho, Phil», pensé, con alegría y alivio, pero también al límite de mis fuerzas, con unos pinchazos que ahora eran auténticas puñaladas, y con el ordenador de a bordo taladrando mi cerebro con sus alarmas.

—Pero ¡venís ardiendo! —exclamó Philip.

—Qué ojo tienes, amigo… —dije, sin darme cuenta de la broma.

—¿Cómo vas, Angie? —preguntó Gina, angustiada por mí.

—Tranquila… He hecho una promesa y la cumpliré.

Pasamos como una flecha junto al grupo de ocho naves, que aceleraron para seguirnos. Divisé el hangar, cuyo portón de entrada había quedado abierto. Anulé el programa de aterrizaje de emergencia y me preparé para un descenso manual. Con lentitud, ya que mi vista estaba empañada por las lágrimas, entré y maniobré hasta la misma ubicación que había ocupado el *Hornet* antes de subirnos a él. Lo posé, apagué motores y le di al extintor. Mientras abría la carlinga y me desabrochaba los cinturones, entraron el *Spacerunner*, los periodistas y el *Intruder*. Los vehículos de La Croix y sus socios habían desaparecido, seguramente al aproximarse las ocho naves desconocidas.

Gina dejó el cofre en su asiento y me ayudó a salir. La batería del exoesqueleto estaba al seis por ciento. Aun así, no podía quitármelo todavía. Subí la potencia a cuatro, mientras Philip y Juliette corrían hacia nosotras, seguidos por ocho GS con la insignia azul y ocre de la CNT en su hombrera derecha.

—¡Angie! —chilló Juliette al ver que sudaba, me sangraba el vendaje y me vencía sobre el vientre. Ella y Philip vinieron a sostenerme, pero sacudí la cabeza y señalé el caza.

—Philip —dije—, lleva a tu nave un contenedor que hay en el puesto del copiloto y no te separes de él.

—Pero tú…

—Por favor. —Alcé la mano, para pedirle que no discutiese conmigo—. Es importante.

—De acuerdo. Pero alguien tendrá que atender a los periodistas, en especial a tu amiga Jane. —Señaló con un gesto a los profesionales de los medios que corrían hacia nosotros con sus dispositivos de grabación.

—Hablaré ahora con ellos y, luego, Gina podrá acompañarlos, ¿verdad? —Me giré hacia ella y leí en sus ojos esa ya permanente preocupación por mí, y también su apoyo.

—Claro. Nunca pongas en duda el talento de una italiana para el espectáculo. Ten —sacó de su bata de médico el kit comprimido de vestuario—, toma tu traje. —También sacó la minicámara del dron, que tendió a Juliette—. ¿Tienes forma de extraer las imágenes de aquí para los periodistas? Las necesitarán de inmediato.

—Ahora mismo. En la nave tengo todo lo necesario. Y cuando acabe, podré ocuparme de Angie… —Me miró con calidez antes de retirarse hacia la *Spacerunner* mientras ayudaba a Philip a cargar con el cofre del huevo.

—Gina —dije—. Busca a Stan. Espero que siga en ese armario. Necesitamos que desconecte los inhibidores de señal. Los periodistas querrán transmitir en directo.

—Bien pensado.

—¿Pueden acompañarla? —pregunté a los GS—. Es posible que quede gran parte del personal. La doctora Morelli y los periodistas necesitarán protección hasta que el recinto sea seguro.

—Claro, descuide —respondió el que debía ser el líder del grupo antes de seguir a Gina hacia la cabina de control.

Los periodistas me rodearon; preguntaban todos a la vez, contrariados por estar allí sin más explicación que la de «una red internacional ilegal de experimentación genética con mujeres en la que están implicadas autoridades y grandes corporaciones». Distinguí a Jane Byrne, mi amiga de la infancia, y su sonrisa cómplice me confirmó que aquel despliegue de profesionales se debía en gran parte a ella. Le di las gracias en silencio por su generosísima ayuda, porque renunciar a la que hubiera sido una exclusiva sin igual en favor de una cobertura más plural era impagable. Bueno, impagable, no; en sus ojos leí que algún día se cobraría el favor.

Rogué silencio alzando una mano, e ignoré el parpadeo de la batería del exoesqueleto, al tres por ciento. Los reporteros no disimularon su curiosidad por el artilugio mecánico, mi aspecto ajado y el vendaje lleno de sangre de mi abdomen.

—Gracias por venir. —Intenté que mi voz sonara alta y clara—. Mi nombre es Angie Carter, británica, piloto IS6 con base actual en Toulouse, Francia. Se encuentran ustedes en una instalación secreta llamada por sus responsables el Centro; y la Granja, por otros. En este lugar se han llevado a cabo numerosos experimentos ilegales con mujeres, secuestradas y retenidas contra su voluntad. El objetivo de los experimentos era conseguir que estas mujeres concibiesen y gestasen crías nauis.

Los periodistas reaccionaron con otra oleada de preguntas.

—Sé que suena a locura, pero podrán comprobar lo que digo. Y sabrán que este propósito, cruel, inhumano, despiadado y terrible, ha tenido éxito. Conmigo.

Enmudecieron, relacionando mi aspecto y mi vendaje.

—Y, antes de que me pregunten —continué—, aclararé que no, no ha sido voluntario. Han aprovechado mi desconocimiento de lo que se me hacía, y se han valido, a través de la solicitud que presenté a la AP, de mi deseo de ser madre natural. Como se han aprovechado de las más de ciento cincuenta mujeres que permanecen en este lugar en hibernación y que están a la espera de que las liberen.

—Disculpe —me interrumpió uno de los periodistas—. ¿Insinúa que la AP está detrás de estos experimentos?

—Hay personal de la AP, como también de empresas tan importantes como la Gardner Corporation.

—¿Tiene nombres? —preguntó ahora Jane Byrne.

Vi que Gina regresaba con Stan y los GS.

—Los representantes máximos de esta organización secreta se reunieron aquí esta mañana para asistir en persona a la extracción del huevo naui de mi vientre. —Algunos reporteros hicieron gestos de disgusto—. Disponemos de imágenes de esas personas y también de la operación. En unos minutos podremos dárselas y…

Miré hacia Gina. Me sonrió y asintió.

—Listo, Angie.

—Gracias, Gina… —Miré de nuevo a los periodistas—. Acabamos de desconectar los sistemas de inhibición de señal que mantenían estas instalaciones ocultas y protegidas. Ahora podrán conectar con sus cadenas. Les presento a la doctora Gina Morelli y al asistente Stan, quienes se encargarán de acompañarlos y darles toda la información que necesiten sobre este lugar, lo que se hace aquí y las personas y entidades que forman parte de esta organización tan monstruosa y vergonzante. Yo, por mi parte, les dejo un momento. Necesito descansar y cambiarme de ropa.

Algunos intentaron retenerme con más preguntas sobre mí e interesándose por el huevo naui, pero Gina tomó la batuta de forma espléndida, y los guio hacia el interior de la granja, prometiéndoles que más adelante podrían hablar conmigo y que las imágenes que estábamos preparando explicarían mucho por sí solas. Jane se despidió de mí con un guiño y en sus labios leí un «ya hablaremos».

Me giré hacia la *Spacerunner* y consulté una última vez la batería del exoesqueleto, antes de encaminarme hacia ella.

«Uno por ciento. Suficiente».

15

Alma de fénix

Daana, en las afueras de Laanali.
Luna Baanaue (sistema Baa), dos meses después.

Vass depositó ante mí la infusión —sigo sin saber de
qué— y ocupó el asiento junto al mío.

—Me gusta tu casa. —Admiré aquel espacio sencillo y pequeño, de una sola planta, sin ordenadores ni
domótica de tipo alguno, y la maravillosa imagen de los
soles gemelos en sus últimas horas antes de ocultarse tras
el lago, de cuyas riberas nos llegaba el aroma suave de la
tierra húmeda, llena de vida.

—Sí. —Sus ojos observaron la misma estampa, y compartimos la calidez de nuestras percepciones cruzadas,
mutuamente alimentadas—. Este es el sitio que realmente
siento como mi hogar. Lejos de todo.

Nos quedamos un rato en silencio, saboreando la pla-
cidez de la ausencia de prisas. Yo daba por supuesto que,
en mi condición de humana y llevada por mi naturaleza,
sería quien rompiera esa quietud con algún comentario

innecesario. Pero ya no era tan humana y empezaba a valorar los pequeños momentos.

Aunque, en el fondo, siempre lo había hecho. Echaba de menos los desayunos con Iván, pero ese recuerdo era la prueba de que sabía apreciar la belleza de la tranquilidad, de los instantes íntimos y fugaces, individuales, preciosos. Siempre los había valorado, pero había llegado a convencerme de que no era así.

Compartiendo aquella bebida extraña, aromática y caliente con Vass, sin necesidad de inhibidores de feromonas, con la cabeza inundada de preguntas sobre qué era yo ahora y qué me depararía el futuro —cuestiones que el tiempo desvelaría, cuando lo considerara oportuno—, fui consciente de lo feliz que me sentía. Mi vida y mis planes habían sido barridos por un terremoto cuyos efectos me acompañarían siempre; pero podía sentarme allí, en aquella pequeña cabaña, y contemplar una doble puesta de sol preciosa. Me sentía feliz de estar viva y de haber cumplido una promesa; la que había devuelto la vida, *su vida*, a ciento sesenta y tres mujeres, según el informe oficial, azotadas por un cataclismo parecido al mío.

Vass rompió el silencio, con voz serena y triste.

—Siento mucho lo que has pasado, Angie.

—Lo sé. Aunque, si existe algo llamado destino, tal vez era necesario que me pasase, para, así, poner fin a aquella instalación.

—Ya, el destino… Podríamos debatir sobre causalidad y determinismo, y sobre existencialismo también. Adoro la filosofía; y momentos de recogimiento como este, en compañía de un té de samas, son perfectos para filosofar. Pero no —su voz cambió a un registro más grave—; no quiero desviarme. Quiero expresarte mi pesar, que lo escuches y que lo recuerdes. Necesito que lo oigas. Yo participé en la pesadilla que viviste. Sin saberlo, sin llegar a imaginar lo que sucedía, por supuesto, ni lo que iba a suceder. Pero participé. Ahora sabemos lo que esa gentuza tenía en mente, y aunque nos salimos de su plan, no por ello es menor mi implicación.

—Como te he dicho, Vass, quizás ha sucedido así porque era la manera de poder pararlo todo. Estoy viva. He pasado un infierno, pero estoy viva. Y muchas otras mujeres, también.

—Esa es mi gran alegría, Angie. Pero necesitaba que oyeras mi pesar. Y que sepas que es sincero.

—Lo sé, Vass. Sé que lo es.

—¿Lo sabes?

—Lo noto —aclaré—. Como tú. Como los tuyos. Ahora percibo si alguien está tenso y, por tanto, si miente u oculta algo. O si está relajado y lo que dice es sincero.

Me contempló unos segundos, con sus ojos violáceos y una suave sonrisa.

—Te sería muy práctico si quisieras trabajar como representante terráquea en las asambleas intersistema. En la Tierra o aquí, en Baanaue.

—Supongo que sí —respondí, sonriendo—. Pero, aunque estuviera interesada, creo que los asamblearios de las grandes compañías me vetarían. Les he causado pérdidas económicas, crisis de imagen y reputación y muchos quebraderos de cabeza. No importa que haya contado solo la verdad, y que esas personas y empresas sean las únicas culpables de todo lo sucedido. No, las esferas empresariales no piensan en los mismos términos.

—Cierto.

—Ni la Gardner Corporation ni la Chris & Westgate nos perdonarán nunca ni a mí ni a mis compañeros el daño que les hemos supuesto. Ni otras empresas del sector aeroespacial que tienen acuerdos comerciales con ellas, porque el escándalo también ha afectado a sus negocios. Se han anulado pedidos y se han roto contratos, lo que se traduce en despidos que afectan a multitud de ciudadanos. Y ese es el principal motivo de que media Tierra nos odie. Sobre todo, a mí. Muchas personas me consideran la causa de que hayan perdido su trabajo.

Sorbí un poco de aquella infusión y Vass aprovechó para compensar ese resumen hecho por mí, algo sesgado y tendente a la autocompasión.

—Media Tierra te odia, pero la otra mitad te adora; incluso te idolatra.

—Sí, es verdad. Cada día dedico al menos dos horas a responder mensajes de agradecimiento y de apoyo. Esa parte es bonita.

—Muy bonita, diría yo.

Me ruboricé. Primero habían llegado los videomensajes de las ciento sesenta y tres mujeres liberadas, todavía impactadas y en *shock*. Alababan mi valor y me decían que siempre sería bien recibida en sus casas. Algunas aseguraban que, si un día decidían ser madres —algo que ahora necesitaban meditar con calma y, en muchos casos, con asistencia psicológica—, y si ese bebé resultaba ser una niña, le pondrían Angie en mi honor. Pero el aluvión de mensajes no se quedó ahí. Conforme se conocían las atrocidades llevadas a cabo en la granja, y las empresas participantes en el entramado se declaraban sorprendidas y desconocedoras de los hechos, empezaron a llegarme mensajes anónimos, que me apoyaban, animaban y deseaban la fuerza necesaria para soportar lo que se me vendría encima. Porque no solo había propinado un duro golpe a las grandes corporaciones; también la AP, tras las detenciones de La Croix, Jones y Brown, estaba siendo investigada en profundidad, algo que no había vivido ninguna otra autoridad internacional, y su poder y su independencia se cuestionaban.

Vass interrumpió de nuevo mi introspección.

—Me resulta curioso que la Gardner Corporation no se haya retirado de la mesa de negociaciones Tierra-Baanaue. Sobre todo, después de que hayan detenido a la hija de su presidenta.

—Clarisse Gardner, la directora general de Gardner Genetic Systems… —asentí—. Jones la llamaba la Princesa. No la reconocí cuando la vi en el quirófano, pero con razón me resultaba familiar. Aunque su madre se ha desvinculado de cualquier relación con la granja y asegura que fue su hija quien lo orquestó todo, tengo mis dudas.

—¿Crees que miente?

—Me encantaría preguntárselo personalmente a Lilith y comprobar si dice la verdad. Pero no creo que se dé la ocasión.

—El de Lilith y Clarisse Gardner es un buen ejemplo de que, entre los humanos, la rectitud moral y ética todavía os queda lejos. Perdón por generalizar, sabes que no te incluyo. —Asentí, sin decir nada; no era necesario—. Que, al nacer Clarisse, la mismísima fundadora de la Gardner Corporation moviera los hilos para convertir en permanente el permiso de su tutela temporal…

—La ATM —apunté.

—No me extraña que los ciudadanos lo hayan criticado tanto. Tratándose de alguien sin pareja estable, es un claro desprecio de vuestras convenciones sociales. Recuerdo que en una entrevista declaró: «Ese requisito no va conmigo. No requiero de una pareja para criar a mi hija. Tengo muchos y estrechos colaboradores, a quienes considero más que simples empleados o amigos, que han estado conmigo y con Clarisse durante su niñez y adolescencia. Y entenderá que una gran empresa como la Gardner Corp. no pueda dejarse en manos de nadie que no haya sido específicamente educado y formado para ello».

Reí.

—¿Te has aprendido eso de memoria?

—Tengo buena memoria para lo que llama mi atención, y todo lo humano despierta mi curiosidad.

Sonreí todavía más, al percibir que me incluía, ahora sí, en esa generalización.

—No te extrañe que la compañía continúe en la mesa de negociaciones, Vass. Y lo siento si te ofendes, pero la culpa es vuestra. Por lo que sé, la empresa que encuentre la forma de impulsar vuestra natalidad obtendrá una importante licencia de explotación minera en Niinue que le reportará grandes ingresos. Solo por eso, por no renunciar a ese premio, Lilith Gardner es capaz de acusar públicamente a su hija y dejar que la envíen a prisión.

—Otro ejemplo más de la falta de talla moral de los humanos. Ninguna madre naui obraría así.

—Bueno —me encogí de hombros—, pero eso es porque llevar un huevo naui dentro cambia por completo la visión de la vida.

Vass rio con ganas. Pero, cuando se serenó, supe por su expresión, ahora seria, que tocaba tratar un tema inaplazable.

—¿Ya has pensado qué hacer con Valass?

Respiré hondo y recordé las opciones que había considerado y los pros y contras barajados desde que mi pequeño rompiera el cascarón. ¿Cuál era la postura de Vass? Esa era la pregunta clave para mí. Cuando, al nacer Valass, el pueblo naui vio que no se trataba de una cría como las demás, que no era enteramente naui, ya no rechazaron la experimentación hecha en la granja solo por lo que implicaba de atentado de la especie humana contra la propia especie humana, sino también porque con sus barbaridades no habían solucionado nada. La supervivencia de los nauis seguía sin resolverse. La experimentación no había tenido el éxito que La Croix anunciara a sus socios. Había sido un crimen. Lo único bueno era ese hijo nuestro, concebido entre dos mundos, y cuyo futuro nosotros, solo nosotros, debíamos tratar.

—Sé que entre los nauis —dije, con tacto— corresponde a las mujeres decidir sobre la tutela, cría y educación de vuestros hijos. Por tu parte, sabes que yo quería ser madre, aunque no pensaba que sería de esta manera… Al principio estuve convencida de que el huevo y el embrión eran ajenos a mí, algo así como llevar dentro el hijo de otros. Cuando Valass salió del huevo y vi su piel rosada, entendí que sí soy su madre. ¡Lo sé!, tenía que haberlo sospechado antes, por la tonalidad de la cáscara. Pero qué importa… La cuestión es… —Suspiré—. Creo que no lo tendrá fácil, ¿sabes? No es ni humano ni naui. Bueno, como yo ahora. Mírame. ¡Míranos! ¡No llevo inhibidor y no te salto encima!

—Me sonrió con delicadeza, y esperó a que me dejara de disquisiciones y volviera al asunto. Carraspeé—. Yo tampoco lo voy a tener fácil. Vale, tengo mi nave, mis amigos, que son como una parte de mí y sienten a Valass como alguien un poco suyo… No dejo de pensar que llevarlo conmigo puede ser peligroso, porque ahora tengo muchos enemigos. Pero, al mismo tiempo, siento que es mi hijo, y no quiero que crezca lejos de mí, que no me tenga a su lado. Y ¡quiero tenerlo conmigo! Verlo crecer, estar con él, compartir su vida, lo que sienta, aprenda y descubra. Y… —Tragué saliva, antes de continuar—. Y todo eso sin olvidarme de que también es tu hijo. Me gustaría que conociera todo sobre tu mundo, que lo sintiera como suyo, si es posible.

—¿Por qué no habría de serlo?

—Pues… por su naturaleza mestiza, claro. No sé si los tuyos lo aceptarán, o si lo verán como a un extraño, como a un monstruo, incluso.

—Eso no sucederá, Angie; los nauis amamos la vida, sin importar su origen o sus particularidades.

—Me gustará comprobarlo, Vass. Ojalá sea como dices. Pero nunca será alguien anónimo. Allí donde vaya sabrán que es el resultado de un experimento, de un ensayo, de lo peor que puede albergar el corazón humano, de un propósito que solo buscaba dinero.

—¿Así lo ves tú?

Observé aquellas grandes lunas violetas, tomada por sorpresa. Bajé la mirada.

—No… Yo no. Yo… —Busqué las palabras—. Creo que me quitaron la posibilidad de conocerte como hubiera debido ser. Fui arrastrada por unos estímulos que se impusieron a mi voluntad. A ver, no me entiendas mal; cuando pienso en aquel día, tú y yo, en lo que sentí cuando nos tocamos, cuando nos arrastró aquella espiral de…

—Angie, por favor…

Percibí que traer a mi memoria la excitación de nuestra unión me alteraba y, en consecuencia, también a él. Y, pese a que ahora sus efectos sobre mí eran mínimos, ninguno de los dos queríamos arriesgarnos a caer otra vez en aquel agujero negro de pasión, ni a dar pie a un nuevo… ¿embarazo? Vaya, seguía sin encontrar una palabra para aquello.

—Perdona —susurré—. En resumen, me habría gustado conocerte sin tantas *complicaciones*, pero me alegro de que seas tú el padre de mi hijo, Vass. Entre lo que sé de ti y lo que percibo cuando estoy a tu lado, puedo considerarme afortunada. Pero ya te lo he dicho. La vida de Valass va a ser complicada. No quiero dar nada por sentado y me gustaría saber qué piensas tú sobre él, sobre mí, sobre lo que te he contado y… sobre todo en general.

Tomó mi mano entre las suyas, con delicadeza, y con la tranquilidad que le daba saber que no tenía que preocuparse por dejar en mí su esencia naui, que ahora apenas me afectaba.

—Pienso muchas cosas, Angie. Por una parte, que eres una persona magnífica, como supe y percibí a bordo de la Tereshkova. Por otra, que me encanta saber lo mucho que vas a querer a nuestro hijo, lo que me hace estar convencido de que vas a ser la mejor madre que pueda existir en ambos sistemas. —Noté que se me encendían las mejillas, pero conseguí mantener la mirada—. Eso, además de convertirte en la mejor y más famosa comerciante, a bordo de tu nave y en compañía de tus amigos.

Por último, pienso que Valass se sentirá muy especial sabiéndose parte de dos mundos, sintiéndose tan hijo de la Tierra como de Baanaue. En uno tendrá a su madre; en el otro, a su padre. Dos seres llenos de amor por la vida y por él, dispuestos a hacer todo lo que esté en sus manos para que sea feliz, goce de salud y crezca hasta que se convierta en alguien bueno, brillante y maravilloso. Eso es lo que pienso.

Solté una pequeña risita, y por mi cara resbalaron algunas lágrimas, antes de responder:

—Pues no está nada mal… Me gusta cómo piensas, papá de Valass.

Muelle de embarque de Laanali (Baanaue), tres horas después.

Dejé que Philip se encargase del despegue de la *Nellie Bly*. Me apetecía sentarme en un rincón del comedor y contemplar cómo Gina y Juliette le hacían carantoñas y tonterías mil a Valass, en su pequeña cuna, mientras Stan, de pie junto a ellas, me consultaba de vez en cuando con la mirada, con un silencioso «¿correcto?» que yo respondía con un pestañeo complacido.

Los motores Chris & Westgate Severity, como cuatro potentes caballos que tirasen de una de aquellas diligencias del *Far West* americano, nos elevaron a través del cielo oscuro de Laanali, pegándonos a los asientos. Adoraba mi nave, esa *Spacerunner* tan singular en la que habían llegado los gemelos Bélair al desierto de Nevada. Me sabía mal que Juliette, aun con toda la devoción que me profesaba, renunciara por mí a la que sin duda habría sido una brillante carrera diseñando fabulosos cruceros estelares. La prueba era la *Nellie Bly*. La Auburn Aerospace AA38 *Spacerunner* —un carguero ligero, montado sobre la misma plataforma que el crucero AA34 *Coyote*, pero con menos espacio para tripulación y mayor bodega— equipaba de serie cuatro motores Chris & Westgate modelo *Solar Ray*, y había sido idea de Juliette cambiarlos por los impulsores de la Tereshkova y sus hermanas, el modelo Severity. Ese había sido su último trabajo antes de que la secuestraran. Y fue ese prototipo el que, sirviéndose de su pase de empleada de la C&W, ella y su hermano habían robado de los talleres de la compañía en París. Volaba tan bien —incluso mejor que la Tereshkova— que me entristeció tener que entregarla a las autoridades.

Pero la fortuna, de nuevo, me había sonreído.

Tras verse implicada de forma directa en la trama de la granja, la fabricante internacional de motores Chris & Westgate había llevado a cabo una campaña pública de lavado de cara de gran alcance mediático. Aseguraron que, «en compensación por los graves y vergonzosos perjuicios ocasionados a la piloto Angie Carter y sus amigos por algunos altos empleados de la compañía, carentes de escrúpulos y de la más mínima consideración hacia la ley y los derechos de las personas», la dirección de la multinacional había tomado la decisión de entregarme aquella nave, «ejemplo de los más altos valores que nos *impulsan*». Ahí, en el empleo de aquel verbo, sus responsables de comunicación tuvieron gracia, tengo que reconocerlo.

En cuanto a Philip, la Gardner le había restituido su ojo biónico, esta vez ensamblado bajo la celosa supervisión de Gina y de Juliette, quienes se aseguraron de que la prótesis no incorporara ningún medio de acceso remoto. Gina no dejó pasar la ocasión de burlarse de Philip, diciendo que contar con dos ojos sin duda era práctico para un piloto, pero que le restaba seducción y daba al traste con ese aire de malote que le hubiera facilitado muchísimas conquistas. ¿Sentía Gina algo por Phil? Era difícil de asegurar; mi italiana seguía fiel a su sempiterna discreción, mientras prodigaba cariño y cuidados a todos los tripulantes por igual. Bueno, salvo a Stan, al que seguía sin tragar.

Y eso, pese a que el sintético se demostró tan útil como versátil en su nuevo cometido de responsable administrativo y contable —y, en general, de chico para todo— de mi flamante negocio. Él, que estaba condenado a la desactivación cuando los medios explicaron al mundo lo ocurrido en la granja, manifestó con vivacidad su alegría cuando lo invité a formar parte de la dotación de la *Nellie*, fiel a mi máxima de contar siempre con un sintético en la nave —por lo que pudiera pasar—, tras borrar Juliette sus rutinas de obediencia a La Croix y sus socios. Pese a que con mi decisión ganábamos todos, Gina nunca me perdonó que fichase a Stan. No lo aguantaba. Era superior a ella. Sospeché que, a veces, le hubiera gustado volver a ese instante, en nuestra huida de la granja, cuando yo estuve a punto de dejarlo a su suerte y fue ella quien me reprendió.

—Me voy a dormir, chicas —les dije, incorporándome—. Estoy cansada. ¿Os ocupáis de Valass?

—¡Ja! —se burló Gina—. Vaya pregunta más tonta. Pobre de ti si pensabas llevártelo a tu habitación. Prefiere estar de fiesta con sus tías que oír los ronquidos de su madre.

—Yo no ronco —protesté.

—¡Ya lo creo que roncas! —aseguró la pelirroja—. Y estoy dispuesta a jurarlo frente a los nauis más perceptivos de la galaxia.

Gruñí y me despedí de ambas con un beso.

Entré en mi pequeño camarote. Vi con satisfacción que Stan ya se había llevado el exoesqueleto a la bodega, donde sería útil para tareas de carga y descarga de mercancías, dándome algo más de sitio en mi pequeño reducto. Habíamos reestructurado la compartimentación de los tres camarotes dobles originales a los cuatro actuales, y eso implicaba menor espacio para todos. Pero, al fin y al cabo, allí solo necesitábamos el mínimo imprescindible para dormir, nada más.

Me quité el traje inteligente y me di una rápida ducha. Luego, mientras me secaba, contemplé mi vientre, satisfactoriamente reconstruido en su aspecto externo. Bajo la piel, las cicatrices invisibles testimoniaban el desastre vivido por mi cuerpo y eran mudas sepultureras de un deseo que ya nunca se haría realidad, pues un sueño tornado en pesadilla lo había vuelto imposible. Deseé que las ciento sesenta y tres liberadas de la granja, así como otras muchas mujeres en las que se despertase el impulso de ser madres, lo hicieran posible, sin miedo, con orgullo, con amor.

No se lo había comentado a Vass, pero muchos de los correos que recibía me animaban a presentarme a algún cargo político desde el que pudiera defender la justicia y los derechos de la ciudadanía. Esos derechos que podían hallarse amenazados o, directamente, ser ignorados sin que se supiera, como había sucedido en la granja. Me veían como una persona íntegra y luchadora, que no se desviaría de sus obligaciones. Pero yo no me imaginaba entre políticos. Yo era piloto. Mi lugar estaba allí, entre las estrellas.

Apagué la luz y me acosté en mi mullido catre. Cerré los ojos y traté de escoger una imagen bonita con la que quedarme dormida.

La puerta se abrió con suavidad. Me había acostumbrado a no cerrarla nunca, en parte por si me necesitaban por alguna urgencia, en parte porque a bordo de la *Nellie Bly* me sentía segura. Y, al parecer, mi tripulación conocía ese nuevo hábito. Parpadeé varias veces y vi la silueta de Juliette recortada contra la luz del pasillo.

—¿Angie? —susurró—. ¿Duermes ya?

—¿Ocurre algo?

—No, no, tranquila —dijo, en voz baja, mientras cerraba la puerta.

Oí el ligero sonido de ropa cayendo al suelo.

—¿Puedo dormir aquí? —Se coló bajo la sábana. Me tensé, sorprendida.

—Juliette —murmuré—, no sé si es buena idea…

—Es algo que quiero hacer desde hace tiempo, Angie. Pensaba que tú también. Que yo te gustaba.

—No… ¡Quiero decir, sí…! Pero no es eso. Es que, tras todo lo que ha pasado… Lo que me ha pasado, los cambios, mi cuerpo… Todos habéis visto mis análisis, esa locura en la que se ha convertido mi organismo y… —suspiré—. Creo que ahora mismo no es el mejor momento para… —Respiré hondo otra vez—. Perdona, en realidad es algo mucho más sencillo. No sé ya qué soy y qué no soy.

Ella me puso un dedo sobre los labios.

—Eres Angie. Simplemente Angie. Nada más. Y nada menos.

El beso que sustituyó a su dedo sobre mis labios arrastró con su calidez todas mis dudas y miedos durante unas horas.

Tuve una pequeña conversación con Juliette al día siguiente, para evitar malentendidos, una perspectiva que me aterraba porque de ahí a las tiranteces y enfados solo hay un paso, y no quería nada de eso entre nosotras, ni con nadie de a bordo. Sentía pánico a que cualquier suceso pudiera alterar la perfecta imperfección de mi nueva vida. Le confesé que, en mi caso, le profesaba un enorme cariño y admiración, y la encontraba preciosa hasta decir basta, pero que no estaba enamorada de ella, y sentiría mucho que se encaprichara de mí, que tuviera expectativas que la llevaran a frustrarse y odiarme. Juliette se rio de mis temores; dijo que le daba demasiadas vueltas a la cabeza. Repitió que hacía tiempo que le apetecía estar conmigo y, si seguía sin recurrir al pestillo de mi puerta, probablemente volvería a colarse en mi cuarto. Pero que aún soñaba con encontrar al hombre o la mujer de su vida, y el día que esa persona se cruzase en su camino, yo sabría que lo nuestro habría sido muy especial, pero en absoluto *tan* especial.

Me quedé tranquila y pude relevar a Philip en el puente con la cabeza serena. *Nellie* había realizado un salto mientras yo descansaba entre los brazos de Juliette. Por tanto, nos encontrábamos en proceso de recarga de los tanques de hidrógeno, con poco que hacer. Me entretuve pensando en las empresas a las que ofrecer nuestros servicios de transporte local o intersistemas, una vez entregásemos a la Pokoritel' Vselennoy, en Novosibirsk, el mineral procesado de Niinue que portábamos en las bodegas. Entonces apareció Gina.

—¿Permiso para acceder al puente, capitán?

—Qué boba eres. —Sonreí y señalé el puesto del co-piloto—. Anda, siéntate ahí.

Así lo hizo, y me observó con una expresión burlona.

—¿Qué? —pregunté.

—Me he cruzado con Juliette.

—¿Y? —Noté que las mejillas se me incendiaban.

—Da gusto verla así de contenta, canturreando mientras trabaja en esas mejoras que quiere hacer en la nave.

—Vale… Eso está bien, ¿no?

—Y quería comprobar si también tú estabas así de feliz.

—Te… ¿Te ha contado algo? —En ese momento no sabía dónde mirar.

—No ha hecho falta. Anoche salió disparada, sin pelearse conmigo sobre quién se quedaba a Valass en su cuarto. Anda, va —se frotó las manos—, dile a tu adorada doctora cómo sucedió.

—Ay, Gina… No sé cómo fue. No sé si le vio triste y quería consolarme, o si le apetecía y ya está, como dice que ha sido.

—¿«Como dice que ha sido»? —repitió Gina, alzando una ceja—. ¿No has percibido si ha sido sincera o no?

—Creo que mi sensibilidad naui estaba algo dormida esta mañana. Pero seguro que era sincera. Ella es así, dice las cosas como las piensa y actúa sin preocuparse de nada. ¡Y sí, estuvo bien! —exclamé, al comprobar que nada frenaría la curiosidad de la italiana—. Pero solo ha sido una aventurilla, una tontería pasajera, y… —Callé, alcé la mirada hacia ella y me cargué de valor—. Gina, a ti no te hace falta tener poderes naui para comprender las cosas. Eres inteligente, quizás la persona más inteligente que conozco. Y muy intuitiva. No creo que te sorprendas si te digo que, aunque Juliette sea un encanto y un bombón, no es la persona que yo habría querido que entrara anoche en mi camarote.

No cambió su expresión pícara ni su sonrisa. Se recostó contra el respaldo y sacudió la cabeza.

—Eres alguien muy especial, Angie —dijo—. En general, y también para mí. No te habría seguido en toda esta locura de no ser así. Y si algún día siento por ti todo el amor que mereces, y mereces mucho, una aventura pasajera tuya con una preciosidad como Juliette no será suficiente para detenerlo o destruirlo. Mientras ese día llega, haz el favor de ser feliz, ¿de acuerdo? Eso me hará feliz a mí.

La miré y sentí que mi cuerpo flotaba y me faltaba el aire. Pero intuí, también, que ya no había prisas, que el tiempo arrancaba y el futuro estaba a nuestro alcance.

Notas prescindibles

A lo largo de la obra que acabas de leer hay algunas referencias a libros, canciones y vivencias propias que quizás te hayan llamado la atención. Comento algunas aquí, pese a no ser imprescindibles para comprender la historia.

En el capítulo *El gato y el ratón*, Angie dice «El infierno no es mal lugar para estar», frase tomada de *Hell Ain't a Bad Place to Be* de AC/DC. También es una referencia a este grupo su sueño de abrir un local de música llamado The Shaking Hand, tomado del tema *Let there be rock*, canción que también da nombre a otro capítulo.

El título del capítulo once, *Bienvenida a los Rudos de Raczak*, y las referencias a la IM son guiños a los soldados de la Infantería Móvil y sus armaduras de combate en *Tropas del espacio (Starship Troopers)*, de Robert A. Heinlein.

La historia que cuenta Gina Morelli sobre una gallina que enloqueció incubando crías de pato es verídica. Se trata de una anécdota de mi infancia, vivida en el terreno en el que mis padres cultivaban frutas y hortalizas y donde tenían gallinas ponedoras, además de patos y, puntualmente, algún pavo.

La idea del exoesqueleto la tomé de los que algunas entidades de salud han creado para ayudar a recuperar la movilidad perdida a personas que han sufrido un accidente —y que tuve la oportunidad de ver y conocer de primera mano en uno de mis trabajos—. Es una máquina móvil compuesta por un armazón externo (comparable al exoesqueleto de un insecto) que lleva puesto el paciente, y un sistema de motores que proporciona al menos parte de la energía para el movimiento de los miembros. Ayuda a moverse al portador y a realizar cierto tipo de actividades, como cargar peso.

En cuanto a los nombres ficticios de algunos personajes y empresas (como la Gardner Corporation y la Chris & Westgate), su génesis es algo traviesa y prefiero guardarla en secreto. Pero si algún día tienes una teoría y quieres compartirla conmigo, me gustará escucharla.

Gracias por leerme.

Índice

Otras obras publicadas en la colección Quasar:

Avanzado el siglo XXI, la carrera por la conquista espacial se reaviva tras el hallazgo del fósil de un ser primitivo en la superficie de Marte. Tanto es así que todas las agencias espaciales se coordinan para financiar y construir una gran nave interestelar en las inmediaciones de la Tierra.

El propósito es embarcar a cuatro tripulantes, dos ingenieros, una geóloga y una científica Premio Nobel especializada en exogenética, y poner rumbo a los dos planetas descubiertos por el observatorio lunar Mare Moscoviense más similares a la Tierra y con más probabilidades de albergar vida inteligente, situados a 700 años luz de distancia en la estrella Z351 Orionis. Su misión será la de descifrar, después de que el proyecto SETI haya sido abandonado definitivamente, por qué nuestra civilización no ha recibido aún señales del espacio exterior.

Esta novela obtuvo el **I Premio de Novela de Ciencia Ficción Ciudad del Conocimiento**.

A punto de cumplir 132 años, Hugo, el biólogo que desde joven anhelara la prolongación indefinida de su vida para alcanzar un objetivo aún mayor, viaja a Angola para ocupar su plaza en un ascensor espacial que le situará en órbita y desde allí, a bordo de una nave, le permitirá llegar al cinturón de asteroides más allá de las colonias de Marte. En Luperca, un asteroide habilitado para alojar a 2.500 personas, lo espera Jonas Braun, un excéntrico ingeniero convencido de que la verdadera misión de la consciencia a la que hemos accedido los humanos es comprender la inmensidad del cosmos y descifrar los secretos de la existencia misma.

Esta novela obtuvo la distinción de **Primer Finalista del II Premio de Novela de Ciencia Ficción Ciudad del Conocimiento**.

En un lejano futuro, donde el avance de la exploración espacial ha permitido al ser humano expandirse por el brazo de Orión y avanzar imparable hacia el de Sagitario, la Argo tiene como misión la colonización de un planeta situado en la zona de habitabilidad del sistema Itnis.

Cuando Mitch, Dorea y Lene despiertan de la criogenización y escuchan la última comunicación enviada por la Corporación desde Silenia, su sistema solar de origen, comprenden que algo ha ido mal. Les advierten que, cuatro siglos después de su partida, han perdido todo contacto con la primera oleada de robots autónomos que fue enviada a Itnis Cinco para comenzar el proceso de terraformación. Los análisis atmosféricos indican que el nivel de oxígeno en el planeta permanece por debajo del mínimo necesario para la supervivencia, y que el plan no ha salido como estaba previsto.

"De ser dioses encarnados en la orilla de un nuevo mundo, una isla paradisiaca donde crearíamos una esplendorosa civilización, nos hemos convertido en náufragos a la deriva en un océano inhóspito".

El sorpresivo hallazgo del desplazamiento del planeta Mercurio hasta una nueva ubicación girando alrededor de Venus, convertido así en su primera luna, deja atónita a la comunidad científica internacional. ¿Qué o quién ha provocado este fenómeno y con qué propósito?

Una nave fletada por la Agencia Espacial Internacional (AEI), con los científicos más eminentes a bordo, es enviada a investigar un fenómeno donde las leyes universales de la física parecen haber sido alteradas.

El resorte de un terror ontológico se acciona en la Tierra cuando, al poco de alcanzar el equipo científico la órbita de Venus, un evento inclasificable comienza a delatar su presencia por debajo del plano de la elíptica.

En el siglo XXXI, la nave transgeneracional Adresse parte del Sistema Solar para responder a la llamada: unas insistentes señales de radio recibidas desde la región de Sagitario.

La comandante Sajra Estrela, un clon de tercera generación capaz de recordar sus anteriores vidas, forma parte de una tripulación seleccionada genéticamente para alcanzar su destino: Ker, un planeta habitable dividido en dos regiones irreconciliables, una de ellas dominada por una noche eterna cuyas tinieblas podrían ofrecerles algunas respuestas.

Esta novela obtuvo la distinción de **Finalista del V Premio de Novela de Ciencia Ficción Ciudad del Conocimiento.**

«ENDE era una galaxia muerta… y ni tan siquiera eso. Un mundo condenado, un último suspiro que ya duraba cuatrocientos años. Perséfone, la última estrella, orbitaba en una lenta espiral suicida hacia Caribdis, un agujero negro. Ese paraíso, ese mundo idílico, era el nuevo destino al que mi padre iba a arrastrarnos a mi hermano y a mí».

Cuando Charles Duncan, Doctorado en Microbiología, es destinado a una estación científica en Minos para investigar colonias patógenas en gravedad cero, nada sospecha de las auténticas intenciones de SAITO, la todopoderosa multinacional energética que le ha contratado.

El origen y destino de la hikari, la misteriosa energía limpia de SAITO, podría poner en juego la vida de sus hijos y las de los otros habitantes de la estación Scyla, y ser el detonante de una lucha titánica en aquel olvidado rincón del universo.

Esta novela resultó ganadora del **XXI Premio Domingo Santos de Ciencia Ficción**.

Año 2015. El proyecto Poliketo, financiado por el multimillonario Adrian Bellington, descubre en el lecho de la cordillera Dorsal del Atlántico Norte una misteriosa nao española hundida a principios del siglo XVI.

En el otro extremo de una línea espacio-tiempo, el Laboratorio Militar KLT-345 Orlando de la Quinta Flota Aeroespacial de la Confederación Mundial es atacado en el año 2077 por una cruel raza alienígena dispuesta a exterminar a la humanidad.

Dos sucesos cuyos horizontes parecen diluirse en la inmensidad del cosmos, pero que la cuántica y los avances en la investigación científica trasladarán a un nuevo escenario, la ciudad de Nueva York, como campo de batalla en el año 2023. Arnold Jackson, inspector de Delitos contra la Propiedad y Samuel Bennet, agente especial del FBI, emprenderán una carrera contrarreloj por esclarecer un caso de robo en el Museo de Historia Natural. Lo que no alcanzan a imaginar es que sus vidas puedan resultar meras partículas insignificantes en la delgada línea entre la ética y la supervivencia del ser humano.

Dan es un niño aparentemente normal pero que precisa la dedicación plena de su madre y la atención de su cuidador, Albert. No sin ciertas reticencias, Raquel accede a realizarle a su hijo una intervención quirúrgica experimental, consistente en la implantación de un chip estimulador del córtex cerebral, por la promesa de una mejora sustancial de su autonomía y calidad de vida.

Dan aprende a descubrir, maravillado, el mundo que le rodea, a percibir con optimismo las cualidades de otras personas diferentes a él, pero también a saciar su curiosidad a través de la nube, a indagar en la vida privada de los demás, incluyendo a su padre, al que nunca ha llegado a conocer y del que poco o nada sabe.

«Una historia humanista y emotiva que permite reflexionar acerca de los límites morales de la ciencia y recuerda poderosamente al clásico *Flores para Algernon* de Daniel Keyes».

Esta novela obtuvo el **III Premio de Novela de Ciencia Ficción Ciudad del Conocimiento**.

Ha pasado un año desde que se supo de la existencia de la manipulación mental masiva conocida como el Rumor. A la liberación progresiva de esas cadenas se la ha llamado el Despertar.

La música está presente en todas las culturas y todas las personas tenemos las capacidades básicas para su procesamiento. Pero ¿qué sucedería si, cual flautista de Hamelín del siglo XXI, alguien fuese capaz de emplear una melodía para alterar nuestra conducta? ¿Qué podría llegar a ocurrir si esto se utilizara como arma de construcción masiva?

Reinventando el género de ciencia ficción, El Rumor nos introduce en un futuro próximo que pone de relieve la vulnerabilidad del ser humano ante el control que las nuevas tecnologías pueden llegar a ejercer, de modo subliminal, sobre nuestra voluntad.

Esta novela obtuvo el **II Premio de Novela de Ciencia Ficción Ciudad del Conocimiento**.

En el ocaso del siglo XIX, el escritor y periodista británico Rudyard Kipling recibe una misteriosa invitación del Maharajá de Cooch Behar, Shri Nripendra Narayan, para participar en una cacería en los bosques bengalíes de Dooars.

Nripendra, consciente de las posibilidades del nuevo orden basado en la tecnología del vapor que está revolucionando el mundo, y de la necesidad de hacer respetar su privilegiada posición social y política frente al dominio colonial del Imperio Británico, ha reunido a un reducido y heterodoxo grupo de invitados con el fin de hacerles partícipes de una exhibición de poder que hunde sus raíces en los ingenios mecánicos de los mejores cronometristas de la historia.

Una novela steampunk que mimetiza los avances tecnológicos de míticos ingenieros como Al Jazarí o Nikola Tesla con los exuberantes e idílicos parajes de la India durante el período del Raj británico.

Esta novela obtuvo la distinción de **Finalista del XII Premio de Novela Encina de Plata.**

¿Qué ocurriría si una devastadora tormenta solar golpease la Tierra?

En Hesperides Co., una compañía cuya red informática ha relegado a Internet a una posición residual asegurando una mayor protección de la privacidad de sus usuarios, llevan tiempo preparándose y diseñando una estrategia de actuación ante este desastre. Mientras, los gobiernos de todo el mundo viven ensimismados en un orden imperturbable que se ha basado, durante algo más de doscientos años, en la energía eléctrica.

En pleno siglo XXI, donde la hibridación entre humanos y tecnología es ya una realidad palpable, Henry Ortega, heliofísico, ha establecido su propio protocolo de supervivencia para él, su familia y un reducido grupo de amigos. Henry se reafirma en su decisión cuando, sobrevenida la catástrofe, descubre que los planes de Hesperides Co. van mucho más allá de restablecer el orden mundial.

Esta novela obtuvo la distinción de **Primer Finalista del I Premio de Novela de Ciencia Ficción Ciudad del Conocimiento**.

Baena, una autoridad de renombre mundial en cuestiones relacionadas con la biología y la petroquímica, trabaja en el departamento de biología especulativa de A & R. Concienciado con los problemas medioambientales a los que el ser humano ha venido sometiendo al planeta durante el último siglo, y ante la inoperancia de los gobiernos para llevar a término el Tratado de París contra el cambio climático y ofrecer respuestas eficaces, decide no cruzarse de brazos y asumir un papel crucial para cambiar el rumbo de los acontecimientos.

Pero todo puede escapar a los objetivos inicialmente marcados si no se toman las precauciones debidas ante una revolución sin precedentes a escala global que afectará a ocho mil millones de personas.

Esta novela obtuvo el **I Premio de Novela de Ciencia Ficción Isaac Asimov**.

Los hijos de Baanaue
de JAVIER RAYA DEMIDOFF
terminó de imprimirse el día
05 de marzo del año 2024.